水魔法なんて使えないと追放されたけど、水が万能だと気がつき水の賢者と呼ばれるまでに成長しました
～今更水不足と泣きついても簡単には譲れません～

02

[著]空地大乃　[画]神吉李花

CONTENTS

第一章　Cランク昇格試験に向けて

神父様の厚意に甘え、教会で更に一日休んだ次の日、僕はスイムやエクレアと一緒にギルドマスターの下へ挨拶に来ていた。

「どうだ元気になったか？」

僕を見てサンダースがそう声を掛けてくれた。きっといろいろと心配を掛けてしまったんだと思う。

「はい。おかげさまで魔力も完全回復しました。今日から冒険者の仕事に復帰できます」

「ま、私が無茶しないように見ていたからね」

「スピ～♪」

僕は張り切って答えた。ギルドも大変そうだから依頼をこなしていかないとね。それを証明するかのようにエクレアとスイムも後押ししてくれている。

「なるほどな。ところでエクレアは昨日は戻ってこなかったようだが、つまりずっとネロ、お前と一緒だったわけだ……テメェ俺の娘に妙な気おこしてねぇだろうな？」

「し、してませんしてません！」

サンダースが怖い顔で聞いてきたよ！　いや、そもそも妙な気って昨日は休んでいただけだよ～。

あ、でも食事はエクレアが手伝うと言って、うぅ何か顔が熱くなってきた。

「パパいい加減にしてよ！　大体教会で、そ、そんな罰当たりなことできるわけないでしょう！」

「スピィ？」

エクレアが真っ赤になって吠えた。そ、そうだよね教会だもん。でも罰当たりなことって一体どんなことだろうか。

スイムも不思議そうにしているし。昨日食事をその、あ～ん、とかさせてもらったことは罰当たりではないよね？

「ふん。まぁ確かに教会じゃ下手な真似できねぇか。そこだけは信じてやるよ」

あ、サンダースの誤解がちょっとは解けたみたいだ。教会凄い。

「そもそもパパ私たちのことなんだと思ってるのよ」

「馬鹿野郎！　パーティーを組んでようが一人の男と女だ！　俺の目の黒いうちは馬鹿な真似はさせねぇからな！」

エクレアに聞かれサンダースがドンッと机を殴って声を張り上げた。うん、怒りを買わないように気をつけよう。

「全くもう」

「スピィ♪」

エクレアが頭を抱えていた。僕はなんとなく肩のスイムを撫でてあげていた。スイム嬉しそう。

「ところで事件のことですが」

「あぁ。そっちはガイたちに聞いたからな。問題ない。ネロお前にも世話を掛けたな……」

「いやいやそんな！」

サンダースが急に神妙になっちゃった！　確かにあのときサンダースは黒い紋章使いの力で正気を失っていたからね。やっぱり気にしてるんだ。

幸いサンダースによる被害は多くはなかったらしいけどね。一般人にも手は出さずに済んだらしいし。

ただ――それ以外の被害はあった。全く犠牲者が出ないなんてことはなかったんだ。それは僕もよくわかっている。

ガルという男の畑の力だけでもかなりの犠牲者が出ていたからね……。

それにしても今思ってもあの連中の能力はとてつもなくてそれでいてどこか異端だった。

僕の水もだいぶ強くなったつもりだけど、あんな連中が他にもいるんだったらまだまだ未熟だなとは思う。

もちろんできればこれっきりにしてもらいたいところだけど、連中の言う通りなら、あぁいった力を持った人間が属する組織があるようだしね。

「そういえばパパ。捕まったあの連中はどうなったの？」

エクレアがサンダースに聞く。確かにあの後のことは僕たちも聞かされていない。

「……あぁ。王国騎士団がやってきて連行されたよ」

若干の間があった後、渋い顔でサンダースが答えた。

「え？　騎士団が？　でも捕まえたのはうちだよね？」

「スピィ？」

騎士団と聞いてエクレアが不満そうな顔を見せた。実は騎士団と冒険者は折り合いが悪かったりする。

冒険者からみると騎士はどこか偉そうに見えてしまうし、騎士は騎士でどこか冒険者を下に見てるところがある、というのが理由だ。

僕はどっちも仲良くした方がいいとは思うんだけどね。

「確かにそうだが、【深淵をのぞく刻】は騎士連中も随分前から追っていた組織だ。その分奴らの方が扱いに長けてるし、こっちはこっちで後処理で忙しいからな」

「そう……でも納得いかないわね。なんだか手柄を横取りされたみたいで」

サンダースが説明してくれたけどエクレアはやっぱり納得いかない顔をしてるね。

「でも変わった力を持った連中だったし、騎士団側がなれてるならその方がいいんじゃないかな。それに僕たちがやったことがなくなるわけじゃないだろうし」

エクレアを宥めるように僕は考えを述べた。サンダースが深く頷く。

「ネロの言う通りだ。報酬もしっかり頂いているからな。当然お前たちにも特別報酬が出る。その上今回の功績でお前たちがCランク試験に参加できるのが確実になったからな。しっかり準備しとけよ」

サンダースがそう教えてくれた。そうか昇格試験の話があったね。管理局が開催する試験で各地から多くの冒険者が挑む試験。それに僕とエクレアが挑めるんだ――。

「そうだ！　いよいよ昇格試験参加が決まったんだね。頑張ろうねネロ！」

「う、うん。でも今まで全然だったから急に昇格となると緊張しちゃうかも」

「ネロ。お前はもっと自信を持て」

張り切るエクレアと話しているとサンダースからの指摘が入った。

「お前は黒い紋章持ちとも渡り合ったんだからな。これから目指すCランク冒険者でも、あの連中と戦える奴なんてほとんどいねぇ。それぐらいの力はあるんだ。ただ一点欠点を挙げるならお前のその自己評価の低さだ」

ビシッと人差し指を突きつけられ断言された。う、それを言われると辛い。確かに僕にはそういうところがある。

「そうね。私もネロはもっと自信を持っていいと思う」

エクレアもそう思ってたんだ。うぅ、そう考えるとちょっと申し訳なく思います。

「あぁ。そういう点ではガイの図太さも多少は見習ってもいいだろう。もっとも傲慢《ごうまん》になれって意味でもないがな。多少はそういうところもあった方がいいってことだ」

ガイか。確かにガイの自信の強さは僕にはない長所だと思う。

「う〜ん……多少は見習ってもいいけどネロがガイみたいになるのは違和感あるわね。というかイヤね！」

「スピィ〜？」

ただエクレアは完全にガイみたいになるのはイヤみたい。む、難しい。

「ま、そういう意味でも今回はいい機会かもな。そもそもガイたちが昇格試験に出る。それにどうやら今回のCランク試験は粒ぞろいとも聞いてるからな。ネロの実力は俺も買ってるが油断していたら落ちてもおかしくないぞ。それはエクレアもだ」

僕だけじゃなくエクレアにも注意を呼びかける。親としてエクレアを気にかけているようだけど同時に冒険者としてもしっかり見ているんだね。

「そうだな、今回かなりの報酬が入るだろうからな。この際だから装備品もしっかり整えておけ」

「えぇこのハンマー気に入ってるんだけど」

サンダースに言われエクレアが鉄槌を手に持ち少し寂しそうに語った。

「だが見る限りかなり傷んでるぞ。お前は雷の紋章持ちでもあるからな。普通の武器じゃどうしても疲弊《ひへい》が早い。後は防具もそろそろ考えておけ」

「防具……でも私動きやすいのがいいんだけど」

「それならそういう装備を選べって話だ。特殊な魔草を素材にした魔糸で縫った服とかな。その分値段は張るが今回の報酬があれば問題ないだろう」

サンダースがエクレアの格好を見ながらアドバイスしていた。なるほどね……確かにここのところ激戦続きだったし装備の新調も考える時期なのかも。

「それならネロもだね」

「ネロか……ローブもだいぶ傷んでるからそっちは間違いなく考えた方がいいが、杖がな」

サンダースが顎を摩りながら指摘してきた。改めて見ると確かにローブにも解れがあるしそろそろ買い替えどきかなとは思う。

だけど、確かに杖となるとね。

「杖に何かあるの？」

　エクレアが不思議そうに聞いてきた。

「うん。僕がいま使ってるのはダンジョン探索で手に入れた杖なんだけどね。そもそも水属性に最適な杖って店では扱ってないんだ」

「え？　そうなの？」

　僕が答えるとエクレアが意外そうな顔を見せた。これってなかなか他の紋章持ちには理解しづらいことだと思うんだよね。

「あぁ。お前だってわかってるだろう？　これまで水の紋章持ちは無能とされてきた。戦闘面では役に立てないがこれまでの常識だからな。だから敢えて水属性に最適な杖なんてどこも扱わないんだよ」

　そうなんだ。僕もこれを手に入れるまではただの木製の杖だったしね。それにこの杖だって折角手に入れても最初はそこまで効果は実感できなかったぐらいだ。給水のときに水量が増えた気はしたけど。

　だけど今はこの杖のおかげで負担が軽くなってるのを感じる。正直現状でこれ以上の杖を見つけるのは難しいかもしれない。

「杖はこれでいくことになると思う。それに杖で直接戦うことはないから傷むこともないしね」

「あぁ確かに言われてみればそうね」

僕とエクレアがそう話しているとサンダースの顔が一瞬曇ったような、そんな気がした。

「あのマスター何か問題が？」

「……いや、確かに今の状態じゃ仕方ないしな。まぁすぐにどうって話でもない。だがそれだっていずれは力不足を感じるようになるだろう。迷宮探索で新しいのを見つけるとか、まぁこれは運任せなところもあるがな」

頭を擦りながらサンダースがそう教えてくれた。確かにこれも以前は迷宮で手に入れた。でも、そううまくいくものでもないよね。

とにかくしばらくはこの杖で頑張るしかないのは確かだろうね。

「ま、頑張れよ」

「はい。ありがとうございます！」

「私とネロは最強のコンビだから大船に乗ったつもりでいてね、パパ！」

「スピィ～♪」

こうして僕たちはサンダースの部屋から出て報酬を受け取るために受付に向かった。

「本当ネロくんってばこんなに大活躍できる冒険者になっちゃうんだもん。何か少し遠くに感じちゃうな」

受付ではフルールが僕たちの対応をしてくれた。いつものことすぎてまるで専属になった気分だよ。気心がしれてるから助かるけどね。

でも、そんな風に思われていたんだ。僕としてはあまり変わった気がしないんだけど。

あ、でもマスターからはもっと自信を持てと言われたよね。ガイっぽく、う～ん。

「そ、そうだぜ。俺はもう昔の僕、いや、お、俺とはち、違うんだぜぇ」

僕なりにガイを意識して応じてみた。これで自信あるように見えるかな？　と思ってフルールを見たら凄く冷ややかな、いやどこか可哀想な人を見るような目を向けられてる！

「なんか、それは変よネロくん」

「ごめんねフルール。多分ネロはパパに言われたことを意識して迷走してるんだと思うの」

「スピィ～……」

あっさり変と言われた上にエクレアに擁護されちゃった！　スイムもどこか残念そうな鳴き声だし。

「うぅ、頑張ってガイを意識したのに」

「俺がいつそんな頭おかしい真似した！　殺すぞ！」

血相を変えてドタドタとやってきたのはガイだった。どうやらガイも近くにいたらしい。胸ぐら掴まれて飢えた狂犬みたいな顔で睨まれてるよ！

「ネロもなれないことするものじゃないわよ。ガイは元から粗雑だからこそ成り立つんだから」

「そうですね。ネロがガイのマネをしたら変なところだけが強調されてしまいます」

「誰が変だこらぁ！」

フィアとセレナも一緒だった。それにしてもセレナキツイね。

「クソが！　おいネロ！」

手を放し、ガイが改めて僕を呼んできて。

「えっと、なに？」

「前も言ったけどな、あのときは仕方なくお前と組んでやっただけだ！　今は別のパーティーだから敵同士！」

問い返した僕にガイがそんなことを言ってきた。敵同士って、う〜ん……。

「えぇ？　同じ冒険者なんだし協力できるところは協力した方がいいと思うけど？」

「だから甘いっつってんだよ！　大体テメェも昇格試験控えてんだろうが！　腑抜けたこと抜かしてんじゃねぇぞ！　こっちはテメェと決着つける気まんまんなんだからな！」

えっと何か試験が勝負の場みたいな話をしてるけど試験ってそういうのと違うような？

「大体――」

「ガイ様ちょっと宜しいですか？」

「……なんだよ」

受付嬢が恐る恐るとガイに問いかけた。相手がガイに戦《おのの》いているのに気づいたからか声のトーンがだいぶ落ちたね。

「その、魔報《まほう》でガイ様の父親から言伝があったようで――」

魔報――魔法の力で遠く離れた場所にちょっとしたメッセージなんかが送れる技術のことだ。

大きな街には魔報所という施設があってそこでメッセージのやり取りが行われる。冒険者ギルドの仕事は危険がつきまとうからわりと使う機会が多い。

だから業務提携をしていて登録している冒険者あてなら、ギルドまでメッセージを届けてくれるようになっている。

「……親父が」

「はい。これがその文章です。あ、もちろん封は開いてませんので」

魔報所の封蝋《ふうろう》がされてる便箋をガイに手渡しペコリと頭を下げて元の仕事に戻っていった。

ガイはそれを懐にしまった後――。

「チッ、面倒クセェ」

そう言い残して出ていった。

「何あれ？　父親からのメッセージなんでしょ？　しかも魔報でなんてよっぽどのことなんじゃないの？」

「スピィ……」

出ていったガイにエクレアが怪訝な声を上げた。スイムもちょっと寂しそうな鳴き声を上げている。

「そういえばガイの家族について話が出たのはこれが初めてだね」

「え？　そうなの？」

エクレアが目を丸くさせた。まぁもっと言えばフィアやセレナの家族についても知らないんだけどね。

「ごめんね。ガイもあれでなかなか複雑なのよ」

「………………」

フィアが苦笑気味に説明していた。セレナは沈黙したままガイの出ていった方を見ていた。

複雑か、僕も正直人のこと言えないけど大丈夫かな？

「ま、そんなに気にしなくても大丈夫よ」

「そうです。それより仕事の話の途中だったのでは？」

フィアが苦笑気味に返してきた。一方でセレナは僕たちのことを気にかけてくれてるみたい。

「一応報酬の件は二人に示した通りね。既に報酬もギルドカードに記録しているわよ」

流石フルールは仕事が早いね。

「そういえば――あの黒い紋章を持った連中、確かスキルジュエルも持っていたんだよね？　それの権利ってどうなるの？」

エクレアがフルールに確認していた。そうか、盗賊とか退治した場合持っていた装備などは倒した冒険者が希望すれば貰えたりする。

だからスキルジュエルのことが気になったのかも。

「あ～それがあったわね。結論で言うと残念ながら渡すことはできないわ」

「それはどうして？」

「キュピ～？」

フィアも怪訝そうに聞いていた。スイムも「？」を表すように体を動かしている。

「証拠品として騎士団が全て回収していったというのが一点。それと、もし回収されていなかったとしても黒い紋章使いは私たちの知る紋章とは異なる能力を使うことが多い。だからスキルジュエル一つとってもどんな細工がされているかわからないしどちらにしても渡せないというのがあるわ」

そうフルールが教えてくれたことでエクレアとフィアも納得したようだ。

わりと心配掛けちゃってるもんね僕。

さて、話も一旦落ち着いたところで僕たちはギルドを出ることにした。フィアとセレナはガイを追っかけるみたい。

そして僕とエクレアはサンダースの言っていたように装備品を見てみようという話になり、一緒に店を見て回ることにしたんだ。

「う〜ん。何かイマイチなのよね〜。ピンっと来る物がないというか」

「スピィ〜」

エクレアが不満を口にした。今は彼女に抱えられているスイムも困った様子を見せている。

「なかなか難しいよねぇ」

実は彼女の意見には同意できる物があって、僕もしっくりこなかった。杖は仕方ないにしてもローブがね。

「そもそも私のときとネロで態度違いすぎ。それが何か腹立つのよ！」

「スピィ〜！」

エクレアとスイムが一緒になって僕のことで怒ってくれている。店を出るのも大体同じ理由だ。

どの店も水の紋章持ちだとあまりいい顔してくれない。だからか僕への対応はおざなりにエクレアにばかりどんなのがいいか聞くんだけど、それが気に入らなかったみたいなんだ。

「でもどうしようか。折角マスターが助言してくれたわけだしね」

「う～ん……」

「あ！　ネロ！　エクレア～！」

「スピ？」

何かいい店あるかなと二人で思い出そうとしているとフィアの声がして二人の足音が近づいてきた。

見てみるとフィアとセレナが駆け寄ってきている。

「あれ？　二人共ガイと合流しにいったんじゃなかった？」

ギルドでは魔報を受け取ったガイの後を追って二人が先に出ていっていた。

「ガイとは合流したのですが、実家に戻るということで一旦別行動を取ることになったんです」

「それでね。ガイもその間はどこかでパーティー組んでていいって言ってたから、その、ネロたちとしばらく組めないかなぁって」

「え？　僕たちと」

フィアの提案に少し驚いた。でもガイがそう言ってたならそれもありなのかな？

「いいじゃない！　ネロ組もうよ。フィアとセレナだったら私は大歓迎だよ」

「スピィ～♪」

エクレアはどう思ってるかなと見てみたけど、答えを聞くまでもなくむしろ希望したいって感じだね。

スイムもご機嫌だ。二人のことをスイムも気に入ってるみたい。そういえばガイにも懐いていたし勇者パーティーの面々もスイムから見て好印象なようだ。

「うん。そういうことならガイが戻るまで組もうか」

「良かった。それなら改めてヨロシクねネロ、エクレア！」

「うん！」

「スイムちゃんもヨロシクね」

「スピィ～♪」

エクレアとフィアは昔からの親友みたいな空気さえ感じるね。セレナはスイムを撫でてニコニコしている。スイムも撫でられて嬉しそうにプルプルしてるね。

「ところで二人は何してたの？」

「えっと実は」

フィアに聞かれたから装備品を探してる途中なことを伝えた。

「あ～なるほどね。それならこの町を出て西のノーランドに向かった方がいいかもね」

ノーランド――前にガイが言っていた町だね。

「ノーランドって田舎町だって聞いたことあったけどそこにいい装備品があるの？」

「スピィ？」

エクレアが小首を傾げるとスイムもそれを真似していた。可愛いなぁ。

「ノーランドは確かに長閑《のどか》な町ですが、鉱山を幾つか抱えていて良い鉱石も取れるので腕のいい職人の多い町としても知られてるんですよ」

「そうそう。ここウォルトは商人の出入りが激しいから店は多いけど直で鍛冶をしてることは少ない。

「だから店で売ってるのは既製品がメインなんだよね」

そういうことなんだね。ここで売られている品物は商人が他から仕入れて運んでくる物だからどうしてもある程度仕様が決まってしまう。

でも職人が多い町ならこちらの希望にも応じてくれるかもしれない。

「私たちも装備品を見たかったたし丁度良いから一緒に行かない？」

「うん。それもいいかもね。エクレアはどう？」

フィアに提案されエクレアにも確認を取った。だけど表情でもう答えは見えたね。

「もちろん行くわ！　職人の町って何かわくわくするし！」

「なら決まりだね」

「スピィ～♪」

エクレアが食い気味に答えてくれた。スイムも新しい町に行けることが嬉しそうだよ。

「なら一度冒険者ギルドに戻りましょうか。もしかしたら途中でこなせる依頼があるかもしれませんし」

セレナからの提案だ。確かに行くにしても依頼を一緒にこなせれば一石二鳥だしね。

というわけでセレナの提案に乗って僕たちはまたギルドに戻ることにした。

ギルドではフルールが対応してくれて、丁度良くノーランドへお酒を運んで欲しいという依頼が来てることを知った。

本来酒を運ぶ予定だった商人が腰を痛めて動くに動けない状態らしいね。

「ただ馬車は貸してくれるらしいけど手綱を握れる人が必要ね」

「あ、それなら馬車無しで問題ないです！」

「え？」

最初はフルールが驚いていたけどスイムを掲げたら合点がいった顔を見せた。

「そっかスイムちゃんがいるものね。それならヨロシクね」

「スピィ～♪」

スイムも張り切ってるね。さて僕たちはその足で依頼人の下へ向かいお酒を樽ごとスイムに収納してもらった。

そしていよいよ皆でノーランドへ出発だ。

「それにしても樽ごとこの体の中に入っちゃうなんて凄いわねスイムは」

「スピィ～♪」

フィアがスイムの頭を撫でながら褒めていた。確かにスイムのおかげで助かってるよ。

「でも油断は禁物ね。お酒の匂いにつられてやってくる魔物がいるみたいだし」

「確かそれでいつも護衛を雇ってたんだよね」

フィアが警戒するよう教えてくれた。それにエクレアが反応する。確かにフルールも注意するよう言っていた。

「でも樽はスイムの中だからその心配いらないかも」

「スピィ～」

僕の肩に飛び移ってきたスイムを撫でながら三人に声を掛けた。スイムは、任せて～、と言わんばかりにプルプル震えていた。

「確かにスイムの中なら匂いは関係ないわね」

フィアが納得したように頷いた。

「う～ん、それなら思ったより簡単に済むかもだねネロ！」

エクレアもフィアの意見に同調したのか僕に意見を聞いてきたよ。う～ん、確かにそういう意味ではスイムのおかげで危険度は減るかもだけどね。

「だめですよ。そういう油断が危険を呼び込むことだってあるのですから」

だけどここでセレナが苦言を呈した。

「そこはセレナの言う通りかもね」

「私もちょっと浮かれすぎたかも……」

「ははっ。確かにスイムの力には助けられるけど冒険者である以上、気は抜けないよね」

セレナのおかげで弛緩《しかん》した気持ちが引き締まった。やっぱりセレナみたいなしっかり者なタイプがいると違うね。

僕たちは改めて気を引き締めてノーランドへ向かうことにした。

とはいえ何もなければそれに越したことはないんだけど――。

「キシャァアアァアア！」

甘かった。道中で突如巨大なミミズ二匹が姿を見せたんだ。ミミズと言っても頭の部分が丸ごとくちみたいになっていて僕なんか軽く一呑みされそうなほどだ。

「こいつロンブリゴンよ。あの巨大な口で呑み込もうとしてくるわ」

フィアが現れた魔物について教えてくれた。僕はこいつに出会ったことはないな。

「本来ならビックモスキートに気をつけるとこなんだけど、逆に厄介なのが寄ってきましたね」

酒樽を運んでるときに厄介なのは巨大な蚊といった様相《ようそう》の魔物だった。生き血を吸う魔物だけどアルコールにも興味を示す、というより酒を呑んだ人の血が特に好物なので酒の匂いを感じると飲酒しているると思い込んでやってくる。

だけど、結果的に出てきたのはこのミミズのような、て！

「大変よ、空からビックモスキートもやってきたわ！」

「スピィ!?」

フィアが緊迫感の篭った声を上げる。指で示した方から確かにビックモスキートが三匹近づいてきていた。つまり合計五匹の魔物を相手しないといけないのか――。

地上にはロンブリゴンそして空からはビックモスキートが三匹やってきた。空と地で挟撃《きょうげき》された形でこれは結構危険かもしれない。

「私にお任せ！　爆魔法・爆裂破！」

フィアがすぐさま魔法を行使。ロンブリゴンが現れた地点が爆発した。

「スピィ～！」

スイムが僕の肩につかまって飛ばされないよう一生懸命こらえていた。それぐらいの爆風が僕たちを呑み込んだ。

相変わらずフィアの魔法は威力が凄い。ビチャビチャという音がしてロンブリゴンの肉片があたりに撒き散らされた。

「ちょ、フィアいきなり無茶しすぎです！」

「でも倒したじゃない」

セレナが頭を抱えていた。地面には大きな窪みができている。だけど良かった、周囲の木々への影響は少ない。

「それより空の相手はお願い！」

フィアが叫んだ。彼女の魔法は空からの相手には弱い。

「生魔法・活力減退！」

セレナの魔法でビックモスキートの一匹がフラフラになり落っこちた。セレナの魔法は味方を支援するのが多く思えるけど、敵対する相手に効果が及ぶのもある。

今の魔法がまさにそれで相手の体力を強制的に落とす。

「ハァアアァアア！」

エクレアが落ちたビックモスキートに近づき鉄槌で殴ってとどめを刺した。これで一匹は倒したけど残り二匹いる。

「後は僕が！　水魔法・水槍連射！」

魔法で水の槍をビックモスキートに向けて放った。だけど直進的な槍は空中の相手を上手く捉えられない。

ビックモスキートは蛇行しながら槍を避け空中から僕に近づいてきた。どうやら獲物として捕捉されたようだ。

「やらせないよ！　水魔法・水ノ鎖！」

魔法を切り替え水でできた鎖を杖から伸ばした。これもひらりと魔物が躱したけど槍と違って鎖は動きが柔軟だ。

僕は鎖を操り軌道を変えて残り二匹のビックモスキートに巻き付けた。

「⁉」

槍には反応できたビックモスキートも鎖の動きには対応できず、縛られたことで驚きを隠せないようだ。

そのまま地面に引きずり落とすと、なんとか逃れようとジタバタもがくビックモスキート。

「スピィ！」

するとスイムが地面でもがくビックモスキートに水を射出。着弾すると同時に燃え上がった。

あのライアー戦で見せた燃える水攻撃だ。ビックモスキートは為す術もなく燃やし尽くされ消し炭になった。

「ありがとうスイム」

「スピィ～♪」

撫でてあげると嬉しそうにすり寄ってきたよ。スイムも本当強くなったよね。

「これで全部倒したね」

「そうね。でもまさかこんな形で襲われるなんてセレナの言う通り油断大敵だね」

僕が魔物を倒したことを確認するとエクレアも頬をポリポリかきながら言った。うん。確かにいつ何がおきるかわからないし――あれ？　なんだろう違和感が。

「ちょっとおかしくない？」

「え？　何がネロ？」

僕が違和感を口にすると少し後ろにいたフィアが反問《はんもん》してきた。妙に思えたのはロンブリゴンのことで、最初のフィアの魔法で爆散したかと思ったけど――。

「キシャァアアァア！」

そのときだ、フィアの足元がボコッと盛り上がりロンブリゴンが地面から飛び出してきた。

やっぱりか！　何か飛び散った肉片の量に違和感を覚えたけど、一匹地面の中に隠れて爆発から逃れていたんだ！

「そんなまだ一匹」

だけどロンブリゴンがフィアに飛びかかる寸前エクレアが横から鉄槌で殴りつけた。武芸で雷を付与していたようで殴られたロンブリゴンは電撃を浴びながら横に飛ばされていく。

「しつこいのよ！」

そして地面に倒れピクピクと暫く痙攣した後すっかり動かなくなった。

ふぅ、これで今度こそ撃退できたね――。

「あ、ありがとうエクレア～～！」

「大丈夫大丈夫。仲間だし助け合わないとね！」

フィアがエクレアに飛びついてお礼を言っていた。エクレアも笑顔で答えていたね。

「スピィ～♪」

「うん。フィアが無事で良かったよね」

スイムが安心したように鳴いた。僕も二人が無事で良かったと思う。

とはいえこの先だって何がおきるかわからないから気をつけないとね！

途中に出てきた魔物は無事撃退できた。ちょっとヒヤッとする場面はあったけどね。

今回倒した魔物は素材として得られる物は特にないタイプだったから、放置していくことになった。

魔物は放置しておけば、他の獣とかに食われるか自然と大地に溶け込むように消えていくからね。

「それにしてもフィアの魔法は威力高いよね」

「高すぎるんですよねぇ。フィア本人も威力の調整が苦手なので今回はそれに役立つ道具も手に入れればと思ってるのです」

爆発の痕を見ながら呟いた僕にセレナが反応した。確かに前からフィアの魔法は威力が高い分使い所が難しい場面もあったんだよね。

「威力が高いことに越したことはなくない？」

「時と場合によるでしょう！　もうフィアはちょっと大雑把が過ぎます」

セレナが呆れ顔で答えていた。その後は歩みを再開させながらも雑談混じりに進んでいく。

「セレナは何か欲しい物あるの？」

エクレアがセレナに問いかけた。フィアの目的はわかったけどね。セレナも何かあるのかなぁ？

「私はローブですね。基本サポートに回ることが多いですがそれでもいざというときのためにもう少し丈夫なのが欲しいです」

なるほどね。ローブなら僕も新しいのが欲しいところなんだけど。

「そういえばノーランドは鉱山を抱えてるという話だったけどローブとかも作ってるの？」

「ノーランドの鉱山では柔石という特殊な鉱石が採れますからね。これを上手く加工すれば細くて強靭な金属の糸ができるようでそれを加工してローブや軽装を作る職人もいるのです」

セレナがエクレアの疑問に答えてくれた。エクレアも感心している。

「ノーランドの職人技術は本当に素晴らしいのですよ。たくましい肉体で生み出される品の数々。まさに職人芸と言ってよく」

「えっと――」

最初はセレナの説明に感心していたエクレアだけど段々と表情が強張ってきた。セレナの職人に関する説明は止まらない。

「はいストップストップ！」

「ハッ!?」

フィアが熱く語り続けるセレナを止めた。我に返ったセレナが赤面する。

「セレナは職人とか大好きだから我を忘れることがあるのよね」

「うぅ……つい」

セレナってそうだったんだ……パーティーを組んでたときにも僕は気がつかなかったよ。

皆とそんな話をしながら歩いていたらいつの間にかノーランドの町が見えてきた。ここまできたら魔物の心配はもうないかな。

「Dランクの冒険者なのかい。皆若いのに凄いね」

町の出入り口で門番の男性が感心してくれた。Dランクといってもどのぐらいで昇格できるかは幅がある。

この反応を見ると僕たちは年齢で言えば早い方なのかもしれないね。

僕も水の力が前のままだったら確かにまだまだ昇格まで掛かるか、もしくはDランクになるのは無理だったかもしれない。

門番の方は快く通してくれた。街の景色はウォルトに比べるとのんびりしている。

「長閑な街だねネロ」

「うん。そうだね」

「スピィ～♪」

町中では牛が普通に歩いていた。逆に馬車はそんなに多くはないね。

「入口近くはそうだけどこの奥、坂を上がった先は雰囲気が変わるわよ。職人の町って感じでね」

「うぅ、ウズウズしますがまずは依頼ですね」

セレナが待ち遠しいのかムズムズしてるけど依頼をしっかり優先させるあたりは流石だね。

というわけで僕たちはまず届け先に向かうことにした。お酒の配達だけあって受取り相手は酒屋の店主だったよ。

「いやいや本当に助かったよ。ありがとうね。そうだこれ良かったら貰ってくれ」

「いや、流石に悪いですし……」

届け先の店主がお酒を持ってきてお礼だと渡してくれた。だけど依頼料はしっかりギルドから貰うしちょっと申し訳ないかな。

「いいんだよ。それに丁度試作品のお酒でね。良かったら呑んだ感想でも教えてくれよ」

そう言われてしまって僕は戸惑っていたんだけど。

「それならせっかくなのでいただきますね」

そう言ってフィアが袋に入れられた酒瓶を受け取ってしまった。店主も笑顔で再度お礼を言ってくれた。

そして僕たちは届け先に挨拶し今度はギルドに向かったんだ。

「ネロは真面目よね。でもね相手が感謝の気持ちで何かしたいって思ってるときは快く受け取った方が喜んでくれるのよ」

ギルドに向かう途中フィアにそう教えられた。無下に断って気分を害されることもあるってことか。

ギルドの規定でも個人的にお礼を受け取る場合は自己責任の範囲で可能とされている。もちろんギルドを通さないで依頼料を勝手に貰うとかはご法度だけどね。

「折角貰ったけど僕はお酒あまり呑めないんだよね」

「大丈夫よ。私もエクレアも呑めるんだし♪」

「あはは、確かにちょっと試作品に興味あるかも」

フィアが機嫌よく言うとエクレアも頬を掻きながら答えた。そういえば前に食事に行ったときも二人は呑んでいたね。

「セレナはお酒呑めるの？」

「少しだけ……」

「セレナは呑めないわ！　食べるの専門よ！」

エクレアに聞かれセレナが控えめに答えたけどすぐにフィアが訂正した。うん……気持ちはわかるかな。

さて冒険者ギルドについたね。僕たちは受付で依頼完了の知らせをした。

ギルドの依頼は今回みたいな荷運びの場合、運び先のギルドでも依頼料を受け取れる仕組みになっている。

このあたりはギルド同士で依頼料の取り決めとかいろいろあるようだけど、遠方の場合いちいち戻って依頼料を受け取るのは大変だからそういう仕組みにしてるみたいだよ。

「確かに。ではこれは報酬の五万マリンとなります」

男性の受付が応じてくれて報酬を支払ってくれた。内容も特に問題ないみたいだね。これを四人で分け合って依頼は完了と――。

「ねぇ今日はそろそろいい時間だし店回りは明日にして食事にしない？」

「はい！　お腹を満たすのは大事ですね！」

フィアが食事を提案しセレナが興奮気味に答えた。確かに今日はいろいろあってもう夕方になるしそれもいいかもしれない。このギルドも酒場が隣接されているしね。ここの酒場はわりとオープンな感じで既に多くの客がお酒を愉しんでいる。

冒険者だけじゃなくて住人も一緒のようだね。歌を歌ったり踊りを踊ってる女の子もいて酒場はだいぶ賑やかに見える。

「じゃあ食べていこうか？」

「うん。またフィアやセレナと一緒に食事できて私も嬉しいし」

「スピィ〜♪」

エクレアも乗り気だしスイムもご機嫌だ。というわけで僕たちは酒場で食事をしていくことになった。

店員に人数を伝えたら空いている席に自由に座っていいと言われた。本当にオープンだね。

「座っていいと言っても結構混んでるわね」

フィアが酒場を見渡しながら言った。確かに賑やかで席もほとんど埋まってるね。というか空いてるんだろうか？

「食事を期待させて座れないとかあんまりですから！」

セレナが若干不機嫌そうに声を上げた。食べ物が絡むとちょっと性格変わるかも……。

「あ、でもあっちの入口近くが空いてる！」

エクレアが指さした場所が確かに空いてるね。しかも丁度良く四人掛けの椅子だ。

う〜んでもこの状況で何かポツンっとあそこだけ空いてるような……たまたまかな。

僕たちはその席に座り、メニューを見た。料理が豊富だね。肉系が多いよ。

「ヒック。おい、空いてるか〜？」

僕たちが何を頼もうか悩んでいると一人の老人が店に入ってきて店員を呼んだ。

顔が既に赤い。もう呑んできたのかもしれない。

「ワン爺さんか。困るよ。もう来ないでくれと何度も言ってるだろう？」

するとやってきた男の店員——もしかして雰囲気的に店長かな？　が眉を顰めてワンという老人に対応した。

「なんだその言い草は！　客が酒を呑みに来たんだ！　黙って席に案内しやがれ！」

「それなら溜まったツケを支払ってくれ。金も支払わず酒だけ呑んで帰られたんじゃこっちも商売上がったりだ」

「なんだと！」

な、何か店としては厄介な客らしいね。それにしても僕たちの近くでこんなやり取りを見ることになるとは思わなかったよ。

「とにかく駄目だ！　ツケを支払うまで出入り禁止だと何度も言ってるだろう」

店長が強い口調でワンの入店を拒否した。この口ぶりからしてワンは初めてじゃなくて何度か店に来ているらしいね。

「フンッ。つまり支払いが問題ないならいいんだな？」

「……そうだがあんた金なんてないだろう」

「舐めるなよ小僧。おいお前ら！」

するとワンが急にこっちを振り返り呼びつけてきた。い、一体何？

「老人はいたわるものだ。だからわしの酒代はお前たちが持て」

「はい？」

「何言ってるのか理解できないわよ！」

ワンの突然の要求にエクレアとフィアが眉を顰めて声を上げた。

まさか初対面の老人にいきなり酒代を奢れと言われるなんてね。

「ワン爺さんもいい加減にしてくれ。そういうのは迷惑なんだよ！」

「黙れ！　ここからはこの小僧たちとわしの――ん？」

ふと老人の視線がフィアの足元に向けられた。そこには袋に入った酒瓶がある。

「ほう。これは若いくせに美味そうな酒を持ってるじゃねぇか」

「あ！　それ私の！」

ワンが袋からひょいと酒瓶を取り出して舌を見せた。随分と突拍子のないことをする人だな。

「それは依頼を達成したお礼に貰った物なんです、返してください」

流石に僕も口を出させてもらった。依頼のお礼に折角貰ったものなんだし……。

「依頼？　お前ら冒険者か？」

ワンがジロッと僕を見て聞いてきた。依頼と聞いてそう思ったのかな。

「そうです。それよりお酒を――」

「――フンッ。杖が泣いてやがる」

僕の杖を見てワンが突如そんなことを言いだした。

「お前みたいのが冒険者やってるなんて世も末だぜ」

「え？」

ワンの放った言葉で縛られたような感覚になった。なんだろう？　初めて会った老人に言われただけなのに――。

「適当なこと言ってないでお酒を返しなさいよ！」

「全くケチくさい連中だ。それならせめて一口」

「「「あ～～～～～～～！」」」

僕がちょっと老人の言葉を気にしていたその間に、ワンは酒瓶の栓を抜き直接口をつけて瓶を傾けてしまった。

「ふん。まぁまぁの酒だな」

「ちょ！　なんてことするのよ！」

お酒を一口呑み微妙そうな顔を見せたワンを見てフィアが叫んだ。セレナとエクレアは引いているよ。

「そんな怒るこたぁないだろう。ほれ返すぞ」

「いらないわよ！　そんな直接口をつけたようなバッチィの！」

ワンが酒瓶を差し出してきたけどフィアが叫んで受け取りを拒否した。もう呑む気はおきないようだね……。

「なんだそうか。仕方ない。まぁまぁの味だがいらないならわしがしっかり呑んでおいてやる。じゃあな」

そしてワンが店から出ていった。フィアが怒りを顕にしている。

「なんなのよあいつ！」

「悪いなあんたら。ここは初めてなんだろう？」

ムッとした顔つきで文句を言うフィアに店長らしき男性が問いかけてきた。

「そうですがそれがどうかしたのですか？」

なんとなく口ぶりが気になって聞いてみた。

「この街の人間や常連ならその席には座らないからな。ワン爺さんに絡まれると面倒だとわかってるのさ」

そういうことだったんだ……どうりで混んでる割にここだけ誰も座ってないと思った。

「あんたらも気分悪いだろうが勘弁してやってくれ。ワンの分はここの代金でサービスしておくからよ」

「サービス！　食べ物もですか？」

セレナがテンション高めに聞いていた。

「あ、あぁそうだな」

「本当ですか!?」

「俺は店長だ。その俺が言うからには間違いねぇよ！　ま、初めての客だし気分良く帰って欲しいしな」

やっぱり店長だったんだね。でも本当に大丈夫かな。

「あの、本当にそこまでしてもらっていいんですか？」

「スピィ～」

僕が聞くと同時にスイムも鳴いた。

「男に二言はねぇよ」

「何か悪いわよね。全部あのジジィが悪いのに」

この口ぶり――フィアはよほど気に障ったようだね。

「ハハッ、確かに今は迷惑なところもあるが、あれでも以前のワンは腕のいい職人だったんだよ。だけど今はすっかりあの調子でな。悪い奴じゃないんだよ」

店長がどこか寂しげな顔で言った。あのお爺さん職人だったんだね。

「あんたらにもそれは知っておいてもらいたい――ま、気分悪かったかもしれないがその分ここの味を楽しんでいってくれ」

そう言い残して店長が一旦は奥に引っ込んだわけだけど――。

「キングラビットの香辛焼きとジャイアントボアの山賊焼き、ハピールの串焼きもあと一二〇本程追加で飲み物にぶどうジュースを」

「あ、あぁわかった……」

セレナの容赦ない注文を受けて店長が顔を青くさせていた。全て聞く頃には肩を落として戻っていったよ。

これは……食事代はサービスなんて言わなきゃ良かったって後悔してそう……。

「うふふ。これだけ食べてもタダだなんてお酒は持っていかれてしまいましたが、結果的に得しましたね♪」

「う、うんそうだね。ちょっと悪い気もするけど……」

フィアが苦笑気味に答えていた。ちょっとというかなんだか気の毒にも思えてきた。

「でも本当その体のどこに入るのかな?」

エクレアが不思議そうにしていた。セレナは小柄だし確かに不思議だよね。

「きっと胸よ！　セレナってばこう見えて脱ぐと凄いし！」

フィアが突然セレナの体型について触れた。そういう話はなんというか聞いていいものか悩んでしまう。うん。とりあえずスイムを撫でよう。

「スピィ～♪」

スイムもリンゴを食べながら喜んでプルプルしている。はぁ癒される。

「……そういえばエクレアもいい物持ってるわね」

「え？　ど、どうしたの突然？　そんな見られると恥ずかしいってば」

「くっ、これが持つ者の圧力なのね！　どうせ私は控えめよ！」

「フィア、もしかして呑みすぎた？」

エクレアが落ち着いてとフィアを宥めている。二人共、お酒も呑んでいるからね。僕は呑んでないけど。

「ちょっとネロ！　あんたもやっぱりそういうのが好きなの！」

何かフィアが僕に話を振ってきた！

「ぶどうジュースをお持ちしました」

「ありがとうございます♪」

僕が返答に困っていると店員が飲み物をセレナに渡していた。彼女は食べるのに夢中でこっちの様子が見えてないみたいだ。

「どうなのネロ！」

そしてフィアがぐいっと顔を近づけてくる。うぅ、質問が質問だけにどっちを向いていいかわからないよ～。

「えっと、そ、そういうのって？」

「惚《とぼ》けるんじゃないわよ！　おっぱいよ、エクレアやセレナみたいに大きいのが好みなのかってこと！」

うぅ、わかっていたけどそういう話なんだね。

「その、僕は大きさとか気にはしてないよ～」

「本当に？　ならスイムが平べったくてもネロは愛せる？」

「スピッ!?」

スイムが反応して驚いてるよ！　なんとなく自分に飛び火したってわかってるのだと思う。

え？　でもスイムが平べったく？　えっと。

「も、もちろんスイムはスイムだもの！　平たいスイムでも僕は大事にするよ！」

「スピィ〜♪」

スイムがテーブルにのった僕の腕にすり寄ってきた。嬉しそうで何よりだよ。

「――おいネロ！　何あんたそのヌルい反応！」

そのとき、テーブルをドンッと強く叩く音がして僕に怒りの声が飛んできた。見ると目の据わったセレナがこっちを睨むようにして見ていた。凄く嫌な予感がするよ。

「ヒック。大体あんたもいい加減はっきりさせなさいよ。一体どっちが好きなのか！」

セレナの様子が明らかにおかしい！　これってやっぱり!?

「も！　申し訳ありませんお客様！　先程間違えてぶどう酒をお持ちしてしまって！」

すると店員が駆け寄ってきて頭を下げながらセレナがこうなった原因を告げてきた。

あぁやっぱりセレナ、お酒を呑んじゃったんだ――うぅ、まずいセレナはとっても酒癖が悪いんだよ……。

「ネロはぁちょっと優柔不断すぎですよぉ！　もっとちゃんとしないとらめぇれす！」

「ご、ごめんなさい……」

そして酔っ払ったセレナからよくわからない理由で説教されてしまった。セレナの絡み酒が発揮されてしまっているよ。

「はぁ、でもちょっとここ暑いれすねぇ～よし！　ぬぎょう！」

「えぇ！」

セレナがローブを捲り周囲の男性客がざわめいた！　まずいまずい！

「ちょ！　こんなところで何してるのセレナ！」

「別に～いいじゃないですかぁ～減るもんじゃないれすしぃ～」

「駄目駄目駄目！　後からいろんな物を失うことになるよ！」

フィアとエクレアが必死にセレナを止めた。ローブの下にまだ着てたから危ないことにはならなかったけどローブの下は確かに凄かったよ……。

「今ネロ鼻の下伸ばしてたよね！」

「の、伸ばしてない伸ばしてない！」

「本当にぃ？」

フィアとエクレアの疑いの視線が痛い！

「スピィ～……」

あぁスイムもどことなくやれやれって顔をしてる気がするよ！

「ネロぉ！　そういえばさっきから全然呑んでないじゃない！」

テーブルをドンッと叩いてセレナがまた僕に文句を言ってきた。

「僕は元々呑まないから……」

「そんなのだからネロはらめなんれすぅ。大体水魔法を使うのにお酒を呑まないなんてぇ！　そうらぁこのセレナお姉さんが――」

するとセレナがお酒を口に含んだ。そして僕に口を近づけて、えぇ！

「ストップストップ何してるのよ！」

「ダメダメそんなの！　ネロも！」

「ぐぇ！」

「キュピ⁉」

エクレアに思いっきり首を回された！　ゴキッて何か凄い音が……。

「ん～♪」

「むぐぅ！」

「キャッ、嘘セレナとフィアが――」

エクレアが手で両目を塞いだ。だけどしっかり間から見ているよ。

「む……も、もういい加減にしなさい！」

「えぇ～別にいいじゃないれすかぁ女の子同士友情のあかしぃれしゅうぅう……」

セレナの声がだんだんとか細くなりついには寝息が聞こえてきたよ。

「ね、寝た？」

「そうみたいね……はぁもうどうなることかと思ったわよ」

「えっと……」

僕の首も解放されたから確認してみた。セレナはすっかり寝てしまっていてエクレアは戸惑ってる様子だ。

「あぁさっきのことなら気にしないでいいよ。前にもあったたし。だからお酒は呑ませたくないんだけどね」

「な、なるほど。納得したわ！」

フィアから話を聞きエクレアがこくこくと頷いていたよ。その後店長が改めてお詫びに来ていた。今度来るときは飲み物だけ一杯サービスしてくれるともね。ただやっぱり食べ物までは言わなかったね。

それも当然かなとテーブルの皿の量を見て改めて思ったよ。

そして僕たちは眠ってしまったセレナを肩に乗せて店を出た。店長がおすすめの宿も教えてくれたから今日はそのままそこに泊まることになった。

さて明日はいよいよ買い物かな。何かいいものがあればいいんだけどね。

ただ——やっぱりあのワンという老人が言っていたことが引っかかるんだよねぇ——。

「うぅ、頭が痛い……昨日私どうしちゃったんですか？」

朝セレナと顔を合わせたけど今回もしっかり記憶をなくしてるようだった。

前にお酒を呑んだときもそうだったんだよね。あのときはガイがずっと絡まれていたから僕は特に

何かあったわけじゃないけど見てて大変だなとは思ったよ。

「セレナ。やっぱり貴方これからお酒は控えるべきね」

フィアも部屋から出てきてセレナに注意した。セレナはなんというかとんでもないことになってたからね。

「お酒？　私、昨日は呑んでませんよ？」

セレナがキョトン顔だ。そうだった。昨晩のは店員の間違いだからセレナには自覚がないんだろうね。

「やっぱりお酒には気をつけないとダメだね」

「スピィ～……」

本当しみじみそう思う。スイムも同感という空気をにじませていた。そしてエクレアも部屋から出てきた。

「おはようセレナ。昨日はかなり酔っ払ってたみたいだけど大丈夫？」

エクレアも合流しセレナを気遣った。問題はセレナにその自覚がないことだけど。

「もうエクレアまで。私、昨日は呑んでませんよ～。二人共きっと呑みすぎて記憶があやふやなのですね。いいですか？　お酒は呑んでも呑まれるな、ですよ？」

「「え～」」

「スピィ～……」

何か僕たちが呑み過ぎみたいな空気になったよ。ふぅ、仕方ないね。

その後、僕たちは宿の浴場で身綺麗にし、食堂で朝食を食べた。

昨日あれだけ食べたのにセレナはぺろりと平らげてパンもお代わりしていた。本当どこに入ってるんだろうね。

「さ！　いよいよ職人地区ね！」

セレナが張り切った。いつもの落ち着いた雰囲気が一変して随分とテンションが上がってる。

「この坂を登った先から職人が増えて店も多くなるのよ。別名職人通り《スミスストリート》と呼ばれるぐらいなんです！」

セレナの口調に力が篭ってきたよ。

「そういえば鉄を叩く音が響いてきたわね」

フィアから説明を受けエクレアが耳を澄ませ言った。たしかに上に行くほどハンマーの音だったり釘を打つ音だったり織機の音だったりが響き渡ってきた。

「うわ～、これよ！　これが職人の空気なんだわ！」

坂を登りきったところでセレナが両手で祈るようにして感嘆の声を上げた。

建物の多くには煙突が備わっていてモクモクと煙を上げている。道では木材を運んでいたり大きな石を運んでいたりする人も見られた。

『馬鹿野郎！　こんな適当な仕事で俺が満足すると思ったか！』

『すみません親方！』

『こんな値段で請け負えるかよ、おととといきやがれ！』

『素材が手に入らない？　それをなんとかするのがお前の仕事だろうが！』

そして何だか怒鳴り散らすような大声もよく聞こえてくる。

「な、何か怖そう……」

「スピィ～……」

僕もスイムも気後れしてしまったよ。僕なんかが入って大丈夫かな？

「フフフッ。ネロもまだまだですね。職人はこだわりが強いからその分どうしても厳しくなるのです。ですがそれこそが職人のいいところなんですよ！」

ぐいっと顔を近づけてセレナがちょっと怖いぐらいの圧力で語ってきた。セレナ本当に職人が好きなんだねぇ。

「まぁ気性が荒い人が多いってことよね」

「こだわりです！　こだわり！」

苦笑いするフィアにセレナが指摘した。何はともあれ僕たちはそれぞれの店を覗いてみることにした。

セレナが詳しそうだから彼女に案内してもらう形でね。それから何件か回ってみたんだけど――。

「はぁやっぱりどこも職人のこだわりが感じられるお店ばかりでしたね」

セレナがしみじみと語った。確かにどの店に行っても既製品のみということはなくしっかりとオーダーメイドを受け付けている店ばかりだった。

そういう店だからか展示品にしても値段は高い。しかも基本展示品は売り物というよりは品物の品質を知ってもらうためにあるようだしね。

「確かにセレナの言うようにどの店もウォルトの品より質は良かったと思う」

フィアがセレナの言っていることに理解を示した。僕もそう思う。もちろんその分値段は張る。それに注文品の場合素材から選んで組み合わせていくことになる。当然扱う素材によってはとんでもない金額になることもあるんだよね。

もちろん本来ならその分理想の装備品が手に入ると考えがちだけどね――。

「確かに品物は良かったけど、私の属性に合う素材が全く無いじゃない！」

フィアが両手を獣のように振り上げて声を大にさせた。セレナも眉尻を下げ弱った顔を見せる。

「やっぱり甘くはなかったですね。私のはまだあった方ですが回復系が好む属性は人気があって良い素材はすぐに無くなるようなんです」

セレナもフィアと同じで品は良くても素材に恵まれなかった形だ。回復と言っても癒属性だったりセレナのような生属性なんかもある。

幅広いけど大体どの回復系にも使える素材というのはあるらしい。ただその手の素材はそんなに多くは手に入らずその割に需要はあるので、いい素材で作りたいなら予約で随分待たされることもあるようだね。

「結局ネロも見つからなかったのよね」

エクレアが僕に目を向けてちょっぴり残念そうに言った。僕も結局何も買ってないんだよね。

「うん。杖は仕方ないかなと思ったけどローブもピンっとこなくてね……」

「スピィ～……」

スイムも気落ちした声で鳴いた。別にスイムのせいではないんだけど、僕を心配してくれているようだ。その気持ちが嬉しいよね。スイムの頭を思わずなでなでしてしまう。

「スピィ～♪」

スイムは嬉しそうだね。

「エクレアも結局何も買ってないですよね」

「私の雷関係はそれなりにあったんだけどどれもしっくりこなかったのよね」

苦笑しつつエクレアが答える。ここまできたはいいけど、結局皆何も装備が揃ってないんだよね。

「あ！　エクレアちょっとちょっと！」

フィアがエクレアを呼んだ。見るとどうやらこの周辺の地図を見てるようだね。

「地図に何かあったの？」

「この店よ。ここまだ見てないじゃない！」

気になったので僕も覗き込んでみた。ガラン工房か――確かに行ってないね。ちょっと外れたところにあるから気づかなかったのかも。

「あれ？　そういえばここは何も表示がない……」

ガラン工房もだけど地図には各種店舗が名前付きでのっていた。だけどそれとは別にポツンっと一軒だけ名前もなく取り残されている場所があった。う～ん。これはこれでちょっと気になるかな……。

「工房って書いてるしエクレアの欲しい物が手に入るかもよ」

「う～ん。そうだねせっかくだし」

「え？　ガラン工房……二人共ここは――」

「ほらほら。ネロもセレナも早く行くよ！」

何も表示のない場所も気になりはしたけど、まずはガラン工房に向かった。セレナは何か言いたげだったね。

「ここなんだ――何か凄い設備が整ってそう」

ガラン工房の外観は立派だった。規模も大きくてここだけちょっと離れたところにあるのもよくわかる。

これだけスペースがあると少し離れた場所じゃないと建てられなかったんだろうね。

「頼もう！」

「ちょ、フィア道場破りじゃないんだから」

フィアが妙な掛け声付きで店に入ったからエクレアが少し気恥ずかしそうにしていたよ。

「なんだお前たちは？」

「なんだとは失礼な言いぐさね。私たちは買い物に来たのよ！」

作業中の職人から聞かれてフィアが答えた。

「これがガラン工房――はぁやっぱり噂通り――」

セレナがうっとりしたような目で建物の中を見ていた。この様子を見るにセレナはここのことを知ってたみたいだね。

「買い物に来ただ？　フンッ。それであんたら紹介状はあるのか？」

フィアから話を聞いた職人がそう聞いてきた。えっと紹介状？

「あの、私たちはこのお店初めてで紹介状とかは……」

エクレアが答えると職人が眉を顰めた。

「だったら他所へ行きな。うちは一見さんは断ってるんだ」

「え？」

しっしと追い払うような仕草を見せ職人が答えた。フィアもエクレアも目を丸くさせてるよ。でも、そんな決まりごとがあったなんてね。

結局ガラン工房では何も見ることができなかった。セレナが工房の様子に感動していたぐらいだよ。

「話も聞いてもらえなくてちょっと残念だったね」

エクレアが苦笑まじりに言った。結局エクレアは装備を整えることができなかったわけだしね。その後は一旦街の地図のあったところまで戻ってきた。

「ガラン工房はこの町では有名なんですよ。ただ工房の親方さんが気難しい人で有名なようで」

「だからって話も聞いてくれないってあんまりじゃない？　有名らしいけどそれでちょっと横柄になってるとか？」

セレナが理由を話してくれたけどフィアはとても不機嫌そうだ。門前払いを食らったようなものだから気分を害してるのかも。

「職人はこだわりが強いんです！」

「セレナは職人が好きだからって肩持ちすぎだよ」

セレナはガラン工房を悪く思われたくないみたいだ。フィアはやっぱり不満そうだけどね。

とはいえこんなことで喧嘩になっては欲しくない。

「でもこれからどうしようか？」

エクレアが聞いてきた。この時点でもう大体の店は回っているから気になったのかも。

「それなら僕ちょっと気になるところがあるんだ」

「気になるところ？」

「うん。ここなんだけど――」

僕はさっき地図を見てたときに気になっていた箇所を指さした。全員の視線がそこに集中する。

「何これ？　名前も無いじゃない」

「そうなんだよね。それが逆に気になって」

「なるほど。流石ですねネロ！　こういうところが意外と穴場だったりするんですよ！」

セレナの鼻息が荒い。本当に職人に目がないんだね。

「善は急げです！　さぁ行きましょう！」

結局セレナが率先して地図の場所に向かうことになったよ。そして目的地についたのだけど――。

「えっと、ここで合ってるんだよね？」

建物を見たエクレアが戸惑い気味に口にした。うん、なんというか外観がとても古めかしい。

「オンボロね。これで本当に仕事してるの？」

フィアがハッキリと言っちゃったよ！　いや確かに見た感じかなり傷んでるけどね。

「こういう場所だからこそ凄腕の職人が隠れていたりするんですよ。知る人ぞ知るといったところですね」

ただ一人セレナだけがやけに盛り上がっていたよ。目も輝いているし。

「とにかく声を掛けてみようかな」

「スピィ～」

僕はとりあえずドアをノックするところから始めてみた。だけどトントンっとドアを叩いてみても何の反応もないね。

「えっとどなたかいらっしゃいますか～？」

一応声も上げてみたけどシーンとしていて何の反応もなかったよ。

「駄目ね。誰もいないんじゃない？」

「留守なのかな？」

「スピィ～？」

ため息混じりにフィアが言った。エクレアとスイムも似たような考えなようだね。

「あの、もしかしてうちに何か御用ですか？」

どうしようかなと考えていると、背後から声がかかった。振り返るとそこに一人の少女が立っていたんだ。

「えっと貴方は？」

「私はここで暮らすワンお爺ちゃんの孫のロットです」

少女が答えてくれた。あれ、でもワンって最近聞いた名前のような気も？

「私たちは地図で見て来たのですが、ここは営業してるのですか？」

僕が疑問に思っているとセレナがロットに聞いてくれていたよ。

「営業――もしかしてお爺ちゃんに仕事の依頼に来たのですか⁉」

話を聞いたロットが随分と驚いていたよ。

「確かに装備品は探しているけど、依頼するかどうかは仕事内容によるわね」

「それなら是非！　ワンお爺ちゃんは腕のいい杖職人なんです！」

ロットが興奮気味に答えた。僕たちを見て気に入ってもらえると思ったのかもしれないよ。僕はもちろんセレナとフィアも杖を持っているからね。

「さぁどうぞ入ってください」

ロットがそう告げドアを開けて中に入っていった。

ロットに続くよう家に入ったのだけど、途端にツーンっとしたアルコールの匂いが鼻腔をくすぐった。結構キツイ。

「う、酒臭いわね」

「あぁごめんなさい！　今窓を開けますね」

フィアは思ったことをわりとはっきり口にするタイプだ。聞いたロットが慌てて家の窓を開いた。

「お爺ちゃんは多分こっちの部屋です」

ロットと一緒に奥の部屋に向かった。奥は手前の部屋より広く部屋というよりは作業場といった印象だ。

工具もいろいろ設置されていて部屋の真ん中で横になりいびきをかいて寝ている人がいた。この人、そうだ。昨日酒場で見たお爺さんだよ。そうか確かにあの人もワンと言っていたし酒場の店主も元は腕のいい職人だと言っていた。

そうか杖職人だったんだね。ただ――寝ているワンの側には何本か空いた酒瓶が転がっていた。これを一人で呑んだのかな？　これだけ呑めば部屋にお酒の匂いが充満するのもわかる気がする。

「あ、もうお爺ちゃんまた呑んで……」

ロットが呆れたように口にしつつワンを揺り動かした。

「お爺ちゃんもう起きて。お客さんが来たよ」

「――う～ん。なんだロットか。新しい酒でも買ってきてくれたのか？」

「違うよ！　お客さんだってば」

「客だと？」

ロットの話を聞きワンが髪を掻き毟りながらムクリと起き上がった。大あくびをして眠そうな眼で僕たちを見る。

「あぁ何だ昨日のイマイチな酒を持ってきた連中か」

「別にあんたのために持ってきてたわけじゃないわよ。てかまさかあんたの店だったなんてね」

ワンが思い出したように口にするとフィアが愚痴気味に答えた。やっぱり不機嫌だね。

「え？　お爺ちゃんのこと知ってるのですか？」

「えっと昨日酒場で知り合ったんです」

「ネロも甘いわよ。あのね貴方のお爺ちゃんは酒場で――」

フィアが昨日あったことをロットに説明した。

「そ、それはお爺ちゃんが大変失礼なことを！　本当にごめんなさい！」

ロットが僕たちに向けて頭を下げてきたよ。何か逆に申し訳ない。

「酒はそいつらがくれたから貰ってやっただけだぞ。そんなことでいちいち謝るな」

「酒瓶に直接口をつけたからよ！」

「フンッ。心の狭い連中だ」

「ほ、本当にお爺ちゃんがごめんなさいごめんなさい！」

フィアの蟀谷《こめかみ》がピクピク痙攣していてロットも更に謝ってくれた。ワンは相変わらずだけどね……。

「で、お前らが客らしいが一体今度はどんなお酒を持ってきたんだ？」

一旦話が落ち着いたと思ったらワンが期待した目で聞いてきた。僕たちはすっかりお酒を持ってきてくれる人と勘違いされてるみたい。

「いえ別にお酒を持ってきたわけじゃなくて……」

「ネロがここが気になると言っていたから来たのだけど……」

セレナとエクレアが説明してくれた。ワンが眉を顰める。

「フンッ。なんだ酒を持ってきたわけじゃないのか」

「えっと確かにお酒は持ってきてないですが、ワンさんが杖職人だとお孫さんから聞いてお話を聞いてもらえないかなとは思ってるのですが」

僕はそうワンに切り出した。あのマスターも元々と前置きはあったけど腕は確かだと言っていたからね。

「あん？　お前が杖の話だと？」

ワンがギロリと僕を見てきた。やっぱり杖のこととなると目つきが変わるね。

「フンッ。お前みたいのに時間を割いてられるか。そんなくだらない理由ならとっととけぇれ！」

暫く僕を睨んだワンに怒鳴られてしまった。杖について話すつもりはないらしい。

「お爺ちゃんそんな言い方——昨晩だって迷惑掛けたわけだし話ぐらい聞いてあげてよ」

「チッ。よりによってこんな連中入れやがって。お前だって知ってるだろう、わしはもう杖にかかわる仕事はしねぇんだ！」

孫のロットに向けてワンが厳しい言葉を投げつけた。杖に対してそんなに拒否感を示すなんて……。

「お爺ちゃんを頼って話を聞きに来たんだよ？　私またお爺ちゃんの杖を作るところ見てみたいよ……」

ロットが涙目になってワンに訴えた。この子はきっとお爺ちゃんに立ち直って欲しいんだ。

「お願いです。とにかくもう一度僕の杖を見て教えてください。それに何が駄目かも僕は知りたい」

「うるせぇ。そんなものテメェで考えろ」

「ちょっとあんたいい加減にしなさいよ！　さっきから聞いてれば何よ！　孫のロットだってこんな

に必死になってるのに家族として恥ずかしくないわけ！」

フィアが怒りを顕にしてワンに突っかかった。昨晩から一番不満そうだったのはフィアだったけどここにきていよいよ感情が爆発したみたいだよ。

「――ふん。わしだってその気になれば杖にこだわらなくてもやっていける。余計なお世話だ」

「でもお孫さんは貴方が立ち直って杖をまた作るのを望んでるんだよ？」

「スピッ！　スピィ～！」

エクレアが諭すようにワンに伝えた。ロットの気持ちはなんとなくわかるからね。スイムもロットを擁護するようにワンに訴えている。

「だいたいこれまで何もしてこなかったのは杖を作ること以外に能が無かったからでしょう？　そうでなかったら孫に心配掛けたりしないハズだもの」

「ぐぐっ、言わせておけば！」

フィアのキツイ指摘にワンが表情を険しくさせた。なんとなくだけどやっぱりロットのことは気にしているのかもしれない。

「あの、そもそもどうして杖を作るのをやめてしまったのですか？　腕のいい杖職人だと聞きますしそれなら引く手あまただったと思いますが……」

セレナが思い切った表情でワンに問う。セレナは職人が好きだから自ら杖づくりをやめてしまったワンの事情が気になるのかもね。

「そんなもの、お前らみたいなのがおいそれと杖を求めてやってくるからにきまってるだろう」

ワンが僕たちを指さして答えた。今度は僕だけじゃなくてセレナやフィアも対象にしているみたいだ。

「は？　何よそれ私たちの何が悪いっていうのよ！」

これにはフィアも黙っていられなかったようで言い返していた。このままだとまた言い合いになりそうだよ。ただ、僕にも気になることがあった。

「貴方は酒場でも僕に向かって杖が泣いていると言いました。何か理由があるのですか？」

「全く、いちいちそんなことを言われないとわからん時点で、テメェらには杖を使う資格がないんだよ」

「あの、何か気に障ったならごめんなさい。だけど私たちはまだまだ未熟で今後の勉強のためにも一つご教授頂けませんか？」

セレナがかなり下からワンにお願いした。これセレナの作戦なのかな。普通に聞いても相手にしてくれないし――。

「馬鹿言うな。なんでわしがわざわざそんな真似」

「教えてくれたらお酒をお持ちしますよ」

不機嫌なワンに向かってセレナが交換条件を伝えた。ワンの目つきが変わる。

「――フンッ。その代わり旨い酒を用意しろよ」

「それはもちろんです」

ワンがセレナの話に乗ってくれた。良かった、これで耳を貸してくれそうだ。

「なら聞くがお前らその杖の手入れは一体どうしてる？」

「え？　杖の手入れって……それは汚れたら磨いたりはするわよ」

「私もそうですね」

「僕も一応毎日磨いてはいるつもりだけど……」

僕を含めた三人の答えは一緒だった。だけど話を聞いたワンが顔を顰める。

「そんなこったろうと思ったぜ。ま、それでも磨くだけまだマシか。中には磨くことすらしないのがいるからな。だがな、だとしてもその程度しかしてない時点でテメェらは論外なんだよ」

「何よそれ。なら一体何をすればいいっていうのよ」

ワンが呆れたように答えるとフィアが不満そうに反問した。僕としてもそこが気になる。

「はぁ～～～嫌だ嫌だ。これだからわしはもう杖なんて作りたくないのだ」

「お爺ちゃん。ならせめて何が悪いかぐらい教えてあげようよ」

大げさな身振りで批判的な言葉を発したワンにロットが指摘した。これみよがしにワンがため息をつく。そして今度はエクレアを見た。

「見たところお前は魔法系じゃないな？」

「え？　そうね。私は戦士系になると思うけど……」

「スピ？」

エクレアにそんなことを問うワン。スイムも不思議そうにしていた。

「なら聞くがお前さんが持ってるその槌はどうやってメンテナンスしてる？　ただ磨くだけか？」

「それはないわよ。戦闘が続けば疲弊するし磨くだけだと性能を維持できない。定期的に鍛冶屋で直してもらったりしてたわ」

それがエクレアの答えだった。でもメンテナンス？

「そういうことだ。お前らは魔法を扱うかもしれんが杖の専門家じゃない。ただ磨いていたって杖が疲弊して悲鳴を上げていても気づきもせんだろうが。にもかかわらずテメェらは杖のメンテナンスを怠る。そんな奴らばかりだから嫌気がさしたのさ」

ワンに言われてなにかに胸を貫かれたような気持ちになった。確かに杖のメンテナンスについてそこまで細かく考えたことはなかった。

「ちょっとまってよ。エクレアみたいに戦士が武器を振り回すのと一緒に考えないでよ。私たちは杖で相手を直接殴ったりしないんだし」

「――呆れて物もいえんわい。なら聞くが貴様は杖を扱うとき一体杖に何を込める？」

フィアが反論するとワンが逆に問い返した。これは答えは明白だけど……。

「そんなの魔力に決まってるじゃない」

「そうだ魔力だ。つまり杖は貴様らの扱う魔力を黙って受け続ける。魔力というのは貴様らが思っている以上に負担の大きい力だ。それを受け続けたら杖はどうなる？　貴様らは安易に直接杖で戦闘をするわけじゃないから疲弊しないなどと考えてるようだが大間違いだ」

「う……」

フィアがたじろいだ。僕もそこまで考えたことはなかったよ……。

「わしはそんなこともわからん連中に使われている杖が不憫でならん。それが杖が泣いているということ。そしてわしが杖を作らなくなった理由だバカモンが！」

どうやらワンは杖を買いに来た相手のいい加減さに腹を立てているようだね。

確かに僕も杖についてそこまで深くは考えていなかったのかもしれない……。

いや僕だけじゃなくフィアやセレナもそうだったようでどこか沈痛な顔を見せていた。

「ワンさんのお怒りはわかりました。僕も正直そこまで深く考えてこなかったと思うし凄く恥ずかしく思ってます」

「フンッ。それがわかったらとっとと帰れ」

「いえ帰りません！　むしろそれがわかったからこそ貴方にお願いしたい」

不愉快な顔を見せるワンに僕は改めてお願いした。

「お前これだけ言ってもわからないのか、アホなのか？」

「スピィスピィ～！」

呆れ顔でそんなことを言いだしたワンに向けてスイムが強く鳴いて抗議した。

「貴方の言ってることもわからなくないけど流石に口が悪すぎでしょう」

フィアがムッとした顔でワンに告げた。

「フンッ。それが嫌ならとっとと出ていけばいいだろう」

それに対してワンが冷たくあしらってきた。

「ね、ねぇネロ。その、本当にこの人にお願いするの？」

エクレアが確認するように聞いてきた。これまでの話でワンに不安を感じたのかな？

「僕の杖を見て、ひと目で疲弊しているのがわかったその目を僕は信じたいんだ。それに——ワンさんは大切なことを教えてくれた。口は悪いかもしれないけど杖について知れたのは大きいよ」

「フンッ。口が悪いだけ余計だ」

あ、しまったつい思ったまま口に……。

「大体わしはお前らの先生じゃない」

「そこをなんとか。それに知識があれば貴方が作ってくれた杖をより大事に使えますし」

「だからもう杖は作らんと言っとるだろうが！　それにだ、お前になど教えたところでどうにもならんだろう。その杖を見ればわかる」

「その。ネロの持つ杖に何か問題が？」

頑なに杖の作製を拒むワンが僕の杖について再度指摘してきた。以前も杖が泣いているとは言われたけど——セレナも今の言葉が気になったのか聞いてくれたよ。

「その杖、一体何年使ってる？　どうせその間もろくに手入れもせず違和感なく使っていたのだろう。さっき杖を磨いていると言っていたがわしはそれすら怪しいと思っとる。一年程度でそこまで傷まんからな。年で考えれば四、五年何も考えず使い続けたといったところか。そんな奴が杖を大事になどするものか」

「え？」

ワンが僕の杖について語ったけど……ちょっと混乱してしまった。だってそんなはずないからね

――。

「えっとその、そんなには使ってないのですが」

「なんだと？　そんなはずあるか。確かに杖はもう作ってないが見ればどれぐらい使ってるかぐらいわかる」

「いや、そんなこと言われてもネロの言ってるのは事実よ」

いろいろ疑問に思いつつも僕はワンに事実を伝えた。フィアも擁護してくれている。

「はい。ネロがいま使ってる杖は私たちと探索したダンジョンで見つけたもので、精々二ヶ月程度の使用かと……」

うん。セレナの言う通り実際ダンジョンで見つけてからそこまで経ってないからね。

「は？　はぁあぁぁあ!?」

話を聞いたワンが顎が外れんばかりに驚いていた。ワンは僕の杖はそれぐらいの年数使ってると確信していたようだけどね――。

「嘘……お爺ちゃんが見間違えた？」

ロットが両手で口を塞ぐようにして驚いていた。彼女からしてもワンが間違うなんて思ってなかったんだろう。

「馬鹿な！　そんなわけあるか！　杖作りはやめたがこの目は確かだ！　見せてみろ！」

するとワンが僕に近づいてきて引ったくるように握っていた杖を奪った。かと思えば今度は特殊なレンズを掛けてじっくりと観察を始めた。

「――これはよく見ると確かに柄の部分はそこまで疲弊しとらん。わしとしたことが魔石だけを見て判断してしまったか。だが――何故だありえん！　何故魔石がそんな短期間でここまで疲弊する！」

ワンが杖を確認して鼻息荒く口にした。どうやら僕の杖――拾った時期からは考えられないほど傷んでいたんだね……何か申し訳ない気がするけど思い当たるとしたらやっぱり、と改めて右手の甲に刻まれた賢者の紋章を見た。

「実はここ最近になって僕の魔法はかなり強化されたんです。もしかしたらその影響かも……」

杖が疲弊した理由をワンに伝えた。そうだと断言できるわけじゃないけどワンの言うように急速に杖が疲弊しているならそれしか考えられない。

「急にだと？　いや、そうか確かにそう考えれば……」

ワンの目つきが更に変わった気がした。これまで以上に真剣な目つきで杖を見ている。

「ネロの言ってることは本当よ。最近のネロの成長ぶりは凄くて強敵も数々打倒しているわ」

「魔獣を倒したりしてギルドでも評価されてるしね」

「ネロの魔法で私も命を救われました」

「スピィ〜！」

ワンに対してフィアやエクレア、それにセレナが僕の魔法についてしっかりと説明してくれた。スイムも声を上げて僕の言ってることが本当だと訴えてくれていて感謝の気持ちで一杯になる。

「――確かに短期間でこの状態になったなら杖本体と魔石で痛みに差があるのもわかるな」

「えっと魔法のことは信じてもらえるのですか？」

「なんだお前は。信じられるかと文句でも言った方が良かったのか？」

訝しげにワンが僕を見てきた。もちろん信じてくれたなら嬉しいんだけどね。

「いえ、その自分は水の紋章持ちなので……」

「だからなんだ？　わしは紋章がどうかなんてくだらんことはどうでもいい。事実は杖のみが語るのだからな」

――その答えを聞いてやっぱりこの人なら僕にふさわしい杖を作ってくれるかもしれないと思った。

「これから杖を大事にすると誓います。だからお願いです僕に新しい杖を作ってください！　皆を守るためにも僕には新しい杖が必要だとそう思えるんです」

ワンの話を聞いて新たな杖が必要という気持ちは更に強くなった。この青水晶の杖にもお世話になったけどこのままだともたないかもしれないし。

「――フンッ。何度も言わせるな、わしは杖づくりをやめたんだ」

「そんな……」

「何よこの偏屈ジジィ！　もういいよネロ。他で探そうよ」

ワンはやっぱり杖作製を引き受けてくれないのか……フィアもいよいよ本格的に怒りをぶつけ始めてるし。

でも――。

「ご、ごめんなさい！　お爺ちゃんの失礼は私から謝ります！　お爺ちゃんもここまで言ってくれてるのに！」

「黙れ！　とにかくわしはもう杖は作らん！」

そう言うとワンが立ち上がりドスドスと去っていき――。

「おい！　酒のことは忘れるなよ！」

最後にそう言い残して出ていった。完全にへそを曲げてしまったようだよ。

「本当にお爺ちゃんがごめんなさい……」

結局これ以上ここにいるわけにもいかないので、僕たちも工房を後にした。外に出るとロットが深々と頭を下げてきたよ。

「そんな、頭を上げて。急に来て無茶を言ったのは僕たちなんだから」

ロットが頭を下げるのも何か違うからね。だから気にしないようロットに伝えた。

「そうそう。ロットが気にすることじゃないわよ。悪いのはあの偏屈ジジィなんだから！」

「ちょ、フィアも落ち着いて」

フィアはワンに対してやっぱり怒りが強いようなんだよね。セレナが宥めているけど。

「スピィ……」

「でも、あそこまで頑なに拒むなんてそんなに嫌なお客さんが多かったの？」

エクレアがなんとなく気になったのか聞いていた。確かに仕事に関して嫌悪感が強すぎる気はしたよ。

「実は――最近トラブルがあって、それも影響してるんだと思います」

「トラブル？　それって一体なんですか？」

「……いえ、トラブルと言ってもこちらの問題なので。お爺ちゃんを頼ってくれたのは本当に嬉しいです。とにかく私からも説得してみますので――」

そこまで話した後、僕たちは工房を後にした。結局トラブルが何かは聞けなかったけどね。ロットも言いにくそうだったからあまり踏み込んで聞くのもどうかと思ったんだよね。

「もぐ、ですが、もぐ、これで振り出しですね、もぐっ、試験もあるし、もぐ、どうしましょうか……」

「しっかり食事取ってて危機感が皆無ね」

会話中でも食べ物を口に運ぶことを忘れないセレナにフィアが呆れ顔だった。結局僕たちはあの後、日も落ち始めていたのもあって腹ごしらえのため、酒場に立ち寄ることにしたんだよね。

う～ん、でもやっぱりなんとかしたいよね。僕の杖もワンにあぁ言われてなんだか心配になってきたし。

「もぐ、あ、追加注文いいですか？」

「まだ頼むんだ……」

「スピィ～」

そしてそんな中でもマイペースに食べ物の追加注文をするセレナだ。フィアはやれやれといった顔をしていて、スイムは、凄いな～、という気持ちで鳴いてるように聞こえた。

「試験といえばもう少ししたらガイとも合流しないといけませんね」

「あ～確かにそうかもね。そういえばガイの奴今頃何してるんだか」

ガイ――魔報を受けて実家に帰ってるんだったね。ガイの実家がどこかも僕にはわかってないけどね。

でもガイにとってもCランク試験は大事だろうからそれまでにはきっと戻ってくるよね。

「さて、と。もう私もお腹いっぱいだしセレナが食べ終わったらそろそろ宿に戻ろうか。何かいろいろあって疲れたし」

フィアが言った。確かに今日は一日中歩いて店を回っていたからね。皆も結構疲れが溜まってると思うし宿に戻ってゆっくり休んだ方がいいよね。

「これはこれはまさかこんな場所でここまで素敵なレディに出会えるとは。これは僥倖《ぎょうこう》だ」

セレナもそろそろ満足したようだし、宿屋に戻ろうかなと考えていた矢先、なんだか軽い感じの男の声が僕たちの席に飛び込んできた。

見ると外側に向けて跳ねたような銀髪の男の姿。先端に女性の意匠が施された杖を持っているあたり魔法系の冒険者だろうか。

「どうだいこの出会いを祝してこの僕と一緒に朝まで飲み明かさないかい？」

「は？　勝手にやってきて何が出会いよ。悪いけど私たちはもう宿に戻るから」

「なるほど。一緒に宿に行こうだなんて大胆だね。だけど僕はそんな女の子も嫌いじゃないよ」

フィアが面倒くさそうに対応していたけど、何を思ったのか相手は宿に誘われてると思ったらしい。

一体どういう考えでそうなるのか不思議だよ。

「あの、皆は僕の仲間で今日はもう疲れたので戻りたいんです」

とにかく皆疲れてるだろうしここは穏便に諦めてもらわないとね。

「うん？　なんだ貴様は？　男にようはない。帰りたければ一人で帰れ」

「はい？」

な、なんだろうこの人。全く話が通じてないというか……。

「ネロは私の大事な仲間よ。勝手に帰るわけないんだから」

「なるほど。確かにまだ名乗ってなかったね。この僕は将来有望な期待の冒険者ロイドだ。その辺の有象無象な連中とは違うこの僕と仲良くしておいて損はないさ」

エクレアが文句を言うも、何を聞いていたのか髪を掻き上げて自慢げに名乗りだした。

期待のとか自分で言っちゃうんだね。それにこの男、僕のことはまるで眼中にないようで女の子たちにだけ興味があるようだ。凄く狙いがわかりやすい。

「いい加減にして！　私たち今はネロとパーティーを組んでいるんだからね！」

遂にエクレアが眉を稲妻の如く動かし怒りの声を上げた。

「エクレアの言う通りよ。いきなり声を掛けて少しは空気を読んだら？」

「私は食事さえ食べられればもう満足なのです。それ以外に興味はありません」

「スピィスピィ！」

そしてエクレアに追随するように他の皆からも顰蹙《ひんしゅく》を買うロイド。スイムも湯気を立ててご立腹だ。

「なるほど。つまりそこの男に何かしら弱みでも握られているってことだな。それならば最初から言ってくれればいいのに。照れ屋さんだなぁ」

「どうしてそうなるの!?」

「スピィ……」

女の子たちの今の反応を見ても諦めないどころか僕が悪いことにされてるよ！　何かスイムも呆れて物も言えないって雰囲気醸し出してるし。

「一体何をどう捉えたらそうなるのよ」

「ははっ。そんなの決まってるじゃないか。そいつの――」

「ロイドいい加減にしろ」

僕に向けて何かを言おうとしたロイドを遮るように別な男の声が届いた。

「なんだ。レイル兄さんか」

「なんだではないだろう。全くお前という奴は女と見れば見境ないのだからな」

兄さん……兄弟ということだね。ロイドが銀髪なのに対して兄のレイルは金髪で顔の彫りが深く、優男といった雰囲気のあるロイドと異なりガッチリした体型だ。

なんとなくだけど兄の方は戦士タイプのようにも思える。

「ちょっと貴方の弟なの？　なら兄弟としてしっかり教えをつけてよ。嫌がる女の子に無理やり言い寄るもんじゃないってね」

フィアが席にやってきたレイルに意見した。流石フィアは誰だろうと忌憚《きたん》なくものを言える。

「黙れ。下民風情がこの私に声を掛けるな、身の程知らずが」

だけどフィアに投げつけられたレイルの言葉に一瞬場が凍りついた。えっと、初対面で一体何？弟と違って兄はしっかりしてるかと思えば不穏な空気が漂ってきたよ。

「レイル兄さん、女の子にそういう言い方は良くないな。可愛い女の子は皆愛すべき存在だよ」

「ロイドよ、貴様は由緒正しいカートス伯爵家の一員だという自覚を持て。女にしてもそうだ。こんな有象無象の女どもに手当たり次第声を掛けてどうする？　もっと相応しい相手を選ぶのだ」

僕たちの目の前で全く気にすることなくとんでもなく失礼なことを言ってるよこの人！

「全くそんなことだから兄さんはモテないんだよ」

「三流品の女になど好かれても何も意味がない。鬱陶しいだけだ」

「あの、さっきから少し失礼ではないかな？」

「スピィ！」

流石に皆の気持ちを考えたら黙っていられないよ。大体こっちはただ弟のロイドに声を掛けられただけだし、断ってもしつこかったわけで。

「――チッ。面倒なことだ。ここの食事代は私が持つ。それでいいだろう」

「は、はぁあぁあ？　何よそれ！　勝手に声を掛けてきて散々好き勝手口にして飯代奢るからそれでいいって何様のつもりよ！」

フィアが怒り心頭といった様子で声を張り上げた。気持ちは凄くよくわかる。

「――食事代など自分たちで支払います。私たちはもう宿に戻りたいだけです」

「そうよ。正直私たちも気分悪いしすぐにここから離れたいぐらい！」

セレナが凛とした顔で言い放った。彼女の言う通り別に食事代なんて出してもらう必要ないよ。

エクレアも言ってるけど失礼な二人とはすぐにわかれて宿に戻りたい。

「ごめんね、空気読めない兄さんで」

「お前は黙ってろ。全く面倒ばかり引き起こしおって――にしても何から何まで無礼な連中だ。こんな奴らにかかわると品位が落ちる」

「ちょ、放してよ。兄さん！」

レイルがロイドの首根っこ掴んでそのまま引きずっていこうとした。

「待ってください。確かに食事代は必要ないけど、せめて一言謝ってくれませんか？」

だけどこのまま黙って帰らせるだけなのは納得がいかなかった。食事代なんていらないし僕についてはどうでもいいけど、彼女たちへの非礼は詫びて欲しい。

「――あまり調子に乗るなよ下民。ロイドは女と見れば甘いが私にはそんな遠慮はない。貴様らごとき塵芥《じんかい》、どうとでもなるのだからな」

「な――そんな言い方！」

「待ってもういいよネロ」

「そうそう。こんな連中話するだけ無駄よ」

開き直ったようなレイルの反応に思わず頭に血が上った僕を、フィアとエクレアが止めてくれた。

おかげで僕も少しは落ち着くことができたよ。

「由緒正しい伯爵家とやらが聞いてあきれますね。自分の非すら認められないなんて」

「――フンッ。野良犬が」

セレナは最後に二人に厳しい言葉を投げかけたけど、レイルという男は鼻を鳴らし捨て台詞だけ残してロイドを連れて去っていった。

「全くなんなのよあいつら！」

「はぁ、何か悪いなあんたら」

二人が立ち去った後もフィアは怒りが収まらない様子だったけど、そんな僕らに酒場の主人が声を掛けてくれた。

「実は俺も困っててな。金払いはいいんだが、あのロイドという奴、うちで手伝ってくれている店員にも粉を掛けてくるんだ」

困ったような顔で主人が言った。あのロイドが、ということは声を掛けられているのは女性なんだろうね。

「あんなの出入り禁止にしたらいいじゃない」

「はは、できたら良いんだが、カートス伯爵領から入ってくる食材には世話になっててな。情けない話だがあまり強く出れないんだ」

申し訳無さそうに主人が言った。確かにロイドはカートスと家名を名乗っていたね。

下手に怒らせて食材が手に入らなくなったら店を続けるのも大変だろうし気持ちはわかるかな……。

とにかくその後はあの二人と関わり合いになりたくないから主人に挨拶して宿に戻った。正直あの二人のおかげでせっかくの食事もいい気分で終われなかったのだけどね。

だけどそんなの引きずってもいられないし、気持ちを切り替えていかないと――。


「おはようネロ」

「うん。おはようエクレア。疲れは取れた？」

昨日は結構大変だったし朝は少しのんびり出ようということになった。やっぱりあれだけのことがあると疲れは出るだろうからね。

「うん！　すっかり元気だよ」

「スピィ～♪」

エクレアが僕の肩に乗ってるスイムを撫でながら答えた。本当にいつも通り元気そうだね。本当タフな女の子だと思う。

「ネロ、エクレア、おはよう～」

「お腹が空きましたね」

フィアとセレナも準備ができたみたいだね。部屋から出て挨拶してくれたよ。

「二人は体調どう？」

気になったから聞いてみた。一見平気そうに見えるけどどことなく疲れの色も見えるんだよね。

「う～ん、少しだるさはあるけど大丈夫よ」

「私も大丈夫です。朝食を摂れれば元気も戻ります」

やっぱりフィアとセレナはまだ疲れは残ってそうかな。

冒険者としての活動は休みになるから問題はないね。フィアとセレナも同行してくれるんだし肝心の僕がへこたれていたら格好付かないし。

「はぁスイムには本当癒やされるわね」

「スピィ〜♪」

フィアもスイムを撫でてホッとした顔を見せていた。スイムも心地よさそうな顔を見せてるね。

「ぷにぷにしていてなんだか食欲が増してきました」

「スピッ⁉」

「スイムは食べちゃ駄目だよ⁉」

セレナもスイムを愛でていたけどとんでもない発言まで飛び出して驚いちゃったよ。すぐに冗談ですよ、って笑っていたけどね。

その後は宿の食堂で朝食を摂らせてもらった。セレナは朝からパンを五つも六つも頬張っていて見ていて気持ちいいぐらいだ。

「それにしても昨日の連中には腹立ったわね」

「ネロがいるっていうのに私たちにばかり声を掛けてきて失礼な感じだったね」

フィアはやっぱり昨晩の兄弟には思うところがあったようだよ。エクレアも苦笑して話題に乗っかっていたし。

「気にしても仕方ありませんよ。もう会うこともないでしょうからね」

セレナも一旦食事の手を止めて二人の話に加わった。セレナは冷静な考えを持っているね。確かにあの二人のことはもう考えない方が精神衛生上良さそうだよ。

「セレナの言う通りだね」

「そうね。気にしない気にしないと」

「スピィ～」

皆もセレナの意見には同意なようだ。僕もその通りだと思うよ。

「今日はそんなことは忘れて過ごそうよ」

「そうだね。それに今後どうしようかの方が大事だし」

エクレアがそう言って微笑んだ。確かに結局まだ何も手に入れられてないからね。

「そのことなんだけど、僕はまたワンの工房に行ってみようと思ってるんだ」

「え、また？　正直あの偏屈ジジィに期待なんてできないと思うけど」

本当にフィアはワンを嫌っているね。でも、やっぱり僕はあの人に頼みたい。いや、新しい杖をお願いするならあの人以外ありえないとも思っているんだ。

「では、そうですね。昨日の約束のこともありますからお酒を持っていきましょうか」

セレナが思い出したように言った。確かに昨日そんな約束していたっけ。ワンも最後に忘れるなと言っていたからね。

「うぇ。本気で酒なんて持っていくつもり？」

「約束は約束ですよ。私も立場上、嘘をつくわけにはいかないですからね」

ニコッと微笑んでセレナが言った。属性的にもセレナは教会よりの人間だからね。そういう意味で嘘はつけないと言ってるんだと思う。

「ふぅ。仕方ないわね」

「うん。それに今日はもしかしたら機嫌がいいかもだもんね」

「スピィ～♪」

全員僕に付き合ってワンを再訪問してくれるようだ。

「本当に良かったの？　僕のわがままみたいなものだし皆が付き合わなくても良かったんだけど」

「何言ってるのよ。一時的とはいえ私たちはパーティー組んでる仲間なんだから行動は共にしないと」

フィアが答えた。そういうものかな？　パーティーでも常に一緒にいるというわけじゃないと思うんだけどね。

「こうしていいお酒も買えましたからね」

セレナが笑顔で言った。依頼でお酒を運んだあの店に行って事情を話したらワンが好きそうなお酒を見繕ってくれたんだよね。

本当依頼主がいい人で良かったよ。そのお酒は割れないようにスイムに預かってもらっている。

「スイム。お酒を宜しくね」

「スピィ～♪」

撫でてあげるとスイムも嬉しそうだった。そして僕たちは目的のワンの店についたわけだけど――。

「いい加減にしろ！　この店はやらん！　そんな金を積まれても無駄だ！　もちろん孫もやらん！」

「ははは、一体何が不満だって言うんだい？　この僕がこんなしょうもないチンケな店を五〇〇万マリンで買った上お嬢さんまで貰ってやろうと言ってるのに」

ドアに近づくとワンの怒号とどこか軽薄そうな声が外にまで聞こえてきた。

えっとなにか揉めてる？　いや、それ以前にワン以外の声に聞き覚えがあるんだけど――。

「ワンさんどうかしましたか？」

なんだか気になって店に入ると、そこにはワンとあのロイドがいたよ。

そしてもう一人ワンの孫娘ロットもね。だけどロットはどことなく困ったような顔をしている。

「おお！　これはこれは昨晩の麗しき姫たちじゃないか。そうかこの僕に会いたくなって探しに来たんだね」

ロイドが随分と自分勝手な発言をした。僕がいることなんてお構いなしだよ。

「彼女たちは僕に付き合ってここまで来てくれたんだ。君に会うためじゃないよ」

「スピィ～！」

僕が皆の間に入ってロイドに話した。自分的には結構強めな態度に出たつもりだ。

肩に乗ってるスイムも近づくなーと威嚇してるように見える。

「――なんだまたお前か。全くお前みたいな無能に彼女たちを幸せにできるわけないだろう。とっとと消えたまえ」

ロイドは他の皆に見せる顔とは違って僕に対して蔑んだような目を向けてきていた。ロイドの目線は僕の紋章にも向けられ鼻で笑ってきたよ。

「ちょっと！　勝手なこと言わないでよ。ネロは私たちの大切な仲間だし無能なんかじゃないわ！」

「そうよ。昨日から聞いてればあんた何様のつもりよ」

「見ず知らずの相手に仲間を侮辱されるのは愉快ではありませんね」

「スピィ〜！」

エクレア、フィア、セレナがロイドに反論した。肩の上ではスイムも不機嫌そうにしている。どれだけ僕のことを馬鹿にする相手がいても、こうやって僕のことを認めてくれる仲間がいるだけで僕はまだまだ頑張れるよ。スイムもついてきてくれてるしね。

「――やれやれ。お前は一体どんな口車で彼女たちを騙しているんだい？　無能でも口先だけは上手いってことか。虫酸が走るね」

人差し指を突きつけまるで僕が詐欺師とでも言わんばかりの言い草だ。

「なんで僕が口だけだって思うのかな？」

「そんなもの紋章を見ればわかるさ。お前の手に刻まれてるのは水の紋章。まさに無能の象徴じゃないか」

返ってきた答えは予想通りの物だった。やはり水魔法というだけでそう思われるんだね。

「フンッ、そんなもんか。所詮イメージでしか物を語れない未熟モンがわしの店を買おうとはちゃんちゃらおかしい」

ワンが呆れたような情けないとでも言いたそうな、そんな様子でロイドに言い放った。

「……随分な言い草じゃないか。大体ロクに仕事もしてないような呑んだくれがこれ以上こんなボロボロの工房に拘ってどうするつもりだい？　何もしないなら僕に買ってもらった方が店もロットも幸せってもんさ」

ワンに反論するロイド。ドサクサに紛れて店だけじゃなくてロットまで貰うつもりでいるんだから図々しいと思うよ。

それにしてもロイドの身勝手さには腹が立つよ。何だか僕の心に火がついたような気がした。

「仕事ならあるよ！　僕はワンさんに杖を作ってもらうんだ！」

自然とそう叫んでいた。そうだ仕事ならある。僕がお願いしたら済む話なんだ。

「おい！　お前何を勝手なこと言ってやがる！」

「ごめんなさい。でも僕はワンさんに杖を作ってもらいたい。それにここを手放すつもりはないんですよね？　つまりワンさんはまだ杖作りを諦めていないということですよね」

「む……」

僕がそう問いかけるとワンが短く唸った。否定はされていない。そうだワンだって本当は杖を作りたいはずなんだ。

「ハハッよりにもよってこの無能に杖をねぇ。そんなことは無駄だからやめておいた方がいいと思うよ。水の紋章持ちに結果がだせるわけない」

「勝手に決めないで！　ネロは私たちと今度のCランク試験に参加するのも決まってるんだからね」

「そうよ。だから無能なんかじゃない。あんたの勝手な妄想で決めつけないで！」

エクレアとフィアがロイドに反発した。そう、今回杖の新調を決めたのも試験があったからだ。

「――へぇお前のような無能もCランク試験を受けるなんてね。一体どんな手を使ったんだ？　金でも握らせたのかな？」

それはつまり僕が賄賂でも使ったと言いたいのかな。本当に失礼な男だと思う。だけど今、僕も試験をと言ったことが気になった。

「……もしかして貴方も試験に？」

「フッ」

ロイドに問うと髪を掻き上げながら反応を示した。

「そう、僕も兄さんと一緒にCランク試験に参加するのが決まってるのさ」

そしてロイドが両手を広げ自慢げに語った。つまり試験はこの兄弟と一緒になるってことか。

「何よ、それってつまり今は私たちと同じDランクってことよね？　偉そうに言っていた割に同ランクじゃない」

フィアが嘆息して言った。前もかなり自信満々な様子ではあったけどランクとしては一緒なんだ。

「はは、僕は結構満足だけどね。それに僕たちが所属しているギルドのマスターも言っていたよ。登録して一ヶ月足らずでCランク試験に推薦したのは僕たちが初めてだってね」

「え？　一ヶ月!?」

エクレアが驚いていた。正直僕もだ。普通はDランクにだって一ヶ月程度でなれるものじゃないのにどうりで自信があるわけだよ。

「つまり君は参加するだけ無駄だから杖も含めて諦めたまえってことだよ」

「はい？　えっと、言ってる意味がわからないのだけど……」

「スピィ……」

素で聞き返してしまった。ロイドたち兄弟が参加しようが僕たちには何も関係がない。

スイムもなんとも言えない様子で細い鳴き声を上げていた。

「わからないかい？　実力ある僕たち兄弟が参加する以上、試験全体の合格ラインが上がることは必至だ。だから君は落ちる。これは決定事項だ」

「えぇ……」

凄く自意識過剰な発言だと思う。しかも言った通りになると信じて疑っていない様子で僕は開いた口が塞がらない。

「いい加減にしなさい。何を勝手なこと言ってるのよ！」

「そうよ。それにネロの実力は本物よ。パーティーを組んでから近くで見てきたんだから」

フィアがキレ気味に声を上げ、エクレアも僕を擁護してくれた。エクレアが信頼してくれるのは正直嬉しい。

「どうやら君たちは本物の魔法を知らないようだね。残念ながら水の紋章使いなんて魔法師としては出来損ないだ。使い物にならないよ」

大げさに肩を上下させロイドがわかったようなことを言った。僕の魔法なんて一切見てもいないのに水の紋章だからと決めてかかってるんだ。

「君たちもそんな無能と試験に挑んだところで無駄に恥をかくだけさ。僕と組みたまえ、本物の魔法というのを教えてあげるよ」

ロイドが手を差し出し僕がいる目の前で三人をパーティーに誘い出した。さもそれが当然だと言わんばかりの態度にはある意味感心する。

「いい加減にしてください。私はもちろんフィアもエクレアだって貴方とは組みませんよ。それに勘違いしているようですがそもそも私とフィアは彼らとは別パーティーです」

セレナが言った。今は一時的に一緒に行動しているけど試験ではガイと一緒に挑むはずだからね。

「問題ないさ。だったらそのパーティーから脱退して僕の下へくるといい。もちろん今なら側室の椅子も用意してあげられるよ」

ロイドはセレナの話など意に介す様子もなくまたとんでもないことを言い出したよ。勝手に側室とか失礼にも程があるね。

「もちろんその中にはロット、君も含まれてるからね」

しかもロットにまでおかしなアピールをしだしたよ。

「そ、それはお断りしたはずです！」

「なぜだい？　破格の値段でこの店を買い君を迎え入れる準備はできてるというのに」

ロイドの勝手な発言にロットが心底嫌そうにしていた。やっぱりこの男のひとりよがりだったんだね……。

「そもそもお前に店は売らん勝手に決めるな。貴様なんかに店を取られるぐらいならまだそこの小僧に杖を作ってやった方が有意義というもんだ」

「え？　それって？」

「……フンッ。例えだ例え！」

ワンを見るとそっぽを向いて答えてきた。ただ、手応えは感じるよ。

「……面白くない冗談だね」

するとロイドの声のトーンが随分と下がった。ワンがロイドより僕を評価してくれているのが気に入らないようだった。

「奇遇だな俺も冗談は嫌いだ。それにこいつには少なくともわしの杖を使いこなす可能性がある」

ワンが答えた。ちょっと回りくどい気がするけど、ワンが認めてくれた気がして嬉しかった。

「……つまり、お前の作った杖があれば出来損ないの水の紋章持ちのゴミが、試験に挑める程度にはなると言いたいのかい？」

「いい加減腹立ってきた。魔法でふっとばしていい？」

「気持ちはわかるけど店ごと吹き飛ぶからやめてください」

フィアが過激な発言をしたけどセレナが止めていた。ただ、ロイドの発言にはセレナもイラッと来てるようだよ。

「勘違いも甚だしいな。杖の扱いには不満もあるが小僧の潜在能力は元々高い。そこにわしの杖が加われればお前如きじゃ逆立ちしたって敵わないだろうさ」

人差し指を突きつけワンが言い放った。そこまで言われるとなんだか恐縮です。だけど——負けたくないとは思う。

「ふ～ん。面白い。そこまで言うならどうかな？　お前の作った杖を持っていながら、もしこの男が次の試験に合格できなかったら——この店を大人しく明け渡しロットも僕が貰う。そっちの仲間も僕が貰う、それでいいよね」

「いやいや全く良くないよ！」

「スピィ！」

慌てて僕はロイドの条件に異を唱えた。スイムも一緒になって飛び跳ねて抗議している。全くどさくさ紛れに何を言い出すんだ。

「は？　なんだい。やっぱりただの出来損ないか。僕との勝負に怖気づいたんだね」

髪を掻き上げながらロイドが勝ち誇ったような笑みを浮かべた。本当に何を言ってるのかわからない。大体そんな条件勝手に飲めるわけないじゃないか。

「あのね。そんな勝手に店や仲間を賭けたりなんてできるわけないじゃないか。僕の一存で決められることじゃない」

「スピッスピィ～」

そんなの当たり前のことだ。スイムも当然だと言わんばかりにうんうんと頷くような仕草を見せている。

「はは、なんだそんなくだらないことを気にしていたのか」

「いやくだらないって……」

ロイドの言動にげんなりしてきた。

「いいかい？　どうやらお前は気がついていないようだが美しいお嬢様たちは全員君に同情して一緒にいてくれてるんだ。恐らく君はそういった相手の同情心につけ込むのが上手いのだろうね」

「はい？」

ロイドの言動の一つ一つが僕の予想の斜め上をいっていて頭が痛くなってきた。

「何言ってるのあいつ？」

「全く理解できないよ……」

「完全に一方通行な物の考え方ですね」

フィア、エクレア、セレナの三人も頭を抱えてそうだよ。

「呆れて物もいえん。ロット、お前はなんであんな奴につきまとわれてるんだ？」

「酒場で声を掛けられただけだったんだけど……」

嘆息して問いかけたワンにロットが答えた。それで僕は思い出した。酒場の主人が言っていたことを。

そうかあの酒場を手伝ってくれていた女性はロットのことだったんだね。

「だけど彼女たちも気がついているはずさ。お前なんかと一緒にいても未来はないとね。だからこそこの賭けでお前が負けることで僕の胸に飛び込む理由ができるのさ」

凄い自信だ。鼻が伸びてそうにみえるけど問題は伸びてる方向が明々後日すぎることだよ。

「僕の仲間は否定してるんだけど……」

「はは、照れ屋さんなのさ」

駄目だ何を言っても聞いてくれない。

「それってどっちにしてもこの店は関係ないよね」

眉を顰めつつエクレアが指摘する。確かに仲間を勝手に賭けの対象にされるのも心外だけどそれは店についても同じだし今の話とは関係しない。

「それはもちろんロットのためさ。彼女も本当はこんな偏屈な爺さんを見捨てたいのに踏ん切りがつかない。だから僕が勝負に勝つことで安心してこの胸に飛び込んでこれる」

女性陣の目がとても冷ややかだよ。こんな視線を向けられているのにロイドは何も思わないんだろうか？

「——というわけで、この賭けは成立したってことでいいね？」

「何も良くないよ！」

なぜそういう結論になるのかさっぱりわからないよ。

「——おい、小僧の仲間のことはしらんしロットをやるつもりもないがこの店だけなら賭けに乗ってやってもいいぞ」

するとワンがロイドの挑戦を受けると口にした。これには驚きだよ！

「そんなワンさん」

「黙れ小僧。おまえはわしに杖を作って欲しいのだろう？　ということはこんな男程度にやられるようじゃ話にならん。それとも自信がないのか？」

「そんなことはありません！　ワンさんに杖を作ってもらえるなら絶対に試験に合格してみせるしロ

イドにだって負けない！」

僕は思わずそう答えていた。言った後しまったと思ったけど——。

「ははは。言ったね。その言葉忘れないでくれよ」

ロイドが髪を掻き上げて嬉しそうに笑った。うぅ、今ので言質を取られてしまったようだよ。

すると、フンッとワンが鼻息を荒くしてロイドを睨む。

「その代わり貴様が負けるようなことがあれば謝罪しろ。自分の見る目のなさと愚かさを噛み締めながらな」

ワンはロイドが負けたときの条件を口にした。それがまさかロイドの謝罪だったなんて……。

「ふふん。それぐらい構わないさ。逆立ちしたってそんなことはないけど、もし僕が負けたら謝罪だけでなく本来この店を買うために用意した五〇〇万マリンもそのままくれてやるよ」

こいつ……自分から条件を増やして本当に自尊心が高いね——。

「言ったわね。私はしっかりこの耳で聞いたからね！」

フィアがロイドに指を突きつけ言い放った。もう言い逃れはできない、と言い聞かすようにだよ。

「もちろんさ。その変わり君たちもその男が負けたら気兼ねなしにこっちに来ていいからね」

自信たっぷりにロイドが言った。

「まだそんなことを……」

「スピィ……」

思わず言葉が漏れる。スイムも困った様子だ。

「おい。俺との約束はあくまで店の件だけだぞ」

そしてワンも念を押すようにロイドに言った。ワンの店を守るためにも負けられないと思っているけど今の話と皆のことは別問題だからね。

「──そうね。流石にそのままパーティーに加わる約束はできないけど、ネロが負けたらあんたとデートぐらいしてあげてもいいわよ」

そんな中、フィアがロイドに向けてとんでもないことを言い出したよ！

「ちょ、フィアそんな約束！」

「いいのよ。ただしネロが勝ったらもう二度とネロのことは馬鹿にしないで！　謝罪もちゃんとして！」

フィアの発言には驚きだけど、その代わりに交換条件を出していた。それがあったからこんなことを言ったのか。しかも僕に関わることだしなんだか申し訳ない。

「そういうことね。それなら私も乗る！　フィアだけに負担をかけさせるわけにはいかないもの」

「ちょエクレアまで皆に悪いよ」

やっぱりこんなの良くないよ。そう思って二人を止めたけど──。

「無粋な真似はやめたまえ。君は二人の気持ちがわからないのかい？　こうでもしないと二人は君から離れられないし放っておけないと思っているんだ。全く健気なことだよ。それに引き換えお前は最低だな」

ロイドが割って入ってきて知ったふうな口を聞いた。その考えは絶対間違ってるというのに。

「とにかく言質は取ったのさ。僕は三人のためにも負けられなくなったよ。フフッ、そうとわかればいろいろ準備しないとね。アディオス、僕のヒロインたち！」

こうしてロイドが勝手に納得して勝手に出ていった。嵐のような男だった。嫌な意味でだけど。

「うぅ、結局妙な賭けに乗ることに……」

本当頭を抱えたくなるよ。どうしてこうなったのか。

「私は信じてるよ。ネロは絶対Cランクに合格できるって」

「フィア。ネロのことばかり言ってますが私たちだって試験に挑戦するのですからね」

フィアが僕に期待してくれてるようなことを言ってくれた。だけど、セレナの言うようにフィアやセレナ、それにガイも試験に参加するんだよね。

もちろん僕とパーティーを組んでいるエクレアもね。

「それは私もだけど……よく考えたらあのロイドも私たちも合格したら決着どうするつもりなのかな？」

「スピィ？」

「「あ……」」

エクレアが疑問を呈したことで僕とフィアの声が揃った。言われてみれば全員合格したら勝敗も決まらないね。

「あいつそのこと考えてなかったのかしら？」

「フンッ。どうせあの野郎は小僧が受かるわけないと舐めて掛かってんだろう。だからどっちも合格した場合なんてはなから想定してないのさ」

ワンが呆れたような、それでいて決意がこめられたような顔でそう言った。いろいろ思うところがあるのかもしれない。

「こうなったら小僧。わしも覚悟を決めたぞ。お前の杖を作ってやる」

「本当ですか！　ありがとうございます！」

良かったワンがやる気になってくれた。皮肉にもロイドのおかげでワンがやる気を見せてくれたんだ。

「あ、そうだ！　実は僕だけじゃなくてその、ここにいるフィアとセレナの分も杖も作ってもらえると嬉しいんですが」

「ちょ、私は別に」

「調子に乗るな小僧。わしはそこまで面倒見きれんぞ」

ここまで来て僕だけが杖を作ってもらうのは申し訳なく思ったのだけど、ワンは眉を顰めてしまっていた。フィアも何か言いたげなんだけど――。

「私だってあんたに作ってもらわなくたってどうにかしてみせるわよ！」

「おおやってみろ！」

「あ、あの～実はこういうものがあるんですがぁ」

ワンとフィアが言い合い始めたところでセレナののんびりした声が割って入った。その手には途中で買ってきた酒瓶があった。

「そ、それは！　高級酒のナッポレアーノじゃねぇか！」

ワンが目を見開いて叫んだ。僕はお酒に詳しくないのだけど、お店の人そんなにいいものわけてくれたんだね。

安くしてくれるとは言っていたけど、もしかしてだいぶ負けてくれたんだろうか？

「約束でしたからお持ちしたんですが」

「ほ、ほういい心がけじゃねぇか」

「ありがとうございます。それで杖の件なんですがぁ」

セレナが酒を材料に杖について切り出した。そうか、酒好きのワンに交換条件を持ちかけるつもりなんだね。

「酒を条件に杖を作れだと？　わしも随分と舐められたものだなぁ」

だけどワンが顔を顰めセレナを睨みつけた。あぁ、やっぱりそんな単純じゃなかったか。

「だが、その酒のチョイスは悪くない。フンッ、この際一本作るも二本つくるも一緒か。仕方ねぇな」

「本当お爺ちゃん！」

話を聞いていたロットが嬉しそうに駆け寄った。良かった断られるかと思ったら、受けてくれたよ。

それにロットもいい笑顔だ。

ロットはずっとワンが再び杖を作る日を待っていたからね。再び杖職人として動き出したワンの姿に喜びも一入《ひとしお》だと思う。

「……心配掛けちまったな。ま、作ると言っても今後も仕事する相手は選ぶけどな。安売りはしねぇぜ」

「――少しはやる気を見せたってことね。ま、それなら私もあんたに杖を頼まないこともないわよ」

「ふん。生意気な小娘だ。大体わしに作ってもらう必要なんてないと今豪語したばっかだろうが」

「うっさいわね！　あくまでロットのためよ！」

フィアが叫んだ。あはは、フィアは相変わらずだね。

「ただし素材はお前たちである程度集めてこいよ。小僧の杖に必要な水の魔石は在庫があるが、それ以外はないからな」

「素材……そういえばフィアの爆属性の素材って簡単に手に入る物なの？」

「スピィ？」

エクレアとスイムが天井を見上げるようにしながら疑問を投げかけた。確かにフィアの属性は珍しくてそう簡単に手に入らないんだよね。

「確かに私の杖はどこもあつかってなかったのよね」

フィアが苦笑気味に答えた。そうだ他の店を回ったときにも爆属性の杖はなかったんだよね。

「……ふん。どこも情けねぇな。街を出て西に向かった先にある山でバクボアを狩ればそれぐらい手に入るってのによ」

一拍おいてワンが言った。これって遠回しに素材の在り処を教えてくれてるんだよね。

「うふふ。随分と詳しく教えてくれるのですね」

ワンの話を聞いたセレナがおかしそうに笑っていた。

「全くね。でもわかったわ、それを手に入れてくればいいのね……一応お礼を言っておくわ。ありがとうね」

「フンッ！」

ワンが照れくさそうにそっぽを向いた。頑固なところはあるけどやっぱりいい人なんだよね。

「ところで皆さん杖はもちろんですがローブもそろそろ新調した方が良さそうですね」

僕たちの様子をマジマジと見ながらロットが助言してくれた。よく見ると確かに僕たちのローブには傷みがあるね。

フィアもそれを聞いて気になりだしたみたいだし、エクレアはローブではないけど胸当てをチェックしてるね。

「ま、全員何かしら必要か。ロット、後でセンツに話を通しておいてくれ」

「うん！　お爺ちゃんが杖をまた作るって聞いたらきっとセンツさんも喜ぶよ」

ロットが笑顔で答えた。その後僕たちにも説明してくれる。

「センツさんは町でも有名な仕立て屋さんなの。ローブならセンツさんに任せておけばバッチリだと思う」

「そうなんだね。本当に何から何までありがとうございます」

「ついでだ。こっちも店が掛かってるからな。それにセンツにも紹介料がっぽり貰ってやる。カカカッ！」

ワンがそう言って豪快に笑った。でもきっと照れ隠しなんだろうなと思うよ。

「しかしそっちのは杖じゃないだろう。大丈夫なのか？」

ふとワンがエクレアに顔を向けて尋ねた。確かにエクレアの武器は杖じゃないからワンではどうにもできないよね。

「う～んそれがなかなかいい店がなくて」

「何？　お前ガラン工房には行ったのか？」

エクレアが苦笑気味に答えるとワンが例の工房の名前を出してきた。だけどそこには入れてもらえなかったんだよね。

「実は一度ガラン工房に行ってみたんだけど一見さんお断りみたいで――」

「なんだと？」

エクレアに代わって僕が説明したのだけど、ワンがそれに反応を示した。あれ？　工房について何か知ってるのかな？

「ワンさんガラン工房のことをご存知なんですか？」

なんとなく気になって聞いてみたよ。もちろん同じ町だし工房自体は知っているとは思うけど、今の反応はただ知ってるというだけのものじゃなさそうだしね。

「知ってるも何も、ガラン工房で親方やってるガランなんざこんな小さな洟垂れ小僧の頃から知ってるってもんよ」

ワンは手でガランの昔の背丈を表現しつつ教えてくれた。どうやら随分と親しそうではあるね。

「でも、私、その親方さんにも会えずじまいで……」

「そうそう門前払いされて感じ悪かったのよ」

しょんぼりした顔でエクレアが答えフィアは思い出したように眉を吊り上げ文句を言っていた。

「でも工房はとても素晴らしかったんですよ！　親方の心意気を感じ取れました！」

セレナが興奮気味に訴えた。そういえば職人の工房が好きだったんだよねセレナ。

「まぁ奴の仕事が確かなのは俺も認めるところだ。この町で武器や防具を作りたいならガランのところにいけば間違いないだろうぜ」

「でも、紹介がないとダメって話だったし……」

セレナの話を聞いたワンが答えるとエクレアが残念そうに答えた。門前払いされたのもそれが原因ではあったんだよね。

「あいつのとこも似たようなもんだからな。有名になったはいいが、ガランの工房で作った装備を持ってさえいれば腕が伴ってなくても箔がつくなんて勘違いした連中も多くなってうんざりしていたんだろう。まぁあいつはそれを紹介制にして対応したようだがな」

そうだったんだ。ワンも似たようなことがあって杖を作らなくなったから気持ちを理解しているのかもしれない。

「――ちょっと待ってろ」

するとワンが席を外し裏に引っ込んだ。なんだろう？　と思っていたら暫くして戻ってきたのだけど。

「ほら。この手紙をもってけ。少なくともこれで話ぐらい聞いてくれるはずだ」

そう言ってワンがエクレアに手紙を押し付けた。

そうか昔から知ってるワンの手紙なら紹介状として見てもらえるものね。

「あ、ありがとう！　ワンさんはネロの信じていた通りの人だったね」

エクレアがワンにお礼を伝え僕に向かって嬉しそうに言ってくれた。

「良かったねエクレア」

「なら後で皆で行ってみようか」

これでエクレアも装備を整えられそうだよ。そしてフィアは再び工房に行こうと持ちかけたのだけど。

「あんまりぞろぞろ押しかけるな。装備品が必要なのは嬢ちゃんだけなんだろう？　関係ないやつが来るのをあいつは嫌うからな」

ワンがガラン工房について教えてくれた。どうやら気難しい人みたいだね。

「それなら僕たちはやめておいた方がいいかもね」

「そうですね。工房には私とエクレアだけで行くとしましょう」

「え？」

僕が遠慮を示すもセレナは一緒に行く気満々みたいだ。フィアがちょっと驚いている。

「いやセレナも関係ないじゃない」

「何を言うんですか！　あんな素晴らしい工房をしっかり目にできるチャンスなんですよ！　それに

私はガラン工房と働く職人たちにとても興味があります。これはもう部外者とは言えないと思えませんか！」

「そ、そうか？」

「そうですよね！」

「お、おう。まぁ、そうかもな」

セレナの熱意にワンも折れたよ！　凄いよセレナ。ワンを何も言えなくさせるなんて。

「えっと、じゃあ早速ガラン工房に行ってみるね」

「うん。僕はこれから作製する杖についてワンさんと話してるよ」

エクレアは手紙を持ってガラン工房にセレナと向かうようだ。僕は引き続きここに残って杖について詰めていく。

「私も待ってるけど、セレナ戻ったら付き合ってもらってもいいかな？」

「バクボアだよね。もちろん。仲間なんだし」

「スピィ〜♪」

フィアも一緒に杖についての話を聞くみたいだ。自分でも杖をお願いすることになるようだし参考に聞いておきたいのかもね。

セレナもあとで話さなければならないけど、ただ今はとにかくガラン工房を見に行きたいという気持ちが強いようだよ。

スイムはフィアに抱えられて撫でられている。とても心地よさそうだよ。

「じゃあちょっと行ってくるね」

「うふふ。楽しみです」

「いってらっしゃ〜い」

　こうしてエクレアとセレナはガラン工房に向かった。セレナも無事良い装備品作ってもらえるといいんだけどね――。


「今度こそ装備品作ってもらえるといいんだけどね」

「大丈夫ですよ。今回はワンさんからの手紙もあるのですから」

　エクレアはワンの店を出た後セレナと一緒に再びガラン工房にやってきていた。前回は門前払いを食らったがセレナの言うように今回は紹介状となるワンの手紙がある。

「うん？　何だお前ら。確か前にも来ていたよな」

　ガラン工房につくと扉の前に以前エクレアたちを追い払った青年がいた。どうやら二人のことを覚えていたようであからさまに嫌そうな顔を見せる。

「はい。また来ました」

「たく。懲りない連中だ。前も言っただろうが。ここは一見さんお断りだ。冷やかしなら他の店にいきな」

　エクレアが答えるも青年は犬でも追い払うように手を振り相手にしようともしなかった。

「冷やかしなんかじゃありません。それに今回は手紙を預かって来てます」

エクレアはできるだけ丁重な口調を努めつつ青年に手紙を差し出した。じろりと青年が手紙に目を向けた後、エクレアの手から受け取り封から無造作に中身を取り出した。

「あの、それはガラン様に宛てられた手紙なんですが」

セレナが眉を顰め指摘した。ワンは確かにガランに向けて書いていたのでありそれならば手紙にも宛先が記されていたはずである。

「俺はここで客のチェックを任されてるんだよ。紹介状の中身を確認する役目がある」

その答えにセレナは納得がいってなかったようだがエクレアは仕方ないよと青年の判断を待った。

「ふん。ワンだって？　すっかり飲んだくれの落ちぶれジジィだろこれ？　こんなものが紹介状になるかよ」

鼻で笑い青年はなんとその場でワンの手紙を破り捨ててしまった。これにはエクレアも驚きを隠せない。

「なんてことをするの！」

「うっせぇよ。どうせ酒に酔っ払った耄碌ジジィに言い寄って適当に書かせたもんだろうが。そんな物に何の価値がある？」

思わず怒りの篭った声を上げるエクレアだが、青年は悪びれることもなく勝手な憶測で言い返してきた。これには二人も眉を顰め反論する。

「勝手に決めつけないで！　ワンさんはそんな適当なことをする人じゃない！」

「そうです。だいたいそれ貴方の勝手な憶測ですよね？」

「黙れ！　どっちにしろワンなんてもう終わった職人の手紙なんて意味ないんだよ！」

「ワンがどうしたって？」

ヒートアップする二人と青年だったが、工房の扉が開き髭を生やした厳しそうな男が姿を見せた。

「お、親方！」

「え？　親方ってことはもしかしてこの方が？」

「ガラン工房を纏めるガラン様――」

青年が驚き目を白黒させていた。その反応を見てエクレアとセレナも親方と呼ばれた男に目を向ける。

「たく、さっきから騒々しいから来てみりゃ――なんだこれは？」

するとガランの手が破り捨てられたワンからの手紙に伸びた。

「いや、これは関係ないんです！　親方がわざわざ目を通すものじゃありませんよ」

「そんなことありません！　それはワンさんから預かってきた大事な手紙なんです」

青年は取るに足らない物だとガランに伝えたが、そこにエクレアが割り込み事実を伝えた。

ガランの眉がピクリと反応する。

「この手紙がワンのもんだと？　そうかそれでさっきから――」

そしてガランがワンの手紙に目を向けた。破られこそしたが、破片は大きくこれならまだ読むことは可能である。

「――ふむ。エクレアってのはお前か？」

そしてガランの目がエクレアに向けられた。初対面ではあるが彼女が背負っていた鉄槌を見てどちらがエクレアか判断したのだろう。

「は、はいそうです。実は私の新しい装備品を作っていただきたくて」

「あぁ。ワンの手紙にもそう書いてるな。見どころがありそうだと一筆添えられてな」

「ワンさんそんなことまで……」

エクレアが嬉しそうにはにかんだ。その顔を見てセレナも微笑む。

「それで、今ワンはどうしてるんだ？」

「はい！　杖職人として動き出して今は新しい杖づくりを手掛けてくれています！」

この質問にはセレナが答えた。ガランの姿が見れたのがよほど嬉しいのか目が輝いていた。

「杖は私とパーティーを組んでくれているネロのために作製してもらうことになってるんです」

「ワンが？　くくっ、そうかおやっさんがまた杖をか。ハハッこりゃいい」

セレナとエクレアの話を聞きガランは頭に手を持っていき顎を上げ愉快そうに笑った。

「話はわかった。工房に上がってくれ。詳しく聞こう」

「ちょ、ちょっと待ってください親方！　そんな飲んだくれの手紙なんざ信用するんですか！」

「――ノック。お前一体いつから俺に無断で仕事の選り好みできるほど偉くなったんだ？」

「ぐ、そ、それは……」

エクレアたちを工房に上げることに納得のいっていない様子の青年《ノック》だったが、ガランに凄まれ言葉を失った。

「――お前とは後でじっくり話し合う必要がありそうだな」

ガランはそう伝えるとノックは悔しそうに俯いていた。

「さて、うちの不手際で失礼な真似して悪かったな」

「いえ。わかってもらえればそれで」

「終わりよければ全て良しですね」

「……ところであんたは？」

「私はこの工房の大ファンです！　エクレアと一緒に工房を見ることができて凄く光栄に思います！

ガラン様にもお会いできて天にも昇る気持ちで――」

それから怒涛のトークでどれだけ工房に憧れていたかを語るセレナに引き気味のガランであり。

「お、おうわかった。とにかくこっちだ」

こうしてエクレアたちはガランに促され工房に入ることとなった。

「はぁ～凄いです。これが一流の職人が働くガラン工房。一つ一つ丁重に焼き打ちし形作る。そこから生まれる至高の芸術品の数々！」

ガラン工房に入りセレナは目を輝かせ、祈るようなポーズで感慨深そうに声を上げた。

その様子に何人かの職人が奇異な目を向けていた。見た目には神官を思わせる衣装だけあってなぜ教会の人間がここに？　という疑問も感じたのかもしれない。

「やれやら変わった嬢ちゃんだな。こんなむさ苦しい仕事場、女が見ても面白くもないだろうに」

「何を言ってるのですか！　最高ですよ！　本当にご馳走様です！」

「あはは――」

セレナの興奮ぶりにはエクレアも若干ついていけていない様子であった。

「武器を作るのはお前だからな。まずはその鉄槌見せてみろ」

「あ、はい」

セレナは工房を見るのに夢中なようなのでエクレアが一人親方のガランと話すこととなった。

言われた通り鉄槌をガランに手渡す。

「ふむ――なるほど。かなり使い込まれているが手入れは行き届いているな」

エクレアから受け取った鉄槌をマジマジと見つつガランが感想を口にした。

褒められたように感じたのかエクレアも安堵の表情を浮かべる。

「それで、この鉄槌の代わりになる新しい武器が欲しいのか？」

ガランがエクレアに問いかけた。だがエクレアは首を左右に振り答える。

「いえ。新しい武器ではなく今使ってる鉄槌を改良してもらえると嬉しいのだけど……」

「ほう――」

エクレアの願いを耳にしガランの目つきが変わった。声の感じといいどことなく感心したように見える。

「最近の連中はすぐに新しい武器が欲しいだのなんだの言って折角の装備を使いこなす前にやってくるのも多かった。そんな連中にうんざりしたもんだがな」

それを聞いてエクレアも苦笑する。

「その心がけは大事なもんだ。これからも忘れないことだな」

「はい」

「……いい顔だ。ワンが薦めてきた理由がわかるぜ。じゃあ早速どう手を加えていくか考えるか」

「宜しくお願いします」

「あぁ、おやっさんのやる気を取り戻してくれた相手だしな。紹介状もあるわけだから気合い入れて取り組むぜ。だが必要な素材がある。本来なら冒険者ギルドにでも依頼するところだが」

「あ、それなら私が集めてきます！」

エクレアが張り切ってみせた。もちろん個人で勝手に依頼は受けられないのでギルドにはガラン工房から依頼があることを伝える形だが。

何はともあれ、こうしてエクレアも無事新しい装備品の作製にこぎつけたのだった――。


「本当にありがとうございます」

あれから数日経ち完成した杖を見せてもらって僕はワンにお礼を伝えた。

できあがった杖は以前の杖をベースにしっかり改良されていて一見シンプルだけど機能性に優れていた。

柄の部分が伸縮可能になっていたのも大きい。このおかげで普段は腰に装着して持ち運べるため両手が空くのだ。

しかも魔石も職人芸と言える繊細な加工が施されており本来の効果を十全に引き出せていることは

持ったただけでわかったほどだ。

「フフッ。流石ワンね、見ただけでいい杖ってわかるわぁ。完全復活ってところね。さて次は私からこれね。自信作よ着てみてね」

その後は強面の男性が仕立て上げたローブを着るよう勧めてきた。この方が以前ワンがお願いしていたセンツ。

腕の良い服飾職人らしくローブの作製もお手の物だったようだ。僕のだけじゃなくてセレナやフィアのローブも仕立ててくれて全員新品のローブに着替えさせてもらった。

あ、もちろん僕と女性二人は別々に着替えたけどね。

「あら〜。よく似合ってるじゃな〜い」

センツは見た目こそ強面の男性なんだけど話し言葉は女性っぽくて気さくな方だった。

最初の採寸のときはちょっと驚いたけど仕事も丁寧で信頼できる職人さんって感じだね。

「ウフッ。あなたたちもと〜っても素敵よ♪」

ゼンツは着替えたセレナとフィアにもうっとりとした顔で感想を伝えていた。

「本当元がいいとやっぱり映えるわねぇ」

それに関しては僕も同意だった。セレナもフィアも綺麗だからね。セレナは白、フィアは赤で、ローブというよりはドレスに近い見た目になっている。

ちょっと露出度が上がった気がしてドキドキするけどね……フィアのドレスにはスリットという隙間が入って靭《しな》やかな脚部がチラチラ見えるしセレナはなんというか大きい部分が強調されてるような

……。

ただ説明によると僕のローブも二人のドレスローブ（センツがそう呼んでいた）もこれまでより防御効果が高いらしい。

「杖もだいぶ効率的になったからな。ネロは今までの半分の魔力で威力を損なうことなく行使できるはずだ。そっちの小生意気な嬢ちゃんのは魔法制御がしやすい仕様にしてあるし食いしん坊の嬢ちゃんのは回復効果が上がる仕様だ」

このワンの発言に一番驚いていたのはフィアだった。

「どうしてそのことを？　私、特に何も言ってないのに」

「そんなもの杖を見ればわかる。とはいえあくまで補助だ。自分の力で制御できるのが一番なんだからそれを忘れるなよ」

「……わかってるわよ。でも、ありがとう」

フィアがワンにお礼を言っていたよ。セレナも隣で優しく微笑んでいた。

「私も素敵な杖を作っていただきありがとうございます。それにしてもこの質感といい輝きといい、まさに職人芸！　流石の腕前ですね。これは――」

「わかったわかった！　もう十分わかったってーの！」

セレナの止まらない怒涛の感嘆トークにワンもタジタジだったよ。

「ワンさん本当にありがとうございます。これで試験にも自信もって挑めます！」

僕もお礼を言ったよ。これまでの半分の魔力で済むのは本当に助かる。

「……フン。久しぶりに良いもんができた。だからテメェもしっかりCランクもぎ取ってこいよ」

「はい！」

ワンに言われ僕もよりやる気が溢れてきたよ。

「はい。貴方にはこれね」

「スピッ？　スピィ～スピィ～♪」

センツがスイムにアクセサリーを付けてくれた。魔力に反応してくっつく仕様らしいね。しかもしっかり防御効果があるようでスイムもピョンピョン跳ねて喜んでいるよ。

さて僕たちはこれで装備が揃ったのだけど――。

「ただいまー。わ、皆凄い似合ってる！」

そこでエクレアが工房から戻ってきた。エクレアも新しい装備ができたのでガラン工房に取りに行っていたのだ。

エクレアは僕たちの格好を見て似合ってると言ってくれたけどエクレアも凄くよくなっていたよ。改良された鉄槌も胸当ても雷を意識したデザインみたいだけどそれが活発なエクレアに凄くはまってるんだよね。

「エクレアも凄くよく似合ってるよ」

「本当可愛い！」

「とても素敵です」

「スピィ～♪」

「えへへ～ありがとう」

エクレアが照れくさそうに笑っていた。新しい装備と相まって凄く可愛らしく思えるよ。

「――ここにいたか」

「あ、ガイ」

するとワンの店に入ってくるガイの姿。そうか実家から戻ってきたんだね。

何か久しぶりに皆揃った気がするよ。

「ガイ。戻ってたんだね」

「スピィ～」

「おかえりなさい、ガイ」

「それにしてもよくここがわかったわね」

戻ってきたガイに僕たちが声を掛けた。スイムもガイを見てピョンピョン飛び跳ねている。

セレナは優しく微笑みかけていたね。そしてフィアの言葉。ガイとはウォルトの町で別れたからそう聞いたんだろうね。

「あっちの冒険者ギルドに立ち寄って聞いたんだよ。それでネロ、フルールから言伝だ。ウォルトに戻ったらとにかく顔を出してくれってよ」

どうやらガイがここまで来たのはフルールからの伝言を伝えるためでもあったようだね。もちろん戻ったら顔を出す予定ではあったけど。

「う～ん。わざわざ伝言を頼むなんてなんだろう？」

「何かうっかりして渡し忘れていた物があるって言ってたぞ。全くあの受付嬢も抜けてるところあるよな」

ガイが呆れたようにそんなことを言っていた。僕の中ではしっかり者のイメージだけどね。

ただ、あのときは黒の紋章持ちのこともあってゴタゴタしていたからそれでうっかりしていたのかもね。

「さて、ネロ馴れ合いはここまでだ。試験ではお互い競い合うわけだからな」

ガイがそう言って強気な視線を僕に向けてきた。何か勝負でも挑まれてそうな感じだけど。

「えっと、試験は別に戦いじゃないし場合によっては協力することもあるかもだしお手柔らかにね」

僕の発言でガイがずっこけていた。

「全く緊張感の欠片もねぇ。ネロ言っておくが試験はそんなに甘いもんじゃねぇぞ」

「て、ガイこそどうしてそんなことわかるのよ?」

「俺だって多少は調べたりしてるってことだよ。ただでさえ試験はそのときの試験官によって内容が大きく異なるって話だからな」

ガイがそう教えてくれた。正直これまではまさか僕がCランク試験に挑めるなんて思ってなかったから試験に関してはそこまでチェックしてなかった。

だけどせっかくこうしてギルドマスターが試験に挑む機会をくれたんだしね。不甲斐ない結果だけは残さないようにしたいよ。

ただ、甘いかもだけどやっぱりガイも含めて全員がCランクに昇格できたらそれが一番だと思っちゃうんだけどね。

「そういうわけだからな。行くぞセレナ、フィア」

「――やっぱりそうなるよね。うん！　それじゃあネロ、エクレア。お互い試験頑張ろうね！」

「お二人に神の思し召しがあらんことを――」

そしてフィアとセレナはワンとセンツにもお礼を伝えて店を後にした。そのままノーランドからも出ていくのだろうね。

「それでは僕たちも行きます」

「おう。坊主親友は大事にしろよ。そして新しい装備で水属性を馬鹿にした連中を見返してこい」

「はい！」

「うふふ。あなたたちならきっと大丈夫よ」

「がんばってくださいね！」

そして僕たちはワンやセンツ、ロットに見送られてワンの店を後にした。

「ノーランドいい町だったよね」

「うん。また来たいね」

「スピィ〜♪」

そして僕たちはいろいろとお世話になったノーランドを出てウォルトの町に戻ることにしたんだ。

試験ももう少しだしこれから一体どんな試練が待ってるんだろうね――。

第二章　Cランク試験への挑戦

「本当にごめんなさい！」

ガイに言われた通り僕たちはウォルトの町に戻ってすぐに冒険者ギルドに顔を出した。

そこでフルールに頭を下げられたよ。

どうやら以前査定に出していたスキルジュエルのことを忘れてたようで、報酬の支払いも残っていたらしいね。

「頭を上げてください。あんなことがあった後ですから仕方ないですよ」

「うぅ。ごめんね。ギルドマスターからの許可も貰ったので報酬には色を付けておくね」

そこまでされると逆に申し訳ない気もするけど、ギルドのミスだからということで無下にもできないので上乗せされた金額でギルドカードに登録して貰った。

「それとこれがスキルジュエルだよ。こんな大事なの本当にごめんねぇ」

「大丈夫ですよ。そんなに気にしないで」

「スピィ～」

落ち込むフルールをエクレアとスイムも励ましていた。誰にでもミスはあるもんね。僕だってポカすることとあるし。

「ところでどんなスキルジュエルだったのですか？」

僕が聞いた。やっぱりスキルジュエルの効果が気になる。

「そうね。このスキルジュエルはルビーで会心のスキルを得られるわ」

フルールがそう教えてくれた。ルビーというとBランクのスキルジュエルだね。

「会心というのはどんな効果なんですか？」

「攻撃を当てたときに威力が跳ね上がることがあるみたいね。防御も無視されるから大ダメージを期待できるわよ」

そうフルールが教えてくれた。自分の意思で発動するわけじゃなくて装備しておけば発動する可能性が生まれるスキルらしいね。

「それならこれはエクレアが持っていた方がいいね」

「え？　いいの？」

「うん。僕は直接戦闘するタイプじゃないし」

「私もそれがいいと思うわよ。スキルジュエル用の腕輪もサービスしておくからね」

フルールも僕の意見に同意してくれた。腕輪はジュエルが三つ嵌められるタイプだった。他にスキルジュエルを見つけた後でも追加できるね。

しかも腕輪は僕にもくれた。何だか嬉しい。

「二人が優しくて本当助かったわ。もちろん私も反省しないとだけどね」

フルールがそう言った。とにかくこれで残ってた用事は終わったね。

「後は――Cランク試験よね」

「そういえば試験はどこで行われるのですか？」

丁度良くフルールが試験について触れてくれたので聞いてみた。試験はもうすぐ始まるしそろそろ決まってるかも。

「それが今年の試験はまだ発表ないのよ。試験官によって方法は変わるらしいんだけどね。多分そろそろ内容について届くと思うんだけど――」

「フルール先輩！　これが届いてます！」

そのときだった、別な受付嬢が駆け寄ってきてフルールに一枚の紙を手渡したんだ。

「あ！　丁度良かった。来たわよ試験の案内が！」

すると興奮気味にフルールが教えてくれた。どうやらきたんだね、Cランク試験の案内が。

そして僕たちはフルールから一枚の紙を受け取り内容に目を向ける。

・Cランク試験案内
この紙を受け取った直後から試験の開始とする。

燃え盛る炎の上で泳ぐ赤い魚――

蒸し暑いトンネルで寝そべる牛の王――

朱色に染まる氷山――

以上三つが重なる場所にて道が示される。

「えっと、何これ？」

「スピィ～？」

エクレアが疑問符が浮かんだような表情で首を傾げた。スイムも似たような気持ちなんだと思う。

「いよいよ試験か」

「パパ！」

僕たちが頭を悩ませていると階段を降りてサンダースが姿を見せた。エクレアが声を上げてトコトコと近づいていく。

「ねぇパパこんなの受け取ったんだけど」

「うん？　……なるほどな。どうやら今回の試験官はひねくれ者も多そうだな」

エクレアから紙を受け取り目を通した後サンダースが頬をポリポリと掻きつつそんなことを言った。

「試験は選ばれた試験官によって内容が異なってくるからな。とはいえこれも試練の一つと思って頑張れよ。俺から助言するわけにはいかないからな」

「むぅ、確かにそうよね……」

紙を返してもらいエクレアが唸り声を上げた。確かにギルドマスターという立場上試験について教えられるわけないよね。

とにかく考えないと。改めて僕は文面に目を通す。

う～ん、炎の上で泳ぐ魚、蒸し暑いトンネルの牛の王、赤く染まる氷山？

最初の二つだけなら魔物や魔獣の類のことなのかな？　と思えるけどそれだと最後の一つは何なの

かってところだしね。

「おい聞いたかよ。あの『エルヒント』ってレストラン、今日だけ冒険者限定でキャンペーンやってるらしいぜ」

「マジかよ。あそこ美味いって評判だよね」

「それなりに高いし洒落た店だからちょっと私たちには敷居高い気がしたんだけど行ってみようかなぁ」

そのとき、冒険者の話し声が耳に届いた。そのお店なら僕も聞いたことがあるね。

素材は冒険者ギルドからも提供されてるんじゃなかったかな。だからこそ冒険者限定でキャンペーン中なのかな。

あそこは肉料理も魚介料理もいけるしスイーツもいろいろ――。

「あ、もしかして！」

「え？　ネロ、何か思い付いたの？」

「うん！　とにかく行ってみようエクレア！」

「あ、ちょっネロってば！」

「スピィ～！」

「はは。ま、頑張ってこいよ」

「みんなファイト！」

そして僕はサンダースとフルールに見送られながらエクレアの腕を引いてスイムとも一緒にギルド

を飛び出た後、レストラン『エルヒント』にやってきた。

店の前まで来るとエクレアが目を丸くさせて建物を見ている。

「えっとお昼を食べに来たの？　でも今はそれどころじゃないような……」

「スピィ？」

目をパチクリさせるエクレア。スイムもお腹すいたの～？　という顔を見せている。

確かに今が昼時といえばそうなんだけどね。

「お昼を食べたいってわけじゃないんだ。とにかく入ろう」

「う、うん！」

「スピィ～」

レストランに入るときちっとした身なりの店員が僕たちを出迎えてくれた。

「三名様ですね。本日はキャンペーン中でございますがおふた方は冒険者ですか？」

「はい。僕も彼女も冒険者です」

「承知いたしました。ではどうぞこちらへ」

店員に案内され奥のテーブル席についた。そこで現在は冒険者限定のキャンペーン中であることを知らされる。

「そっかキャンペーンだから来たんだね」

「スピッ♪」

エクレアが両手を合わせて嬉しそうに言った。スイムの機嫌もいいね。

「それだけじゃないんだ。ここのメニューは僕が選んでもいいかな？」

「え？　うん。それなら任せるね」

「スピッ！」

エクレアの許可も出たから僕はメニューに目を通した。この中で条件に合うのは――。

「ご注文はお決まりでしたでしょうか？」

店員が注文を聞きに来た。だから僕はメニューを指さして注文する。

「えっと、それではこの魚料理のレッドフィッシュのフリットと肉料理のキングバッファローのブレゼ。デザートにストロベリーアイスロック――これのセットで」

「え？　そんなセットある？」

「スピィ～？」

僕が注文するとメニューを見ながらエクレアが首を傾げた。だけど注文を聞いた店員の目がキラリと光るのを見逃さなかった。

「確かに――それでは急いでお持ち致します」

「ありがとう。あ、あとこっちのフルーツセットも」

「かしこまりました」

そして店員が奥に引っ込んでいった。ちなみにフルーツはスイム用だ。

「凄いねネロ。もしかして隠れメニューでも知っていたの？」

エクレアが不思議そうにしていた。僕が頼んだ三品はセットメニューの中には入ってなかった。

それを受け付けてもらったから不思議に思ったのかもね。

「えっとね。これが多分試験のヒントに繋がるんだよ」

「え？　今のが⁉」

「スピィ！」

エクレアとスイムが驚いていた。どうしてわかったのという顔をしていたし説明する。

「このタイミングで冒険者限定のキャンペーンというのが気になってね。そうやって改めて見たらギルドでもらったこの紙の内容、もしかして料理のことかなと思ったんだよ」

僕は改めてフルールから貰った紙を広げてエクレアと一緒に見ながら答えた。エクレアも話を聞いて、あッ、と声を漏らす。

「そうか確かにフリットは炎の上で油で揚げる……泳いでるとも言えるね。ブレゼは竈を使った料理だから蒸し暑いトンネル。朱色に染まる氷山はまさにストロベリーアイスロック。うん凄いよ、ネロ！」

「スピィ〜♪」

エクレアとスイムに褒められてなんだか照れくさい。すると店員が料理を運んできた。

「しっかりご完食を――」

テーブルの上に三品全ての料理が並べられた。しかも結構な量だ。

「こ、これで何かあるの？」

「完食してと言っていたから食べた後にわかるかもだけど、エクレアいける？」

「う、うん！　お腹すいてるし丁度いいよ！」

そして僕たちは頑張って三品全てを食べ終えた。スイムは美味しそうにフルーツを完食したけどね。

「うぅお腹いっぱい。だけどほら食べ終えたお皿に何か絵があるよ！」

「うん。これを組み合わせると――」

三方を岩山に囲まれた森――丁度中心位置にある大木、そこが目的地なようだね。

「これで次の目的地がわかったね！」

「うんそうだね！」

「スピィ～！」

そうこのヒントが示している場所はなんとなくわかる。西の森の大木は冒険者の間でも有名だからだ。

三方を岩山に囲まれているという条件にもぴったりハマるしね。

「よし行こう！　と言いたいところだけど……」

「あは、ちょ、ちょっと休憩しようか」

「スピィ～――」

そうちょっと食べ過ぎちゃったからね……もう少し消化してから行こうと二人で決めたんだ。

そしてお腹を休めてから僕たちは、いよいよ試験を進めるために地図にあった場所に向かうことにした。

「ハァアアァアアア！」

「水魔法・水槍！」

「スピィ！」

森の中では魔物もいろいろと出てくるね。そんなに強いのは出てこないから僕とエクレアで退治しながら進んでるけどね。スイムも水を飛ばしたりしてサポートしてくれているし助かってるよ。

「あ、ネロあれだよね」

「うん。確かにあの木のあたりだね」

「スピィ～♪」

エクレアの指さした方向にひときわ目立つ大木が見えた。三方を岩山に囲まれた大木といえばあれだけだ！

「ここだよね」

「うん。でもここに来てどうするんだろうね？」

「スピィ～？」

大木の前に来た。だけどエクレアの言うようにここまで来たとしてその後どうするかがわからないね。スイムも不思議そうにしているし。

「カァ～カァ～」

この先どうしようかなとエクレアと話しているとカラスの鳴く声が聞こえた。見ると大木の梢《こずえ》にカラスが止まり僕たちを見下ろしてきた。

『貴方たちが受験者ならギルドカードを見せて』

「え？　か、カラスが！」

「喋ったーーーーー！」

「スピィ～～～！」

梢に止まったカラスが流暢に喋りだしたよ！　これには僕はもちろんエクレアとスイムもびっくりだよ！

『騒がしいわね。それでギルドカードはあるの？　ないの？』

「あ、あります！」

「私も！」

カラスが喋ったことに驚いたけど、どうやら冒険者ギルドと関係あるみたいだね。

僕とエクレアはギルドカードを取り出して提示した。カラスがこっちを見てギルドカードに注目しているように見える。

『――ついてきて』

そしてカラスは僕たちに一言そう告げた後、梢から飛び立った。えっと飛んでいったカラスを追いかけるってことだよね？

「ネロ、結構速いよ。急ごう！」

「う、うんそうだね！」

「スピィ～」

僕たちは必死にカラスの後を追いかけた。でも空を飛んでるというのもあるんだろうけどかなり速い。こ、これついていくのもやっとかも――。

「キシャァアァアア！」

「ちょ、邪魔！」

「水魔法・水剣！」

当然だけど魔物は僕たちの事情なんて考慮してくれない。カラスを追いかけている途中も平気で襲ってくるんだよね。

途中で出てきた蛇や蟲系の魔物を撃退しながらなんとかカラスを追いかけ続けた。

「結構時間経ったけれど一体どこまで行くのかな？　て、ネロ大丈夫!?」

「だ、大丈夫、なんとか……」

「スピィ～」

エクレアが心配してくれた。僕の体力を気にしてるんだろうね。確かに僕は魔法系だし体力面では不安もあるけど、折角のCランク試験なんだし頑張らないとね。

それにしてもエクレアは流石だね。これだけ走っても息切れしてないし。スイムは僕を気づかってくれているのかひんやりした体をくっつけてくれていた。

これは本当助かる。とても心地よくて疲れもとれる気がした。

「疲れたら肩を貸すからね！」

「あ、ありがとうねエクレア」

なんとも頼もしい。逆に自分が情けなくもあるよ。

それにしてもカラスは止まる様子がないね。でも弱音を吐いてられないよ――。

「キャァアァアアアア！」

「え？　今のって……」

「女性の悲鳴だよ、ネロ！」

「スピィ！」

そう。エクレアの言うように確かに悲鳴が聞こえた。これは流石に放ってはおけない――けどカラスは止まる様子がないよ！

「待って！　今悲鳴が聞こえてきたんだ！」

僕が叫ぶとカラスの動きがちょっと緩んだ。もしかして待ってくれる？

『私はついてこいと言った。何があっても関係ない』

だけどカラスは冷たくそう言い放ちまた動きを再開させたよ。そ、そんな、確かにCランク試験も大事だけど……このまま黙って見過ごすなんて。

「そうだ！　エクレアはあのカラスを追って！　僕は悲鳴の場所に行ってみるから！」

そうだ。どちらかなんて選ぼうとしたのが間違いなんだ。僕たちはパーティーなんだから両方やればいい！

「ネロ、でも」

「大丈夫。絶対に追いつくから！」

「――うん。わかった！」

そしてエクレアがカラスを追いかけていった。するとスイムもエクレアの後についていく。

「スイム？」

「スピィ！」

僕が呼びかけるとスイムが振り返りそして地面に何かを残していった。あれは水？　そうか！　それを道しるべにってことだね。

「わかったよありがとうスイム！」

「スピィ〜」

返事してスイムがピョンピョンっとエクレアの後についていった。そして僕は悲鳴の場所に急ぐ。

「いや、やめて！」

「うるせぇ！　大人しくしろ！」

「黙ってれば痛い目を見ずにすむんだからよ」

悲鳴が聞こえた場所では一人の女性が二人の男に襲われていた。屈強な男で一人は長剣。もう一人はナイフを所持している。

「やめろ！　その人からはなれろ！」

「あん？　なんだこのガキは？」

「さては冒険者か！」

二人の暴漢に向けて叫ぶと、気づいた男たちがこっちに武器を構えて近づいてきた。

どうやら冒険者だって気がついたみたいだけど……そして襲われていた女の子は後ろで不安そうな

顔をしている。

「俺たち二人相手に本当になんとかなると思ってるのか？　逃げるなら今のうちだぞ」

「悪いけど、こんな現場を見て黙ってられないよ」

「だったらわからせてやるよ！」

ナイフ使いが投擲してきた。投げナイフか。

「水魔法・水守ノ盾《みまもりのたて》！」

魔法で盾を幾つか出しナイフを防いだ。

「は？　水魔法だと。そんなもので俺の魔法を？」

ナイフの使い手が驚きのけぞった。水魔法は知らない人が見るとやっぱりこんな反応なんだ。

「武芸・強化剣戟！」

すると剣を持った男が武芸を行使。筋肉が盛り上がった気がする。そこから距離を詰めて長剣を振るった。水の盾で防いだけど一撃で盾が飛び散った。強化されてるから威力が高い。

「武芸・旋風剣！」

「水魔法・水球！」

回転しながら重たい一撃を放ってくるこの武芸は盾で防ぎきるのは厳しい。だから別の魔法を行使した。本来攻撃に使える魔法だけど水球は壁にもなる。

「馬鹿な！」

剣が触れた瞬間弾けて剣士も吹っ飛んだ。や、やりすぎたかな？

「武芸・連投！」

今度はナイフを持った男が連続で投擲してきた。数が多いけど――。

「水魔法・水槍連破！」

お返しに水の槍を連射した。ナイフの連射に対抗してだ。水の槍がナイフを弾きながら男に向かう。

「チッ！」

「今だ！　水魔法・水泡牢！」

男が僕の槍を避けたのを認め魔法を行使。これで男が泡の中に閉じ込められた。

「な、なんだこりゃ！　出れねぇぞ！」

「悪いけど暫くそこで閉じ込められててね」

泡を叩いて出ようとしてるけどそこはそう簡単には出れないよ。僕は襲われていた女性に話を聞こうと近づいた。

「あ、ありがとう助かりました」

「いえ。お仕事とはご苦労さまです」

「はい？」

女性にお礼を言われ僕は思っていたことを伝えた。女性の目が丸くなる。

「多分ですが、皆さん試験官ですよね？」

「――何でそう思ったのかい？」

「最初にそこの人が僕を冒険者と判断した時点でおかしいなって。僕は見た目には魔法師だけど、だからといって冒険者とは限らないですよね？」

　魔法師は必ずしも冒険者として行動しているわけじゃない。研究に専念するのもいるし魔導具の作製で生計を立てているのもいたり領主の下で専属魔法師として活動している人もいるからね。

　だから、ただの暴漢が僕の姿を見てすぐに冒険者と判断するのはおかしい。だけど試験に関わってる人なら話は別だ。

「それと貴方を襲っていたのに僕が来たからってすぐに二人とも離れてましたからね。普通は逃げないように一人は貴方の側から離れないはずと思うし、つまり僕を試す目的が強いと思ったんだ」

「プッ、あはは。そうかいそうかい。なかなかやるね。そうさ私たちは受験者を試すための試験官」

「あぁくそ。わかってたならもう少し加減してくれや」

「俺も出してくれ」

　剣士が頭を擦りながら戻ってきた。良かったそんなに怪我はしてないようだね。ナイフ使いの牢も消した。

「えっと、それで僕はもういいのかな？」

「あぁ、そうだね。というより急いで行った方がいいと思うよ。早くしないとあのカラスも見失うだろうからね」

「それなら大丈夫です！　仲間がいますから！　それではありがとうございました！」

　僕は試験官に別れを告げてその場を離れた。そしてスイムの残してくれた水の跡を追いかけ先を急いだ。おかげでエクレアが向かった方はすぐにわかったよ。

急いでいけばきっとまだ間に合うね。僕は全速力で後を追った。

「エクレア～スイム～」

「あ、ネロ。良かった追いついたんだね」

「スピィ～♪」

走っていると泉の前にいた皆を見つけた。良かった足を止めていたようで追いつけたよ。でも、どうしてここで止まってるんだろう？　と思ったけど理由は明白だった。

あのカラスが泉で水を飲んで羽を休めていたんだ。それで動きを止めていたんだね。

「はぁ、はぁ、よ、良かった～」

「ネロ大丈夫？」

「スピィ～」

皆に追いついたところで安心して大きく息をついた。肩で息をしているのが自分でもわかる。結構走ったからか疲れが一気に出たよ。

エクレアが僕を気づかってくれているし、スイムも僕を労うように肩に乗ってすり寄ってくれた。はぁスイムがひんやりしていて気持ちいい。疲れが飛んでいくようだよ。

「泉の水も折角だから飲むといいかも」

「あ、うん。そうだね」

水分補給は大事だからね。僕の場合やろうと思えば魔法で水が飲めるけどやっぱり魔法無しで飲める水があるならそれが一番だよ。

「はぁ～冷たくて美味しいよ」

泉の水で喉を潤したよ。エクレアやスイムは既に飲んでいたようだね。

「――おかげで休めるけど、出発しないのかな？」

「ここに止まってから声を掛けてみたけど反応がなかったんだよねぇ」

「スピィ～」

エクレアによるとカラスに声を掛けても特に何も答えてくれないようだ。試しに僕も聞いてみたけど確かに特に反応はなかった。だけどそれから少しして――カラスが飛び立った。

「行こう！」

「うん！」

「スピッ！」

再びカラスを追いかけた。今度は途中でトラブルに遭遇することはなかったけどカラスの向かった先に洞窟があった。

カラスが入っていったので僕たちも追いかけた。ダンジョンではなさそうで自然とできた洞窟のようだった。

薄暗い洞窟を一直線に進む。その途中――。

『グォオオオォオオオ！』

この洞窟を根城にしていると思われる巨大な蜥蜴《とかげ》が襲ってきた。

「どうしよう、倒す？」

「いや。カラスはどんどん先に進んでるし、ここは無視して駆け抜けよう」

「うん。わかった！」

「スピィ〜」

途中の魔物もそうだったけど無理して戦う必要はないからね。さっきみたいに誰かが襲われていたとかなら話は変わってくるけど試験はまだまだ長そうだし余計な戦闘は避けた方がいい。

というわけで蜥蜴の攻撃を避けながらカラスの後を追いかけた。巨大な蜥蜴は動きが鈍重だったので逃げるのはそんなに難しくなかった。

そしてカラスを追いかけているとそのうちに出口が見えてきた。洞窟を抜けると――広い場所に出てそこに沢山の人が集まっていたよ。

そしてカラスはその中の一人の肩に止まった。その周囲にはリスやネズミなどの動物の姿もあったよ。

そしてそこに集まってる人たちの中にはガイの姿もあった。ということはここに集まっているのがきっと昇格試験に挑む冒険者たちなんだろうね。

「ガイたちも無事これたんだね」

僕はガイ、フィア、セレナの三人に気がついたから声を掛けた。だけどガイは僕をチラッと見ただけで特に何も言わない。

「ネロとエクレアも間に合って良かったわ」

「はい。特にレストランは大変でしたから」

フィアとセレナは僕たちが間に合ったことを喜んでくれた。そしてセレナの発言。レストランといえば確かに謎解きがあったからね。

「ちょっと捻った謎だったよね」

「それもですが、何よりも問題なのはあれだけ料理が美味しいのに時間がないからと、メニューを全て食べさせてくれなかったことです。もっといろいろ味わいたかったのに！」

セレナが悔しそうにしていたよ。そういえばセレナは食べるのが大好きだからね。

「お前をあのまま食べさせ続けたら時間が幾らあっても足りないだろうが！」

ここでガイがやっと言葉を発した。僕にではなくセレナへのツッコミだったけどね。

「ガイ。お互い試験頑張ろうね」

「……チッ。勘違いするなよ。俺は馴れ合うつもりはないからな」

ガイがそっぽを向いて答えた。

「こんなことを言ってますがガイはネロが間に合って嬉しいのですよ」

「ま、素直じゃないのは今に始まったことじゃないからね」

「くっ！　勝手なこと言ってんじゃねぇぞ！」

セレナとフィアの指摘にガイが顔を真っ赤にさせていたよ。なんだかんだいつも通りで安心したかな。

「試験は真剣勝負かもだけど、でもやっぱりこのメンバー全員で合格したいよね」

「うん。そうだねエクレア」

「スピィ〜♪」

エクレアの言葉にフィアが反応しスイムもプルプルと震えているよ。でも確かにそうだね。試験はそこまで物騒なものではないだろうし。もちろん甘いものではないんだろうけど可能ならガイたちと一緒に合格したいね。

「おう。これで全員か」

何かとても耳に残る声が聞こえてきた。見ると髪が天を突かんばかりに立ち上がった銀髪の男性の姿があった。隣には件の周囲を動物に囲まれた人の姿もあったよ。

「そうですね。ここまでがラインで」

「おう。じゃあ一先ずここにいる連中の大体は受験資格ありってことだ。良かったなお前ら」

そう言って銀髪の男性が手を叩いた。祝ってくれているつもりなのかな。だけど口調が妙に引っかかる気も――。

「大体ってどういう意味だろうね？」

「スピ？」

エクレアが疑問を口にした。スイムも首を傾げるような動きを見せているよ。

「し、試験場所はここか？」

「間に合った？」

「お前ら全員受験者だろう？　てことは大丈夫だよな？」

そのとき、何人かの冒険者がやってきて声を揃えた。どうやら今到着できたみたいだね。

「はいご苦労さん。今来た奴らはもう帰っていいぞ。というか帰れ」

「「「「は？」」」」

だけど銀髪の男性が今到着した冒険者に向けて突き放すように言った。本当にさっきの時点で打ち切ってたんだ。ちょっと可哀想な気もするけどやっぱりこういうところは厳しそうだね。

「そんな、全員集まってるのになんで不合格なんだよ！」

「そうだ！　どうして俺らだけ！」

「納得いかないわ！」

厳しい判定だなと思ったけど、不合格を言い渡された冒険者は納得いっていないようだった。試験官と思われる二人に食い下がる。

「たく見苦しい奴らだな。試験官が不合格だってんだから諦めろってんだ」

「ちょ、ガイそういうことは思ってても言わないの」

不満そうな冒険者たちの様子を見ながらガイが厳しく言い放った。その様子を見てフィアが注意していたよ。

「てめぇ！　聞こえたぞ！　お前おれらのこと馬鹿にしただろう！」

不合格を言い渡された冒険者の一人がガイを指さして文句を言ってきた。フィアが言わんこっちゃない、といった顔で頭を抱えている。

「あぁ言ったさ。言って何が悪いんだよ。うざってえんだよ！　お前らは負けたんだよ。だからCランクになれねぇしそれが結果だ。それなのにピーチクパーチクわめきやがって鬱陶しい」

「なんだとテメェ！」

ガイがまた余計なことを言っちゃったよ。どうしてこんな相手の気持ちを逆撫でするようなことを
――。

「あ、あはは。ごめんなさいガイはちょっと気が立ってるみたいで。悪気はないんです」

このままじゃまずいなと思ってカバーに入った。あまり揉めても試験官からの心証悪そうだし。

「お前は関係ないだろうが！　引っ込んでろ！」

「いや、だからどうしてそんな喧嘩腰なのさ。折角こうやって昇格試験に挑ませてもらってるんだし、ね？」

やたらガイがイライラしてるんだよなぁ。とにかく落ち着かせないと。

「たく、てめぇら何勝手に場外乱闘やってんだ。仕方ねぇな。おいビスク、さっさと他の連中にも言ってやれ」

「は？　いや、この状況で言うんですか？」

「そうだよさっさとしろ」

ビスクと呼ばれた女性の試験官が何か戸惑っているけど、もう一人の銀髪の試験官が彼女を促した。

ビスクは一度額を押さえた後、冒険者を見回して口を開く。

「そこで揉めてる冒険者もちょっと黙っててください。ここでもう一つ発表があります。冒険者パーティー【白雲の流れ】、【四色蓮華】あとは冒険者のロンリー、今呼んだ方々も全員不合格ですのでここでお引き取りください」

「「「「「「「「はぁあぁあぁあああ!?」」」」」」」」

名前を呼ばれたパーティーと冒険者の声が揃った。当然だけど、今呼ばれた冒険者は別に遅れて来たわけじゃない。僕たちより先に着いていた人だっている。

「ちょっとまってください！　どうして俺たちが不合格なんですか！」

不合格と言われたパーティーの一人が不服を口にした。どうみても集合場所には間に合っているわけで納得がいってなさそうだよ。

「お前ら途中で悲鳴が聞こえても無視しただろう？」

銀髪の試験官が今不合格とされた冒険者たちに向けて語りかけた。悲鳴、僕のときもあったけどあれは試験の一環だったんだよね。

つまり他の冒険者も似たようなことをされたってことか。

「え？　ま、まさかそれで？」

「その通りです。もうご存じの方も多いと思いますが、あれも合否を決める仕掛けの一つなんですよ」

ビスクが答えた。

「ちょっと待てよふざけんな！　こいつらはパーティーで見捨てたからまだわかるが俺はソロで参加してんだぞ！　あんなもんかまってたら間に合うわけねぇだろうが！」

ロンリーという冒険者が文句を言った。ソロ、つまり一人だったわけで確かにそれであの状況は厳しい選択を迫られていると言えるかな。僕だったらソロでも助けに向かっちゃいそうだけどね……

やっぱり放ってはおけないし。

「この試験は冒険者としての資質も見てるんです。様子も見に行かず無視はCランクを目指してる者としてはありえません」

ビスクが理由を淡々と語っていった。

「それにたとえソロでもきっちり観察していれば対処する方法はあります。そのようにしてますからね。実際他にもソロの冒険者はいますが不合格ではありませんよ」

「ぐっ！」

ロンリーが喉を詰まらせた。たしかにソロが彼だけとは限らないわけで、でも不合格を言い渡されたのは彼だけだった。つまりそういうことなんだろうね。

「ちなみに遅れた奴らは、悲鳴を聞いてしっかり助けには行ったようだがその後が悪かったのさ。大した策も練らず行きあたりばったりな方法でグダるだけだったからな。それで遅れたから不合格ってわけだ」

銀髪の試験官が付け加えるように言った。不合格にはそんな理由もあったんだね。

「くっ、こんなの納得できるかよ！　お前らのさじ加減次第じゃねぇか！」

「そ、そうよこんなの不公平だわ！」

「試験のやり直しを要求する！」

「は？　何いってんだこいつら。頭湧いてんのか」

「ちょ、ガイ、だからそういうこと言ったら駄目だってば～」

「スピィ～」

ガイがまた暴言を……スイムも宥めようと思ってかピョンピョン跳ねながら鳴き声を上げているよ。

「そうかそうかそんなに納得できねぇか。まぁそうだよなお前らにだって不満はあるよな」

「え？　ちょ何言ってるんですかシルバ」

ビスクがぎょっとした顔で銀髪の試験官を見ていた。シルバというのがあの試験官の名前みたいだね。

「よっしゃ！　だったら――」

するとシルバがこっちに向かって歩いてきて――何故かガイと僕の腕を取った。

「お前らそこまで言うならチャンスをくれてやんよ。俺かこの二人、まぁ三人のうち誰でもいいが倒せた奴を合格にしてやるよ」

「え？　えぇえええええぇええ！」

「スピィ～⁉」

なにこれどういうことなの？　一体何でこんな話に⁉

「あぁそれと。お前らは負けたら失格な。その入れ替わりで二人合格にするってわけだ」

「えぇええぇえ！」

「スピィ⁉」

なんだかますますとんでもない話になっちゃったよ。ただでさえ無茶振りなのに負けたら失格だなんて。

「丁度いい。こっちも腕がなまりそうだったからな。何なら俺一人で纏めて相手してやってもいいんだぜ。ネロは後ろで黙ってろ」

そう言ってガイが腕をグルングルン回した。敢えてかわからないけど相手の冒険者にしっかり聞こえるぐらいの声でハッキリと言い放ったからね。

当然冒険者の機嫌も相当悪い。うぅ、この感じだとガイはこの戦いに異論はないんだろうね。

「し、仕方ない。僕も覚悟を決めるよ」

いくらガイが下がってろと言ったからって、黙って見ているわけにはいかないからね。

「ははっ。そうそう、そうこなくちゃな。もっともこの状況で大変なのは一人かもだがな」

「え?」

試験官のシルバがそんなことを言った。どういう意味かなと思っていたそのとき――。

「ネロぼーっとしてんな!」

ガイが叫んだ。そして僕に向けて放たれた一本の矢。

「水魔法・水守ノ盾!」

魔法で水を盾にし矢を防いだ、と思っていたら今度は火球が飛んできた⁉

「ちょ、何で僕ばかり!」

「水の紋章持ちなんて使えない雑魚野郎楽勝だぜ!」

はッ! そうか僕の紋章が水だから真っ先に狙われてるんだ。ここのところは僕の紋章について悪く言う人も少なくなってたからうっかりしていたよ。

でも僕の水の紋章は蔑みの対象だった。それなら一番下と見られてる僕を狙ってくるのは当然なのかもしれない。

「君。大丈夫？」

そのとき、僕の横にとんがり帽子を被った女の子が駆け寄ってきた。結構可愛らしい女の子だな。

「私、こんなの納得いかないよ！　水の紋章だからって皆して、だから守ってあげるね♪」

「え？　あ、ありがとう」

「うん！　じゃあ援護するから前お願いね」

「は、はい！」

女の子に言われて僕は前に出た。あれ？　でもこれって――。

「火魔法・炎の吐息！」

「おっと！」

後ろから吹き出された火炎を咄嗟に避けた。何かおかしいと思ったら！

「あぁ！　何で避けるのよ！」

「避けるよ！」

何か文句言われたし。理不尽！

「ネロ。お前デレデレしてんじゃねぇぞ。情けねぇ」

「いや、デレデレなんてしてないよ！」

「いや、してたわよねネロ。本当情けない！」

「え!?」

「もうネロっては女の子に甘いんだから！」

「えぇ！」

何故かフィアとエクレアにも非難されてしまったよ！

「てめぇらネロばっか狙ってんじゃねぇぞ――勇魔法・大地剣！」

「「「ぐわぁあぁあああ！」」」

ガイの魔法で地面が剣に変わって突き上げた。その一撃でパーティーが一つ完全にやられたよ。

「僕も負けてられないね。水魔法・噴水！」

「「「うわぁあぁああ！」」」

水が勢いよく噴出しパーティーが一つ舞い上がった。

「キャァアアァアアア！」

その中にはさっきの女の子も入ってた。ちょっと心苦しいけど僕もここで落ちるわけにはいかないからごめんね！

「なんだ。俺に向かってくるのは一人もいねぇのかよ」

シルバが退屈そうにしているよ。髪の毛を掻くと腕に装着された腕輪がキラリと光った。そのときだ、シルバの後ろから迫る影。

「貰った！」

「武芸・銀操作――」

するとシルバが技を披露。腕輪が飴細工のように変化し盾となって背後からの攻撃を防いだ。

「そんなッ!?」

「俺を狙ったことだけは褒めてやるが、その腕じゃ届かねぇよ」

シルバはもう片方の腕に装着していた腕輪も変化させ、棒状にして掛かってきた相手を殴りつけた。

その一撃で男は地面に叩きつけられそのまま気を失ったようだったよ。それにしても今の流れるような動き、流石は試験官だけあるよね。

こうして結局不合格を言い渡された冒険者たちはチャンスを活かせなかった。僕とガイもやられることはなかったしね。

「ふぅ。なんとか不合格にならなくて済んだね」

「は？　何いってやがる。お前も余裕だったじゃねぇか。正直俺も物足りないぜ。だからあんた、俺ともやろうぜ」

ちょ！　何故かガイがシルバを指さして挑発しだしたよ！

「何だ俺と遊びたいのか？　ハハッ、なかなか活きがいいな。よしわかった！」

「わからないでください！」

ガイの挑発にシルバが乗り出した!?　でも、もう一人の試験官であるビスクが険しい顔でシルバに詰め寄ったよ。

「いい加減にしてください！　ただでさえ予定外のこととして時間も押してるんですよ！」

ビスクは相当不機嫌だ。試験のことを気にしてるみたいだよ。確かにさっきの冒険者の件といい予

定外のことが起きてそうだもんね。

「そんなカリカリするなって。それにどうせそんなに時間かからねぇよ」

「あん？」

ビスクに返されたシルバの台詞――それでガイが不機嫌に……頭に血が上ってそうだよ。

「俺を簡単に倒せるって言いたいのか？」

「ははははそりゃそうだろう」

「んだとコラッ！」

「ガイ。もうやめましょう。これ以上意地を張っても意味がないです」

シルバ相手に喧嘩腰で迫るガイ。するとセレナがやってきて心配そうにガイを宥めていた。

「セレナの言う通り。これ以上は意味ないよ。それより試験に集中した方がいいと思う」

「スピィ～」

セレナに追随して僕もスイムもやめた方がいいと伝えた。とにかく一旦落ち着いて欲しいよ。

「セレナとネロの言う通りよ。大体ガイは自意識過剰なのよ。試験官相手に勝てるわけないじゃない」

「フィア、それ逆効果かも――」

フィアも僕らと同じ気持ちだったからそんなことを言ったんだと思うけど、エクレアの言う通りガイ相手にその言い方はあまり良くなかったかも――。

「うるせぇ！　試験だからこそ俺の実力がどれだけ通じるか試すんだろうが！　おい！　簡単に倒せ

るか試してみろや。さっさと始めるぞ！」

あぁやっぱり。かえってガイが意固地に――。

「そんなこといちいち口にするな馬鹿。格下なんだから好きなタイミングで好きに攻撃してくりゃいいんだよ」

試験官のシルバも挑発めいた台詞を吐き出してるよ。これはもうガイも止まらない――。

「吠え面かくなよ！　勇魔法・大地剣！」

ガイが得意とする魔法の一つだ。ガイが地面に剣を突き立てるとシルバの足元が変化し剣になって突き上げられた。

だけどそのときには既にシルバは上空にいた。背中には銀色の翼が生えていた。

「武芸・銀翼の飛翔――」

シルバはそのまま飛翔しガイに向けて急降下。高速でガイに迫る。

「こんな単純な攻撃あたるかよ！」

ガイは横にステップして突撃を避けたのだけど。

「グベッ!?」

避けたはずのガイが転倒した。いや違う。ガイの足にシルバから伸びた銀色の鎖が絡まり、引っ張られてバランスを崩したんだ。

「ち、畜生が！　調子に乗ってんじゃねぇ！」

だけどガイもただやられてばかりじゃない。剣で鎖を断ち切りすぐに立ち上がった――のだけどそのときには距離を詰めていたシルバの槍がガイの喉に突きつけられていた。

「はい終わり俺の勝ちっと。何か異論あるか？」

「ぐっ、ない、です――」

そしてシルバが槍をしまった。だけどこれってガイが負けたわけで、そういえばこの後の試験はどうなるの？

「くそ――これで終わりかよ」

ガイが肩を落として呟いた。あの顔。ガイはこれで試験脱落だと思っているんだ。

うぅ、確かにガイはシルバに負けたけど、まさかこんなところで失格になるなんて思いたくない――。

「……なぁ。不合格は俺だけなんだろう？　パーティーの仲間は勘弁してやってくれ！」

「ちょ、ガイ何を言ってるの！」

ガイがシルバに向かって頭を下げていた。それを見たセレナが慌てて止めに入る。

「セレナ……仕方ねぇんだよ糞が！　俺の実力が足りなかったんだからな」

ガイとセレナの様子を見ながらフィアは黙っていた。その気持ちは僕もわかる。僕たちと戦った冒険者は不合格だし、言い出したのはガイだから関係ないとは言えない……ただ気になることもあるにはあったんだけど――。

「つまり不合格はお前だけにしろって？　それは無理な相談だなぁ」

ガイとセレナのやり取りを聞いていたシルバがあっけらかんと答えた。何かこんな状況でも飄々として掴みどころのない試験官だと思う。

「ふざけんじゃねーぞ！　俺は負けても仲間は関係ねぇだろ‼」

ガイが叫んだ。これに関しては僕も同意見だよ。試験官のシルバと戦ったのはガイだけだったわけだし――。

「ははっ、だから勝手に不合格なんて決めるなってことさ。別に俺はお前を不合格にするつもりなんてないぞ」

「……は？」

シルバの答えにガイが目を丸くさせた。どうにもこの人の言葉は本心が見えなくてよくわからないところがあるよね。

「まぁ、とりあえず全員合格だってことだ。良かったな」

「ちょ、ちょっと待てよ。俺はお前に負けたのにそれでいいのかよ？」

「いいも何もな。俺はお前とちょっと遊んでやると言っただけだ。誰も試験の一環だなんて言ってないだろう？」

そういえばそうだ……。あのとき試験官であるシルバ自身は戦うと言っていただけで、それがそのまま試験になるとは一言も言っていない。

「くっ、ふ、ふざけんな！　そんなお情けで生かされてこっちは全然嬉しくねぇんだよ！」

「あん？　アホかテメェは。大体俺の足元にも及ばない分際でお情け語るなんざ一〇年早いんだよ」

「なんだと⁉」

「……はぁ全く」

ガイは折角不合格にならずに済んだのに、妙に意地はっちゃってセレナも頭を抱えていたよ。

「いい加減にしなさい！」

ふとそこに女性の怒声が割り込んだ。

「全くさっきから勝手なことばかりやって！　ガイといったわね。貴方もこれ以上ごねてないでさっさと試験に戻りなさぃ！」

声を上げたのはもう一人の試験官ビスクだった。その周囲では彼女が使役している獣たちが欠伸をしている。

「うぐっ……」

ビスクに注意されガイは言葉に詰まっていたけど、それでもまだ納得していない様子でこちらを見つめていた。

「はは、良かったねガイ。試験が続けられるんだし」

「そうよ。それなのに文句ばかり言って本当あんたバッカじゃないの！　セレナ泣かせてるんじゃないわよ！」

「いえ、別に泣いてはいませんが……」

困ったような顔をしながらフィアの言葉をセレナが否定した。

「何はともあれ、皆で試験続けられそうで良かったね。ネロ」

「スピィ～♪」

僕の隣についたエクレアが笑顔を見せた。肩の上ではスイムが嬉しそうにプルプル震えている。うん、可愛い。それにしても改めて見ると、ビスクの周囲にいる動物たちもみんなレベルが高い気がする。やっぱり彼女も試験官だけあってただものじゃないようだね。

「ふぅ。私はシルバともう少し話したいので皆はちょっと休んでてください」

だけど――仕事は大変そうだよ。特にシルバには頭を悩ませてそうだしね。

「はははは。なんだか君たち面白いよね」

ビスクとシルバの話が終わるまで少しの休憩を取ることになったのだけど、そこで僕たちに声を掛けてきた冒険者がいた。いや、冒険者で合ってるんだよね？

「えっと、全員仮面――」

「スピィ……」

見るとエクレアが目を白黒させていた。全員が仮面姿。しかもそれぞれ顔の左半分だけの仮面、右半分だけの仮面、下半分だけの仮面、上半分だけの仮面といった形でとても奇抜だ。

エクレアがそんな顔になるのも仕方ないかも。スイムもちょっと戸惑ってるようだし。

「あはは。驚かせちゃったかな？　ボクたちは【仮面人格】というパーティーを組んでいてね。ボクはリーダーのライト・マスクなのさ。宜しくね」

顔の右側に仮面をつけたライトがそう挨拶してくれた。彼は白銀の鎧を着ていて腰には剣、左手には円盾だ。仮面はともかく正統派の剣士といった印象だね。

それにしても【仮面人格】か……名前からして変わっているね。そういえば彼の仮面は白くて笑顔に見えるね。口調も明るそうだし仮面と人格がぴったりな印象はあるよ。

「はぁ……ネロっては相変わらず奇妙な縁ができるわね」

フィアも近くまでやってきて呆れたように呟いた。う～ん奇妙かはともかく確かに最近はいろんな人と知り合いになってる気がする。

「で？　いかにも怪しい仮面連中が俺たちに一体何のようだ？」

ガイも会話に参加してきた。【仮面人格】の四人を睨みつけていて明らかに警戒しているよ。

「ガイ……その誰でも彼でも噛みつく癖、やめた方がいいですよ」

「うるせぇよ！　人を野良犬みたいに言うんじゃねぇ！」

ため息交じりに注意するセレナにガイが言い返していた。誰も野良犬とまでは言ってない気はするけどね。

「やれやれ。わしらこれでも結構地元じゃ名がしれとるつもりなんだがのう」

すると顔の上半分だけを青い仮面で覆った男性が会話に加わってきた。仮面には細長い羽のような細工も施されている。

仮面の色に合わせたような蒼くて長い髪が印象的だね。長身痩躯といった体格で話し方が何とも古風だ。

「全然知らねぇよ。大体地元がどこかもしらねぇ」

「う～ん。わしらもまだまだじゃのう」

「仕方ないだろう、スカイ。大体地元でも俺たちはそこまで派手な活躍はしてないだろうが」

「あはは。確かにね、アビス」

ライトにアビスと呼ばれていたのは顔の下半分に紫色の仮面をつけた男性だ。角が出たような仮面で後ろのあたりに赤い宝石がはめ込まれている。

紫色の癖のある髪で褐色肌。筋骨隆々の逞しい男性だ。パワーで圧倒しそうな雰囲気が感じられる。

「――でも、私たちは貴方を知ってる……勇者の紋章を持った勇者ガイ、だよね？」

最後に声を発したのは【仮面人格】の紅一点。顔の左半分に黒い仮面をつけた女性だ。仮面は細くカーブしたような形状でなんとなくだけど月を彷彿させる。

黒髪は地面に付きそうなほど長く、見た感じは細身で華奢なか弱い女性というイメージだ。そして声がとても小さいね……。

そんな彼女はガイのことを知ってるようだね。流石は勇者パーティーといったところかな。

「――フンッ。よくわからねぇ連中に覚えられていても嬉しかねぇよ」

「はぁ本当こいつは……」

相変わらずガイは素直じゃないね。聞いていたフィアが呆れているよ。

「ちなみに青い仮面の彼がスカイ・ウィザード。こっちの宝石のついた仮面をした逞しい彼がアビス・ヘルム。そしてうちの紅一点のこの子がシャドウ・フェイスだよ。よろしくね」

ライトがにこやかに仲間たちのことを紹介してくれたよ。

「ケッ。お前らの名前なんてどうでもいい」

「もうそんなこと言わないの。私は【栄光の軌跡】のセレナでこの子が――」

「フィアよ。正直最初は、また怪しいのがネロに近づいてきてるわね、と警戒したけど礼儀正しくて安心したわ」

「えっと僕はネロでこの子は友だちのスイム」

「スピィ～♪」

「私はエクレアだよ。宜しくね！」

【仮面人格】のメンバーに僕たちも挨拶を返した。ガイは相変わらずで自己紹介もしたりしないけど、ガイのことは【仮面人格】も元から知ってたみたいだからね。

「見ての通りボクたちは仮面をしているせいか、わりと警戒されやすいんだ。良かったら仲良くして欲しいかな」

「えっと、はい僕たちでよければ……」

「ざけんな！　ネロ！　てめぇも言われるがままほいほい尻尾振ってんじゃねぇよ！　試験で仲良しこよしなんてしてられっか！」

何かガイに怒られてしまった。そんなに怒らなくても……それに試験と言っても場合によっては協力し合うこともあるかもだしね。

「はは、手厳しいね。お手柔らかに頼むよ。それじゃあ――」

そして【仮面人格】の四人は僕たちから離れた場所に移動した。これから試験だし作戦でも立てるのかもしれないね。結構パーティーで話し合ってる様子も見られるし。

――シャリシャリ。

【仮面人格】の四人が立ち去った直後、何かを削ってるようなそんな音が聞こえた。なんだろう？と思って音のする方を向いてみると小柄な女の子がりんごを口にしながらこっちを見ていた。

「えっと……」

「――お前、ネロと呼ばれてた。ネロか？」

何か女の子からりんごを片手に質問されたよ。今シャリシャリいってたのはりんごを齧っていたからみたいだね。

でもこの子が手に持ってるりんご妙にヒンヤリしている気がするし白っぽい。これってもしかして凍ってる？

「……I《アイ》の質問に答える。お前、ネロか？」

アイ？　えっと、それがこの子の名前なのかな――？

「確かに僕の名前はネロだけど、君はえっとアイさんでいいのかな？」

「アイの名前はアイス。気安く呼ぶな凍《ここ》すぞ！」

えぇ！　何か急に目つきを鋭くして威嚇してきたよ！　そんなに悪いこと言った僕⁉　というかアイスでアイならほぼほぼ合ってないかな！

いやそんなどうでもいいことに突っ込み入れてる場合じゃないよ！　なんでこの子いきなり喧嘩腰になってるのさ⁉

「お前がネロ。ネロは――敵！」

わわ！　今、氷の塊を飛ばしてきたよこの子！　しかもかなりの大きさだ！　当たったら間違いな

くただじゃすまない大きさだね！　咄嗟に後ろに飛んでかわしたけど危なかったよ！

「……外した。チッ」

あぅ、凄い顔で舌打ちされたんだけど……これは本格的に怒ってない？　そんなにアイと呼ばれたのが嫌だったのかな……。

「コラッ！　貴方ネロに何してるのよ！」

「スピィ！」

僕たちのやり取りを見ていたのかエクレアがアイスという少女に文句を言った。よく考えたら近くに皆がいる状態だしすぐにわかるよね。スイムも僕の肩の上でぷんすかしてるし。

「……お前は誰だ」

「私はネロの仲間のエクレアよ。それよりいきなり攻撃しちゃ駄目じゃない。危ないでしょう」

「本当、貴方何考えてるのよ」

「ネロ。怪我はありませんか？」

「あ、うん。大丈夫だよ」

エクレアとフィアがアイスを囲むようにして文句を言っていた。セレナは僕に怪我がないか気にしてくれている。そしてガイは、何かアイスを睨んで反応を見てるね。

「わかった？　駄目だよもうこんなことしちゃ」

「でもネロは……」

「でもじゃないわよ。大体試験だからといっても喧嘩じゃないんだから。いきなり攻撃魔法を撃つなんて下手したら失格よ！」

「……失格は困る」

何かフィアとエクレアに叱咤されてシュンっとしてる。ちょっと可哀想になってきたよ。見た目には青髪であどけなさの残る可愛らしい女の子なんだよね。

「……おいテメェ」

「はいストップ。ガイが出るとややこしくなるんだから駄目」

「いや、そうじゃなくて確かめたいこと」

「だ～め」

ガイが何か言いたげに前に出たけどセレナに止められちゃってるよ。人差し指を口元に当てられて本当に黙っちゃった。

「……ごめんなさい。とりあえずアイ、気をつける」

「とりあえずというのは気になるけど謝れたのは偉いわね」

「うん。いい子いい子」

「スピィ～♪」

そうこうしている間にアイスも頭を下げて謝っていたよ。あれ？　意外と素直？　何かエクレアに頭を撫でられて照れくさそうにしてるね。

「……迷惑かけた、これお詫び」

しかもアイスが凍った果物をエクレアとフィアにあげていたよ。さっき彼女が食べていたものだね。

「くれるの？　ありがとう」

「へぇ〜果物って冷たくしても美味しいんだね」

どうやらあの凍った果物は美味しいらしいね。どんな味なのかな？

「スピィ〜……」

するとスイムが物欲しそうに見て鳴き声を発していた。スイムは果物が好きだから食べてみたいのかもね。ちょっとお願いしてみようかな？

「……そこのスライム食べるか？」

「！　スピィ〜！」

と思っていたらアイスからスイムに声を掛けてくれたよ。スイムが嬉しそうにピョンピョン跳ねてアイスに近づいていった。根はいい子なんだろうな〜。

「スピィ〜♪」

スイムが凍ったリンゴを受け取って戻ってきたよ。僕の肩の上で美味しそうに食べているね。

「あの、りんごありがとうね。スイムの大好物なんだ」

「……そのスライム、スイム言うのか」

「うん。宜しくね」

「スピッ！」

スイムも宜しく〜と言ってるようだよ。果物のこともあってアイスに好意的だね。

「スイム……美味しいなら良かった。でもネロ、お前にはやらない。お前は敵。今は凍さない、けど、いつか凍す！」

えぇ！　すっかり打ち解けたかと思えば、僕に対してだけはやっぱり辛辣だったよ！　というかそもそも凍すって何？

「おいネロ。今の女には気をつけろ」

するとガイが僕になんだか忠告してきたよ。そういえば何か話しかけようとしていたし、ガイはアイスのことで気になることがあるのかな？

「ガイはあの子のこと知ってるの？」

「……直接知ってるわけじゃねぇよ。ただ――」

「やぁやぁ、これはまた随分と綺麗な女の子たちが揃ったじゃないか。わかった全員僕の愛人にしてあげるからこれからのことは全てこの僕、カートス伯爵家期待の星ロイド・カートスに任せたまえ」

僕がガイと話していると聞き覚えのある男の声が耳に届いた。あぁそういえばすっかりロイドのことを忘れていたよ。

「うわぁ……そういえばあいつがいたんだったね……」

「はぁ。急に気が重くなってきたわ」

ロイドの登場にエクレアとフィアがうんざりした顔を見せた。面倒な予感しかしないからね。

「おい。何だこの馬鹿っぽいヤツは？」

ガイがロイドを指さしてセレナに聞いていた。ノーランドでの出来事をガイは知らないからね。

「いけませんよガイ。あれでも一応は伯爵家のご子息なのですから」

それに答えるセレナの言い方がキツイね。前のこともあるから仕方ないかもだけど。

「フフッ。セレナといったね。君のことも当然覚えてるよ。安心したまえ、君だって僕の大事な愛人候補の一人だ」

そう言ってロイドがバラを投げてきたけど、セレナに届く前にガイによって叩き落とされた。

「……なんだね君は？」

「それはこっちの台詞だ。俺の仲間に気安くバラなんてなげんじゃねぇよ」

「ガイ……」

セレナが口元を押さえてガイの背中を見ていた。目が潤んでるし余程ロイドの行為が嫌だったのかも。

「ふん。全くどこの馬の骨ともわからない分際で生意気な。君もそう思うだろう？」

「気安く話しかけるな。凍すぞ！」

ロイドに話しかけられるもアイスは氷のような冷たい視線で拒否感を示していた。僕に対するのと同じように言葉もキツいし。

「あぁ！　いいねぇ君のその瞳！　そういうのも実にいい！」

「うわぁ……」

「スピィ……」

両肩を押さえて妙なことを口走るロイドに女性陣はドン引きだよ。フィアはもちろんスイムも思わず声が出てたし。

「おいロイドいい加減にしろ。全くお前はいつも好き勝手動きすぎだ」

ロイドを怒鳴りつける声が聞こえてきた。やってきたのはレイル・カートス。ロイドの兄だ。

「はは。そこに美しい女性がいたら顔を見せないと失礼というものじゃないか兄さん」

「だから節操のない真似はやめろと言ってるだろう。たく……」

呆れ顔を見せるレイル。

「はい。ちゅうもーーーーく！」

すると試験官の声があたりに響いた。試験官のシルバが手をパンパンッと叩いて皆に注目を促している。皆も何事かと思って視線をシルバに向けていた。

「これより試験を再開させるからな。全くビスクが細かいことにうるさいからちょっと時間が押してまいるぜ。だからこっからチャッチャと行くぞ」

「誰のせいだと思ってるんですか誰の！」

シルバの隣でビスクが怒鳴っていた。何かビスクは大変そうだね。

「なぁ、約束覚えてるだろうね？　試験に落ちたらあの子らの前から、いや僕の前から消えろよ」

するとロイドがそんなことを耳打ちしてきた。やっぱりあのこと覚えていたんだ。だけど、結局こいつもレイルの発言を謝ろうとしていない。本質的には一緒ということか……。

とにかく今はこの試験を合格するために必死にやるだけだ。

「よし、とりあえずお前ら俺たちについてこい」

シルバに促され僕たちはその後をついていった。平原に一旦出てそのまま歩き続ける。するとエクレアが隣について僕の手をとった。

「ネロ、大丈夫？　何か言われた？」

「あ、いや、約束について確認されただけだよ」

キュッと手を握られて体温が一気に上がった気がした。エクレアなりに気にかけてくれていたんだろうけど妙に緊張してしまう。

「コホンッ――」

「あ！」

邪念を払うように首を左右に振っていると咳払いが聞こえて僕とエクレアは弾かれたように離れた。すぐ後ろにいたのはフィアだった。

「今は試験中なんだからあまり過度な接触はどうかと私は思うなぁ」

「えっと……」

何かフィアから凄い威圧感を覚えて言葉を失ってしまった。エクレアも頬を掻いて苦笑してるよ～。

「よしここでストップだ」

するとシルバから足を止めるように指示が入った。

「うん。そうだね試験に集中しないと！」

「ケッ。女の尻に敷かれてんじゃねぇぞネロ」

これ幸いと皆にそう呼びかけるとガイが嫌味を飛ばしてきたよ。全くもう。それよりも気になるのはこれからの予定だ。

見るに目の前に広がっているのは森だ。しかも結構広そうなね。

「今からお前たちにはこの森で素材の収集を行ってもらう。この森にいる魔物を狩ってだ。合格か不合格かはその結果次第ってことさ」

シルバがそう説明してくれた。素材の収集……何か思ったよりも試験内容は普通で安心したよ。

いや、何かさっきまでのやり取りを見ていたらもっととんでもない試験が待ってるのかもとか思ったし。

「素材収集とはまたえらくシンプルだな」

ガイが試験内容の感想を口にした。

「シルバ。大事なことを忘れてますよ。皆さんにはこのリストを持って森に入ってもらいます。素材収集が試験なのは確かですがここに書かれてる素材以外は受け付けませんのでそのつもりで」

「あぁ。そういえばそんなルールもあったな」

全くもう、と腕組みするビスク。そこ結構重要なところだよね……。

「試験の肝になるところを言い忘れるなんて、大丈夫なのあの試験官？」

「あはは……」

「スピィ～……」

フィアが不安そうに呟きエクレアは苦笑いだ。スイムも呆れてそうに思えるよ。

「ははっ。どんな条件だろうとこれがただの素材集めなのは変わらないだろう？　この程度名門カートス伯爵家が期待の星、このロイドからしてみたら余裕なのさ」

ロイドが髪を掻き上げて得意そうに言った。

「あぁそうだな。確かに楽そうな試験だ。だけど集めるなら急いた方がいいかもな。何せ森の中では既にこちらの手配したCランク冒険者が素材集め中だ。あいつら優秀だからのんびりしていると根こそぎ取られちまうぞ」

シルバが新たな情報を口にすると周囲がざわめきだした。どうやら普通に素材を収集させて終わらせる気はないようだよ。

「へ、それを聞いて少しは楽しめそうな気がしてきたぜ」

ガイがニヤリと口角を吊り上げていたよ。優しい試験より手応えのある方がいいなんてガイらしいね。

「おい！　この試験素材の集め方は自由か？　例えば奪ったり奪われたり……どうなんだ？」

そのとき、一人の大柄な冒険者が随分と物騒なことを発言した。周囲の空気がピリついた気がした。

「素材の集め方は自由だ。お前の望んでる答えを言うなら横取り上等ってことだ。なんなら既に森に入ってるCランク冒険者から奪ってもいいんだからな」

そう言ってシルバが笑った。これはますます油断できない試験になったね。簡単な試験だなんてとんでもなかった。

「それではこれより試験を始めてもらいます。ここにあるリストを持って森に入ってください。制限時間は三時間。制限時間の来る一〇分前にはこちらで合図を鳴らします」

三時間……結構長いようにも思えるけど内容が内容だけにあっという間に過ぎてしまう気もするよ。

「アイス！　そこにいたのか、試験が始まる、さっさと合流しろ」

「……呼ばれたから行く」

「うん。お互い頑張ろうね」

険しい顔の男性に呼ばれアイスが僕たちから離れていった。どうやら仲間がいたようだね。

「ネロ。私たちも頑張ろうね」

「スピィ！」

「うん。そうだね。とにかく森へ急ごう」

既に他の冒険者たちも準備を終えてリストを片手に入っていってるからね。

「ネロここからはお互い敵だからな。忘れるなよ」

ガイもフィアとセレナを連れて森に入っていった。う～ん、敵というのとはちょっと違う気がするけどとにかく頑張ろう！

「とにかく素材を手に入れないと始まらないよね」

「うん。リストをまず確認しないとね」

「スピィ～」

僕たちはビスクから受け取ったリストを確認した。リストには必要な素材と素材持ちの魔物の名前が記されていた。

どうやら素材にはランクがあるようだ。この試験独自のランクとも記されている。

またこの試験、手に入れた素材を収納する上で魔導具などに頼るのは禁止されている。つまり持ちきれなくなったら一度戻って試験官に引き渡す必要があるということだ。

気になるのはSと記された素材でそこにはおすすめしないという表記がある。更に明らかに筆跡の違う文字で何かワンポイントアドバイスみたいなことが書かれていたよ。

「えっとS素材持ちの魔獣はCランク冒険者が重点的に狩っている。狙うなら冒険者からかすめ取るのがおすすめだって。何か凄いこと書かれてるよね」

エクレアが苦笑気味に言っていた。確かにこれはね。まともに狩れないなら既に手に入れた冒険者から奪えってことだもんね。

でもこれで一つ疑問が解消された。いくら試験とはいえ、僕たちより格上の冒険者がなんで先に森にいるのかとちょっと謎だったんだよね。

だけどリストのSと記されている魔獣を狩るために先に入っていたんだ。つまり、大物を優先して行くなら僕らはそれを狙うしかないというわけだ。

「とりあえず作戦を立てないとね。無理してSとついた素材は狙わず堅実に他の素材を狙って地道に稼ぐか……それともS素材を狙って一発逆転を狙うか」

「そうだね。ただどっちにしても早くしないと他の冒険者に取られてしまうよね。それに素材を得たとしてもこの試験は横取りもありだから本当油断できないよ」

「スピィ……」

僕の話を聞いたエクレアが真剣にリストと睨めっこしながら考えを述べた。確かにその通りだよ。

リストにはどれだけ素材を集めたら合格ラインかも記されているけど、それを見る限りS素材を手に入れさえすればそれだけでもだいぶ有利だ。Ｓ素材だけで合格ラインの三分の二程度は達成できるからね。

逆にこのリストで一番下なのがＤなのだけどこれだとかなりの数を狩る必要がある。素材を魔導具などで収納できないということは当然僕たちだってスイムに頼ることはできない。

そうなるとＤ素材だとそれだけ多く往復しないといけないから不利となる……。

「まずはＢとＡの素材から狙おうか。魔物もウェアウルフとかだし僕たちでも十分対処できると思う」

「うん。私もそれがいいかなと思った。Ｓは様子を見てかな」

「スピィ～」

こうして僕たちの作戦は決まった。さぁそうと決まれば魔物を探さないと――。


「全く。わざわざ俺たちが狩り出されるなんてな面倒なこったぜ」

戦斧を肩に乗せて歩く大男がやれやれといった顔で愚痴った。

「仕方ないじゃないノーダン。それにギルドからの指名よ。むしろ光栄に思わないと」

そんな彼に向けて魔法師といったローブ姿の女性が答えた。

「そうはいってもなババアラサーよ」

「ババロアよ！　あんたいよいよわざとでしょそれ！」

ババロアに言葉を返すノーダンだったが、途端にババロアが怒りを顕にした。ノーダンはよく名前を間違える。

「うん？　そうだったか？」

そんなやり取りをしながらも森を歩いていたのはCランクパーティーの【猛獣狩人】だった。

三人はこの日、Cランク昇給試験の一環としてここまでやってきていた。彼らの目的は素材を手に入れておくこと。もっとも彼らはリストの内、Sランク素材を先に集めるよう言われている。

その素材を有しているのは魔獣であり、Cランクと言えど油断すると危険な相手だ。これは言うなれば昇格試験に挑む冒険者にとっては厳しい相手ということでもある。

「気をつけろ。近くに魔獣の気配を感じる」

そこでこれまで言葉を発していなかった仲間が目を光らせた。警戒心を高めている。

「お前誰だっけ？」

「ケッタソイだ。殺す！」

「ゲシュタルトホウカイ？　そんなのいたか？」

ノーダンが小首を傾げケッタソイは涙を流していた。ババロアがケッタソイの肩を叩いて励ましている。そうこうしている間に三人はこの森を拠点に活動する魔獣を見つけていた。

双頭の大猿である。凄まじいパワーを誇る上、この魔獣は自由に分裂し二体になって襲ってきたりもする。魔獣は三人の姿を見るとすぐさま分裂して襲ってきた。

「分裂した——だがそれがチャンス」

ケッタソイがモーニングスターを振り回し大猿に当てた。彼は活力の紋章持ちであり回復要員であると同時に自らも強化して戦うことができる。

「引力魔法・愛の吸引！」

そしてババロアが魔法を行使。分裂したもう一匹が引き寄せられそれを狙ってノーダンが戦斧を構えた。

「武芸・薪裂戦斧《しんれつせんぷ》！」

豪快に斧を振ると大猿が真っ二つになって地面に落ちた。フッ、とノーダンが得意がるが、そこへババロアがカッカした顔でやってきた。

「あんたやるなら少しは後のこと考えなさいよ！　これじゃあ素材が台無しじゃない！」

「……ま、細かいことは気にするなって。それにしてもいつも思うんだがお前の魔法の名前痛々しくないか？」

「あんた本当に殺すわよ」

額に青筋を浮かび上がらせながらババロアが言った。そうとう苛々しているようである。

「こっちは終わったぞ。素材も綺麗なものだ」

「おおマジか。さすがだなモブオ」

「ケッタソイだ……泣くぞ！」

「もう泣いてるじゃない……」

ババロアがどこか哀れみを滲ませた目で彼を見ていた。

「随分と愉快な連中だな。これがCランク冒険者か？」

そんな三人に向けて同じく三人の冒険者が姿を見せ声を掛けてきた。それはどこか挑発的な響きにも思える。

「うん？　何だお前ら」

「いや、試験参加者でしょ普通に」

問い返すノーダンに向けてババロアが突っ込んだ。するとケッタソイが前に出て声を上げる。

「お前らまさか俺たちに挑もうというのか？」

「あぁ。俺たち栄光の軌跡が相手するにはお前らぐらいじゃないと釣り合わねぇからな。その素材俺たちがもらっていくぞ」

「随分と威勢がいいな。だが嫌いじゃないぜ」

ノーダンが笑みを浮かべながら三人の印象を口にした。全身からはどことなく余裕が感じられる。

「ま、これも予定にはあったものね」

言って肩をすくめるババロア。

「で、お前らの名前は？」

続けてケッタソイが三人に問いかけた。

「俺は【栄光の軌跡】でリーダーやってるガイだ」

Cランク冒険者たちに問われガイが答えた。その様子を見ていた二人の少女がやれやれと嘆息しつつ彼に続く。

「私はセレナです。その、ガイが失礼な物言いをしてしまいごめんなさい」

「いや、なんでお前が謝ってんだよ」

頭を下げるセレナを見てガイが怪訝な顔になる。

「私はフィアよ。全くこんなことにつきあわされる身にもなって欲しいけどやるからには全力でいくわよ」

自己紹介する三人を見てケッタソイの表情が険しくなる。そんなケッタソイの肩を叩きつつノーダンが言う。

「そんな顔するなよケダルイ。ちょっと揉んでやるぐらいに考えておけばいいんだからよ」

「ケッタソイだ。泣くぞ」

「こんなときぐらい間違わずに呼んであげなさいよ全く」

やれやれといった顔を見せるババロア。そして改めて三人に目を向けた。

「とはいえ、油断は禁物ね。確か【栄光の軌跡】は勇者の紋章を授かった子がいたはず」

「あぁ。俺がそうだよ」

「――私たちのこと知っていたのですね」

剣を背中に持っていきガイが答え、セレナが意外そうに呟く。

「……そりゃまぁね。あなたたちもそれなりに有名よ。ただ、ちょっと自意識過剰気味かもね。世界を知らなすぎるわ」

挑発するように、それでいてどこか諭すようにババロアが言った。

「自意識過剰か。結構じゃねぇか。自分に自信がないような奴が上にいけるわけがねぇからな」

ババロアの話を聞いてもガイは気にすることなくむしろ自ら受け入れる姿勢を見せた。そんな彼の様子を見たノーダンが、ほう、と顎を擦る。

「なかなか面白い考えだ。俺はキライじゃないぜ。よっしゃだったら俺が相手してやるか」

そう言って首を鳴らしノーダンが斧を手に取り前に出た。

「おいおいおっさん。一人でやるって舐めすぎだろう」

「はっはっは。安心しろ。俺は自分の力をわきまえてるからな。お前らは全員でかかってきていいぞ」

ノーダンの返事にガイの眉がぴくっと跳ねた。

「ガイ……まさかあんた一人でやろうってんじゃないでしょうね？」

「ガイ。ここは意地を張らずに」

「おいおっさん。後悔すんなよ。こっちはあんたの言う通りパーティーでしっかり相手するつもりだからな」

フィアとセレナはガイの発言に目を丸くさせた。二人とも意地っ張りのガイのことだから自分も一人で挑むと言いだすと思っていたのだ。

だが実際は違った。やはりこれまでのことでガイの心境にも変化があらわれているのかもしれないとセレナは考えた。

「――そこの女は世界を知らないとか言ってたがな、身にしみて思い知ってんだよ。俺なんざ実力がまだまだだとまざまざと見せつけられた。だから――未熟なりの戦い方をするまでだ。行くぞお前ら！」

そしてガイたちがノーダンに向けて挑みかかった――。

「よし！　これでBランクの素材をゲットだね！」
「うん。やっぱりこのあたりで採取していくのが無難かなぁ？」
「スピィ～♪」

リストにあったホースバッファローを倒し素材を手に入れた。今話したようにリストで言えばBランクにあたる素材だよ。
「だけどこの大きさだと一度戻って査定してもらわないとね」
「うん。魔導具とかで収納が禁止というのも結構大変だよね」
「スピィ～――」

エクレアと話しているとスイムもちょっと残念そうな声を上げていた。いつもならスイムが荷物を体内に収納してくれていたからね。

スイムも何かしら手伝いたいと思ってくれているのかも。でも特殊な方法での収納禁止だからそれもできなくて気にしているのかもね。

「今回はこういうルールだから仕方ないよ。それにスイムは一緒にいてくれるだけでも僕たちは安心できるからね」

「そうだよスイム。フフッこうやって撫でていても凄く癒やされるよ～」

「スピィ♪」

エクレアに撫でられてスイムも嬉しそうだね。とりあえず素材は僕とエクレアで分けあって持っていくことにしたよ。皮とか肉、それに角が素材としてカウントされるようだからね。

「縄と袋を持ってきておいて良かったね」

「うん。魔導具じゃないなら使えるからね」

何かがあったときのために僕たちもいろいろと準備しておいて良かったよね。

「おや？　君たちもこっちにきていたんだねぇ」

素材を袋に詰めているところに声が掛かった。見ると顔の右側に仮面を付けたライトがすぐそこまで来ていた。

「ライトさん。皆さんもこちらで？　あ、でも他のみんなは？」

どうやら他にいた三人は一緒ではないみたいだね。

「いや～それがね、みんなどうやら僕と逸《はぐ》れちゃったみたいでね。本当に困ったものだよねぇ」

笑いながらライトが答えてくれたけど、えっとそれってもしかして――彼の方が逸れちゃったのでは？

「ところでここはどのあたりかな？　地図とリストは他のみんなが持っていてね。いやぁ困るよねぇ。本当三人とも勝手に逸れちゃうんだから」

「あはは……」

「スピィ――」

エクレアとスイムがどことなく呆れ顔だ。二人とも僕と同じ考えなのかもしれないよ。

「ところでみんなは調子どうなのかな？　もう素材集まったのかな？」

「えっと、今倒した――」

僕がライトに答えようとしたところでエクレアがぐいっと袖を引っ張った。見ると厳しい顔で首を左右に振っていた。

「素材については答えられないわ。こっちも合格が掛かってるもの」

そしてライトに向かってエクレアがはっきりと言い放った。エクレア、さすがだよ。全く気づいていなかった僕が情けないよ。

確かに今は試験の真っ最中。しかもルール上、素材の横取りも許可されている。そんな状態なのにこちらの情報をペラペラと話すべきじゃないんだ。

「あはは、それもそうか、さすがに言えるわけないよねぇ」

そう言ってライトは困ったように頭を掻いていた。雰囲気的に横取りしそうなタイプには思えないけど、いやそこが僕の駄目なところなのかもしれない。もう少し人を疑うことも覚えないと。

「でもそうやって警戒心を持つことはいいことだね。いつ何がおきるかわからないから――」

『お前たちは自らの運命を受け入れるか？』

ライトと話していると突如どこからか声が降ってきた。周囲には誰もいない。それにこの声は――。

「ネロ！　上に誰かいるよ！」

「スピィ！」

エクレアとスイムが警戒の声を上げた。やっぱり上から聞こえていたもんね。そして僕も顔を上げて声の主を確認する。

それは顔全体に白と黒の二色にわかれた仮面をつけた何者かだった。それが空中に浮いた状態で僕たちを見下ろしていた。

これは、紋章の力だろうか？　それにしても仮面って――。

「えっと、もしかしてライトさんのお知り合いですか？」

「いやいや！　世の中の仮面をつけた人が全員仲良しってわけじゃないからね！」

一応確認したけどやっぱり違うようだね。ライトが慌てて否定していた。でもだとすると一体何者なんだろう――。

「ネロ――気をつけて。何だか嫌な予感がする」

「スピィ……」

エクレアが警戒心を顕にした。全身から電撃が迸《ほとばし》っているかのようにピリピリと張り詰めた顔をしている。それを聞いて僕の肩に乗ってるスイムも怯えたような鳴き声を上げている。

『運命《さだめ》を受け入れよ――』

仮面の人物が頭上から声を発した。抑揚の感じられない冷たい響きだった。右手の甲を翳すとはっきりと視えた。そこに刻まれた黒い紋章を——。

「不味い！　あいつ黒い紋章持ちだ！」

「え？　あいつが——」

「スピィ！」

「え？　一体何の話だい？」

僕たちのやり取りを聞いてライトが不思議そうな顔をしていた。黒い紋章は基本的に人の目には映らない。ただ僕はそれを視認することができるんだ。

『運命の湾曲——』

仮面の人物がそう呟くと同時に突然視界がぐにゃりと変化した。エクレアやスイム、そしてライトの体もねじれたように変化したかと思えば突如どこかに放り込まれたような感覚を覚えた。

「ネロ！　スイム！」

「スピィ〜！」

「スイム！　エクレア！」

思わず僕たちは互いに呼びかけたけど、あっという間に声が遠ざかり、刹那——視界が元に戻った。

「——この景色は同じ森、試験の場所から変わってはいない？」

妙な感覚に頭を押さえながら周囲を見回した。木々に囲まれた場所でなんとなくだけど試験場所から離れたわけじゃないと感じ取った。

ただ――エクレアとスイム、そしてライトの姿がない。どうやら散り散りにされたようだよ。だとしてここはどこなのか？　いや、それよりも早く皆と合流しないと――。

「おやおや。これは驚きだ。まさかここで小生意気な無能と出くわすなんてね」

そのとき、妙に鼻につく声が耳に届いたんだ。見るとそこにはあのロイドが立っていた。女の子にはカッコつけたがりの男だけど、僕しかいないと知るや見下すように僕を見てきた。

「おやおや、君のような雑魚でもまだ生き残っていたとはね。とっくに失格になっていると思ったよ」

小馬鹿にするようにロイドが言ってきた。本当にこいつは――。

「――この試験が始まる前に会ってるだろう？」

「はは。そうだったかな？　僕の愛人たちのことは覚えているのだけどね」

そう言ってロイドが銀色の髪を掻き上げた。本当相変わらずいい性格しているよ。

「誰が愛人だよ。全員嫌がっているだろう」

「イヤよイヤよも好きのうちさ」

ポジティブすぎるよね――呆れて仕方ないけど今はこんなところで口論している場合じゃない。

「悪いけどお前に構ってる暇はないんだ。それじゃあね」

踵を返してロイドから離れようとした。だけどロイドはしつこく僕に話しかけてくる。

「まちたまえ――貴様が持っているその袋、まさか素材を採取できたのかな？」

「……お前には関係ないだろう」

「その反応。なるほど――ま、貴様のような雑魚が集められる素材などたかが知れているだろうけど、これで正当な理由ができた――な！」

ロイドが声を張り上げ、かと思えば僕に向けて何かが飛んでくる音が聞こえた。

「水魔法・水守ノ盾！」

振り向きざまに水魔法で盾を生み出した。ロイドから放たれていたのは火球だったが水の盾で防ぎきった。

「……水の盾で防御？　そんな馬鹿な。一体どんなトリックを使ったんだ？」

僕の魔法にロイドは納得できていないようだった。だけどそんなことをいちいち説明していられない。

「いきなり攻撃してきてどういうつもりだよ」

「はは。なんだい？　君のおつむは試験のルールも覚えられないほど悪いのかい？　試験官が言っていただろう？　この試験は素材の横取りが自由だと。そのルールに従って貴様を攻撃したまでさ。もっとも僕はここで貴様を完全に排除するつもりだけどね」

そう言ってロイドが不敵な笑みを浮かべた。どうやらこいつは本気で僕を潰そうと考えているようだね。全くこんなときに――エクレア、スイムお願いだから無事でいてよね……。

「貴様はここで僕が倒して試験から排除してあげるよ。残った彼女たちのことは僕に任せておけばいいさ、愛人として大切にするからね」

ロイドが髪を掻き上げながら自分勝手な発言をした。そもそもエクレアにしてもフィアにしてもロイドの愛人になるなんて言っていない。

一応フィアが賭けに乗ってロイドが勝ったらデートをする約束はしたけどそれだけだ。

ただ本人が望んでいない真似を僕はさせたくない。だから僕はこの賭けに負けられない。そのためにも絶対に合格してCランクに――あれ？　そういえば……。

「……あのさ。一つ確認していい？」

「なんだい？　今更怖気づくとは流石無能な水属性」

相変わらず、僕が不遇扱いされている水の紋章持ちだからって下に見てくるね。まぁそれはこの際どうでもいいんだけどね。

「別にそういうんじゃないよ。ただ、この試験でもし僕もお前も合格したらこの賭けは成立しないいんじゃない？」

「…………」

ロイドが黙り額から汗がにじみ出てきた。以前も思った疑問だけどね。どうやらその可能性は考慮していなかったようだよ。

「はは。問題ないさ。なぜなら貴様はここでこの僕に敗れるからだ。そうだこの場でもう決着をつけてしまえばいい。僕が勝てば彼女たちのことは諦めたまえ！」

「いや、流石に勝手すぎない？」

「そんなことはないさ。大体ここで負けた時点で貴様の素材は全てこの僕がもらう。つまり貴様はこの試験で生き残れない」

確かにルール上、もしここで敗れたりしたら素材を持っていかれるのは間違いないだろう。ただ残り時間はまだあるし、ここで素材を取られたからといって試験に落ちるとは限らない気もするよ。

「その理屈だと僕が勝てばお前の素材を奪ってもいいということでいいんだよね？」

とはいえ、そっちがその気ならこっちも遠慮はしていられないからね。そこははっきりさせてもらう。

「当たり前さ。ま、万が一にもありえない。この僕の杖の紋章の力にかかれば水の紋章なんて雑魚以外の何物でもないのさ」

そう言ってロイドが僕に杖を向けてきた。

「杖魔法・魔法解放！」

ロイドがそう声を上げた瞬間、杖の先端から岩石ほどの大きさの火球が飛んできた。これは最初の火球よりも大きい。

「水魔法・水守ノ盾！」

再度魔法で水の盾を生み出し火球を防いだ。こいつは火の魔法が得意なんだろうか。だとしても似たような魔法は――。

そう思っていたのだけど、火球は盾に当たると同時に爆発した。衝撃で僕の体が後方に飛ばされる。しまった！　発生する衝撃波までは盾でも防ぎきれない。僕と盾との距離が近すぎた――いや、もしかしてロイドはそれも計算して魔法を？

「杖魔法・魔法解放！」

更にロイドの声が上がった。爆発で土煙が上がり視界が悪い。ロイドの居場所は声から判断するしかない。

おそらく左に移動した。まさかまた火球か――そう思っていたら頭上から何かが降ってきた。これは鋭い岩の破片の雨！　あいつ火属性だけじゃないのか。

「水魔法・水ノ鞭！」

杖を振って水の鞭を生み出し次々と降ってくる岩の破片を打ち払っていく。生まれ変わった杖のおかげか前よりも多くの鞭を生み出せた。それでも破片の数は多めで簡単には捌ききれない。

それにしてもこいつ火だけじゃなくて土属性まで――よく考えたらロイドは杖の紋章持ちと言っていた。火や土といった単一属性とはどう考えても異なる。

つまり杖の紋章は複数の属性を扱う？

「驚いたね。まさか僕の魔法を二発も使ったのにまだ立っていられるなんて」

ロイドが目を丸くしていた。捌ききれない破片が幾つか当たったのだけどそこまでのダメージではない。新調したローブのおかげだろう。かなり頑丈になっている。これは仕立ててくれたセンツに感謝だね。

「――それにしてもなんだいそれは？　妙な物を出して全く美しくないね」

僕が水で生み出した鞭を見てロイドが顔を顰めた。よっぽど僕の水魔法が気に入らないようだね。

「それじゃあこれはどうかな？　水魔法・水槍！」

今度は僕から水の槍を放った。ロイドに向けて一直線に突き進んでいく。

「やれやれ、こんなもの本当は取りたくはないけど――仕方ないね！　杖魔法・魔法補充！」

そう言ってロイドが杖を振り上げた――すると僕が放った水の槍がロイドの持つ杖の中に吸い込まれてしまった。

「こんなものさっさと返すよ。杖魔法・魔法解放！」

ロイドの杖から今度は今僕が使った水の槍が放たれた。びっくりして盾を生み出すのも忘れていたけど、なんとか横に飛んで槍を避けた。ロイドの杖属性ってまさか相手の魔法を吸い込んで自由に扱えるということ？

だとしたらとんでもない気がする。ただ何か違和感があるんだよね。

「どうしたんだい？　僕の魔法に驚いて手も足も出ないか！」

ロイドが杖を振り上げると風が鷹となり僕に向けて襲いかかってきた。さっきとまた違う魔法か。

「水魔法・水守ノ盾！」

「面倒だなそれ。もらおうか！」

僕が魔法で生み出した水の盾がロイドの杖に吸い込まれた。当然盾はなくなり風の鷹をモロに食らってしまった。

「うわッ⁉」

衝撃で僕の身が大きく後方にふっとばされてしまう。バサバサという音を耳に残し小枝と葉が顔に細かい傷を付けていった。

「はぁはぁ――」

「フンッ。ゴキブリみたいにしぶといやつだね」

今のでちょっとした傷はついたけど意識はある。体も動く。新しいローブの強靭さに救われた。本当に新装備には感謝しかない。

だけど問題はある。このロイド最初から随分と自信ありそうではあったけど根拠のない自信というわけじゃなかったんだ。

しかも魔法を吸収してしまうという効果は魔法師同士の戦いで優位に働く。魔法そのものを封じられているに近い。

だけど――杖魔法は本当にどんな状況でも吸収するのだろうか。そもそもロイドは僕の魔法を吸収したとき、魔法補充と言っていた。それに魔法を返したときには魔法解放だった。これはちょっと試してみようか――。

「水魔法・水槍！」

「フンッ。何度やっても無駄だよ」

僕から放たれた水の槍をロイドが杖に吸収した。ここまではさっきと同じ――。

「ほら返すよ。魔法解放！」

「水魔法・水槍連破！」

「なに!?」

ロイドが驚いている。僕の魔法を吸収した瞬間、彼の杖から水槍が放たれた一方で僕が放ったのは水槍を連射する魔法。ロイドが放った一発だけだと物量で負けることになる。

「くそ！　魔法解放！」

ロイドが使ったのはさっき僕から吸った水守ノ盾だ。それで僕の魔法を防いだ。

「生意気だね、お前」

「そう？　でもちょっとわかったよ」

今のでロイドの属性について多少はわかった。まず魔法解放を使った直後はおそらく吸収ができない。それができるなら今の僕の魔法をまた吸収すればいいだけだ。

だけどそれはせず盾で防いだ。だから僕の推測は間違いないと思う。

あと気になるのは――よしいろいろやってみよう。

「水魔法・水剣」

魔法で杖に水をまとわせ剣にした。以前とは少々形が違うけど、杖を柄に見立てることで使いやすくなる。

気になったのは果たしてロイドはどこまで魔法を吸えるのかということだ。最初にロイドが水ノ鞭を見たときに馬鹿にしているような感じがしたけど、もしかしたら単純に嫌がっただけなのかもしれない、そう考えたんだ。

「行くよ！」

水の剣を手に僕は駆け出した。

「――魔法解放！」

ロイドが叫ぶと杖から火の矢が飛び出てきた。杖で薙ぎ払いロイドを攻める。

「あぁもう！　面倒な奴だな！　杖魔法・杖強化！」

ロイドが魔法を行使。これは――今までのとは違う。僕の剣をロイドが杖で受け止めた。杖を強化して強度があがったのか。

「剣なら勝てると思ったなら甘いんだよ。こんなこともあろうかと兄さんに武器の扱いも教わってたんだからね！」

言うだけあってロイドの杖さばきは巧みだった。これは僕には分が悪い。杖で水の剣を生み出せても剣に自信があるわけじゃない。

「お前なんかにストックを使い切りたくないんだよ！」

ロイドが叫んだ。ストック――そういうことか。おかげでだいぶ見えてきたね。ただロイドの杖魔法にはまだ手札が残ってるかもしれないから油断できないね……。

「いい加減に消えろ！」

ロイドの杖からバチバチと電撃が迸る球体が飛んできた。こんなものまで杖の中に――しかもよりにもよって電撃。

防御面では水とは相性が悪い、と以前ならそう思っていただろうけどね。

「水魔法・純水ノ庇護！」

魔法を行使したことで僕の身が純水に包まれた。ロイドの放った球体が僕に直撃する。

「はは！　どうだ！　黒焦げになってしまえ！」

「水魔法・水ノ鎖！」

叫ぶロイドの声を耳にしながら僕は魔法を行使した。水でできた鎖が伸長しロイドの杖に絡まり僕は思いっきり杖を手繰り寄せた。

「は？　な、なんだよそれ！　なんでお前平気なんだ！　直撃だぞ！」

ロイドが困惑していた。確かにロイドの魔法は僕に命中した。だけど、それは僕自身が避ける必要がないとわかっていたからだ。

「純水な水は電撃を通さないんだ。だからその魔法は僕には通じない」

「は？　お前、何をわけのわからないことを――」

ロイドが目を白黒させていた。どうやら僕の言っていることが理解できないようだ。

「そもそもお前の紋章、おかしいぞ！　どうして不遇で最弱の水の紋章持ちがそんな魔法を使えるんだ！」

「そう言われても……ただ一つ言わせてもらうなら、僕はもう水属性を最弱とも思っていなければ不遇とも感じていないよ。水には十分すぎるほどの可能性が秘められているとさえ思っているんだ」

僕の話を聞きロイドが唖然としていた。これまでの常識を考えたら僕の言っていることなんて本来寝言ぐらいにしか思われないものだ。

「それよりもお前はどうなんだい？　こうやって僕に杖を奪われて、それでもまだ戦う？」

「ぐっ！」

僕に問われロイドが喉を詰まらせた。この段階ではまだ賭けに近かったけど、どうやら予想通りだったようだね。

杖の紋章持ちのロイドにとって杖はおそらく必須。これまでの魔法も全て杖で吸い込み杖から放っていた。杖の強化にしても杖があってのこと。

逆に言えば杖がなければきっと魔法そのものが発動できない。そしてロイドの杖は僕が今持っている。

こうなってはロイドにはもう戦う力が残ってないはずだ。

「僕としては素直に負けを認めてくれると嬉しいんだけど。そして今後一切エクレアやフィア、セレナ、ノーランドのロットにもちょっかいをかけないと誓って欲しい。そうしたら素材も奪わないでおくよ」

甘いと思われるかもしれないけど、僕としては大切な仲間にしつこく言い寄られる方が迷惑だし、これで諦めてくれるならそれでいい。

「お前、本気で言ってるのか？　そんな提案を僕が受け入れるとでも？」

ロイドが悔しそうに歯噛みしながら睨みつけてきた。

「でも戦う術がないのも事実だよね？　それにお前だってこの試験落ちるわけにはいかないと思うけど？」

「うぐぅ」

ロイドが呻いた。痛いところを突かれたといった様相だ。ロイドはカートス伯爵家の子息だ。貴族はプライドが高い。ただでさせ試験合格を当たり前と考えていたロイドのことだ。

きっと両親にも自信満々に試験に挑むことを伝えていたことだろう。ここで不合格となれば家の名に傷がつく。それを避けるためにもロイドは意地でも合格しなければいけないはずだ。

「……わかった。致し方ない。確かに僕にとって試験に合格することの方が大事だ。君から杖を返してもらった時点で負けを認めるよ」

「――伯爵家の名において嘘はないね？」

「あぁ。カートス家の名に誓って約束する」

ここまで言ってるなら、嘘はないだろう。貴族にとって家名にかけて誓うということはそれだけ大きな意味を持つ。

ロイドの下へ杖を持っていく。これで決着がつく。そう思った瞬間、腹部に衝撃が――爆発だった。

ロイドがニヤリと口角を吊り上げた。

「グハッ！」

僕は爆発の衝撃で後方に吹っ飛び地面を転がった。口に入り込んだ砂利で咳き込みそうになる。

「くっ、お、お前――」

「杖はまた僕の手に戻ったな」

爆発の衝撃で手放した杖をロイドがヒョイと拾ってみせた。

「ひ、卑怯だぞ。約束したはずだ」

「あぁ。確かに約束したさ。杖を返してもらったら負けを認めると。だからこうして僕は奪ってやった。約束は破ってないぞ」

こ、こいつそんな屁理屈が――。

「それにお前みたいな水魔法しか使えないゴミに負けたとあっては、その方がカートス家の名折れなんだよ」

またその目か。これまでも散々浴びせられた視線だ。そうやって僕は見下されてきた。

「でも、どうして魔法を？　しかも爆発なんて……」

思わず呟いてしまった。ロイドの魔法についてもう一つわかっていたことがあった。ロイドが杖に吸い込める魔法は対象の手から離れたものだけだ。

だから水の剣や鞭は吸えなかった。それに爆発など発生が速すぎる魔法だって吸えないと僕は考えていた。

だけど今のは直接爆発を発生させていた。しかも杖は僕が持っていたのに。

「理解できないようだね。だけど、僕が杖を奪われたときのリスクをまるで考慮していないと思ったのか？」

そう言ってロイドがローブから小枝のような小さな杖を取り出した。

「こうやって常に予備を持ち歩いているのさ。魔法を定着させてね。これなら吸わなくても事前に準備しておけるってわけだ」

こいつ、そんな真似もできたのか。準備さえしておけば爆発の魔法も扱えるなんて――。

「これで形勢は逆転だな。だけど、正直僕は腹が立って仕方ないのさ。お前みたいな雑魚にここまでコケにされるなんてね。だからお前にもしっかり見せつけてやるよ。僕の杖の紋章の凄さをね。杖魔法・杖の記憶──」

ロイドがそう口にした瞬間、杖が輝き始め、そして光がロイドを包み込んだ。一体今度は何を──。

「──ふむ。全くわしをこんなところに呼び出しおって」

唐突に──ロイドの口調が変わったよ。なんとなく高齢の空気を感じる。しかも演技っぽさはない。

「──ロイド……なの？」

思わず問いかけた。纏う空気があまりに違ったからだ。

「ふむ。それは本体の話じゃな。わしはこの杖に刻まれた記憶。それをこやつの魔法で具現化した物、と認識しておる。つまり体はロイドという男の物だが今の精神はわしドヴィンの物じゃ」

ドヴィン、杖の持ち主の記憶。それを呼び起こすのがロイドの奥の手だったのか。そして今僕と話しているのが元の持ち主ドヴィンということらしい。

「ま、説明は以上じゃ。わしもこうして呼ばれた以上、今の所持者の意思には従う必要があるのでな。風魔法──」

ドヴィンが杖を振り上げた。どうやら攻撃してくるつもりなようだ。ロイドの意思、つまり僕と戦っていたロイドの代わりに戦闘を仕掛けてくるということか。

そして使用してくるのは風魔法、一体どんな──。

「尖鋭の突風」

「──ッ!?　水魔法・水柱！」

瞬間的に危険だと思った。最初は盾で守ることを考えたけど駄目だ。この魔法には貫かれる。だから水柱に乗って上に逃げた。

しかしドヴィンの魔法は水柱も突き破って進んでいく。森にまさに風穴が開いた。

柱が崩れ僕の身が落下を始める。魔法の練度が高い。この人ロイドより遥かに強い！

「風魔法・双風の翼――」

破壊された水柱から落下した僕に反してドヴィンは背中に風の翼を生やし飛び立った。

地面に着地した僕を、ドヴィンが上空から俯瞰してくる。不味い。まともに相手していたらかなり手強い――だけどもし杖魔法の特性が変わらないなら……。

「水魔法・水ノ鎖！」

僕の杖から伸びた水鎖が上空のドヴィンに向かって伸びた。狙いは杖だ。ロイドの魔法は杖がなければ成立しない。ドヴィンが杖の記憶でしかないなら、杖を奪えはドヴィンの意思は保てないはずだ。

「ふむ、なるほどのう。じゃが――風魔法・風の鎧」

ドヴィンが魔法を行使すると旋風が発生し守るように水鎖を弾いた。そしてそのまま風に乗ってドヴィンが僕に向かって急降下してきた。

「甘かったのう。お主がこやつから杖を奪った記憶はわしにも確認できるのじゃ。風魔法・風翼の突撃」

ドヴィンが猛スピードで僕に向けて突っ込んできた。この勢い水の盾じゃきっと防げない。

それなら一衣耐水――いや、これは全身に纏う分、発生までに若干時間がいる。あのスピードだと間に合わない。それなら――より頑丈で早く……。

「閃いた！　水魔法・水守ノ壁！」

頭に浮かび上がった魔法を行使。目の前に水の壁が発生した。これなら盾より頑丈だ——そしてドヴィンが水の壁に突撃しせめぎ合いという形になった。

壁越しにものすごい圧を感じてしまう。お願い持って！　そう願う僕の気持ちに答えるようにドヴィンが壁に跳ね返された。

「ほう——ここまでとはのう」

「まだだよ、水魔法・重水弾！」

続けて僕が扱う中で最大威力の魔法を行使。極度に圧縮された水弾がドヴィンに向かって飛んでいく。でもドヴィンもまた風の鎧によって守られている。

そして今度は僕の攻撃魔法とドヴィンの防御魔法がせめぎ合う形となった。重水弾とドヴィンの風の鎧が激しくぶつかり合っている。

お互い一歩も譲らない。その時間が永遠にも感じてしまう。もちろん実際は一分もたっていないだろうけど——そして激しくぶつかり合っていた互いの魔法が唐突に弾け飛ぶ。

僕の重水弾とドヴィンの風の鎧の両方が消滅したんだ。

「仕切り直しということだね——」

僕は呟き杖を構えた。ロイドがドヴィンに変わって間違いなく手強くなっている。おそらく魔法の知識も練度も僕より上だろう。だけど僕だって負けられない。頭をフル回転させてどうすれば勝利をもぎ取れるか考えた。

「いや、ここはわしの負けじゃな」

そう考えていた僕に思わぬ言葉がかけられた。おそらく今の僕はなんとも間の抜けた顔を披露してしまっていると思う。

「えっと、もう一度聞いても？」

「わしの負けじゃよ。このまま続けようにもこやつの魔力が持たんからのう。そもそもわしの記憶を呼び起こした時点でかなりの魔力を消耗しておったからのう」

魔力――そうか。今戦っているのは杖の記憶から生まれたドヴィンだけどその肉体はあくまでロイドの物。だから魔力にしても元のロイドから変わっていないんだ。

「しかし惜しいのう。もし当時のわし自身が戦っていたならもう少し面白い戦いができたものを――ここまでの水の使い手わしの時代にもそうはおらんかった」

その言葉に僕は耳を疑った。

「えっと、つまりドヴィンさんがその、ご存命の頃は水魔法を使いこなしている人も多かったのですか？」

「ふむ。奇妙な質問じゃが――なるほど。水の紋章が不遇扱いとはのう……」

ドヴィン状態のロイドの眉が一瞬中央に寄ったけど、直後には理解したように頷いてみせた。もしかしたら現在の水の扱いについてロイドの記憶を探ったのかもしれない。

「全く奇妙な話ではあるが、少なくともわしが生きていた四五八年前と今では人々の認識が大きくことなるようであるな」

「四五八年前⁉」

まさかそんなにも前の記憶だったなんて――驚いたけどそれ以前に水の扱いがどうだったのかが気になるよ。

「それであの、水の紋章は当時はどんな扱いだったのですか？」

「ふむ。そもそも水は四極の――ヌッ？」

「え？」

そのときだった――突然何かがドヴィンの胸を貫いた。え？　嘘――。

「しまったのう――わしは大丈夫でもこれではこやつが……すまんのう。もう記憶を維持できそうに、ない、わ、い――」

そこまで口にするとロイドが地面に向けて倒れていった。頭の中が真っ白で、それでいて倒れ行くロイドの姿がスローモーションのようにも感じられた。どうしてこんな、一体何が――。

「ゴフッ！　う、嘘だ、ろ？　ど、どうして、ぼ、僕が、一体何で……」

「しゃべらないで！」

ロイドの口から血が噴き出ていた。意識がロイドに戻っている。僕は一瞬回らなくなった思考を必死に呼び戻しロイドに駆け寄った。

「大丈夫！　生命の水を持っているから！　ほら飲んで！　ロイド！」

僕は持参していた瓶を取り出し蓋を外してロイドの口に近づけた。だけど――もう反応がない。ロイドの瞳からは光が失われていた。心臓を貫かれたんだ。完全に致命傷――。

「違う！　僕は別にこんな結末を望んでいたわけじゃないんだ！　ロイド！」

傷口に生命の水を掛ける。それでも傷は塞がらない。頭ではわかっていたんだ。きっともう手遅れなんだって。いくら回復効果のある水でも致命傷では治すことは叶わない。

「くそ！　一体なんでこんなことに——誰だ！　一体誰が！」

立ち上がり叫ぶも答えが返ってくることはなかった。当然だ。こんなことをした相手がのこのこ姿を見せるわけがない。

だけど、一体どうしてロイドが？　なんの目的で——駄目だ。そもそもロイドと親しくもない僕がここで考えたところで答えがでるわけもない。

そもそもロイドを狙っていたとは限らないかもしれない。無差別の可能性だってある。でも、だとしたら目的は何なのか。まさか試験相手を減らすために——。

エクレアとスイムの姿が頭に思いうかんだ。だけどロイドのことを放っておくこともできない。とにかく一旦試験官のところへ行って報告しないと——そしてそれが終わったらまずはエクレアたちを探そう。それで何かが変わるとは思えないけど、今の僕にはそれぐらいしかできないから——。


「スピィ……」

スイムはたったの一匹で元気なく森の中を進んでいた。何者かによって突如ネロやエクレアと離れ離れにされスイムはかなり寂しい気持ちでいたのだ。

最初こそ近くにネロやエクレアがいないかと鳴いて呼びかけてみたが全く反応がなかった。スイムとしては迎えに来てくれるまで待つという手もあったが、今どこにいるかもわからない以上同じ場所にとどまり続けるのは危険と判断したのだ。

「スピ～――」

ふとスイムが空を見上げた。空に見えた雲がなんとなくネロやエクレアのように思えた。ネロと知り合ってからスイムはずっとネロの側にいた。そして大事な友だちも増えた。いつしかエクレアも近くにいることが多くなり、フィアやセレナ、ガイと可愛がってくれる仲間も増えていった。

そんな生活が暫く続いたせいもあってか、いざ一匹となると孤独を感じ寂しくなってしまうのだろう。

「スピッ！」

しかしそこでスイムの顔つきが変わった。こんなことでどうすると自らを奮い立たせるようでもあった。スイムは知っていた――ネロとエクレアのこれまでの冒険を。二人は数多くの苦難に見舞われながらも決して諦めることなく立ち向かい乗り越えていた。

そして日々研鑽を怠らず成長し逞しくなっていくネロを間近で見ていた。だからこそスイムもへこたれてはいられない。

「スピィ！」

スイムは思った。逸れたからと見つけてもらうのを待つのではなく、スイム自身が二人を探し出してみせると――そのときだった。ガサガサと枝葉が擦れ合う音がしたのは。

スイムはネロやエクレアかもしれないと期待を顕にした。自らが見つけてみせると意気込んではみたが、やはり来てくれるのならそれに越したことはない。

「うん？　なんだスライムが一匹だと？」

「ス、スピィ……」

しかし現れたのはスイムが期待する二人ではなく――むしろできれば遭遇したくない相手。ロイドの兄レイルであった。

「……スピッ」

そしてスイムは回れ右をし何事もなかったようにその場から立ち去ろうとした。レイルはネロやエクレアをばかにするような嫌な奴という認識がスイムにもあったからだ。そんな相手と関わり合いになりたくない。

「待て。思い出したぞ。確かお前はロイドが執着している奴と一緒にいたスライムだな」

スイムの体がビクッと跳ね上がった。気づかれた。その事実がスイムをより不安にさせた。

「なるほど。主たちと逸れたってわけか。はは、それは災難だったな。だが、丁度いい」

レイルがニヤリと口角を吊り上げた。

「――スピィ！」

危険と判断しスイムはその場から逃走を開始した。幸いここは森でスイムが隠れられる場所は多い。茂みの中に入ってしまえば相手も見失うはず――そう考えていた。

「武芸・震泥撃！」

しかしそれを見逃すほどレイルは甘くなかったようだ。背中の斧を手にし地面に叩きつけた。途端にスイムの足元が揺れだしたかと思えば地面が泥と化しスイムの逃走を妨害した。

「スピッ！」

慌ててその場から跳躍しようとするも泥で思うように動けない。粘土質の泥であり普段見るような泥よりも遥かに抜けにくい。

「無駄だ。お前のような脆弱なスライム如きが俺から逃げられるわけないだろう」

「ス、スピィ――」

レイルが斧を手に近づいてきた。その瞳には獰猛な光。とても見逃してもらえるような状況ではない。

「高がスライム一匹切ったところで何の得にもならないが、お前のような雑魚が彷徨くのは目障りなんだよ」

「スーーピィ！」

すると近づいてくるレイル目掛けて意を決したスイムが水弾を飛ばした。

「ふん。悪あがきか――何ッ⁉」

スイムの放った水弾がレイルに命中――途端にレイルの身が火に包まれた。スイムが火の魔石を取り込んだことで覚えた技だった。本来スイムは穏やかであり自ら人に危害をくわえることなどないが、身が危険となれば話は別である。

「武芸・土武装！」

しかしレイルが声を張り上げたかと思えば全身に土を纏い鎧へと変化させた。同時にスイムが起こした火も消火してしまったようである。

「まさかスライム如きが火を放つとはな。だが生憎だったな。土は火に耐性がある。この程度ならなんてことはない」

「スピィ……」

スイムがか細く鳴いた。今のがスイムにとって最大の攻撃だった。それが効かなければ打つ手がない。

「だが今のでお前が危険な魔物だとわかった。これで心置きなくぶった斬れるな」

ついにレイルがスイムの目の前に立った。そしてその斧を振り上げる。

「スピッ――スピィ！　スピィ！」

「はっ！　見苦しいぞ。魔物なら魔物らしく大人しく人間様に狩られておけばいいのだ。死ね！」

「スピィ～！」

もう駄目だと思ったのかスイムが思わず視界を閉じた。だが――スイムの身に変化はなかった。なにかに切られた様子もない。その代わり――。

「ちょっとあんた。うちの大切なスイムに何しようとしているのよ！」

馴染みの声にスイムが視界を広げた。そこに立っていたのは鉄槌を構えたエクレアだった――。

「スイム大丈夫？　怪我してない？」

エクレアは右手に鉄槌を持ちながら左手でスイムを抱きかかえていた。レイルの攻撃が当たる直前割り込みスイムを抱きかかえた後、飛び退いたのだ。

「スピィ～スピィ～！」

心配そうなエクレアに対してスイムが体を擦り寄せ鳴き声を上げた。よほど怖かったのだろうとエクレアが抱きしめている手でゆっくりと撫でた。そしてキッとレイルを睨む。

「一体どういうつもり！　スイムにこんな真似して！」

「フンッ。俺はただ魔物を一匹狩ろうとしただけだ。冒険者としては当然のことだろう？」

「貴方、私たちとスイムが一緒にいることぐらいわかってたわよね？　それにスイムみたいなタイプは人に危害を加えないわ。冒険者ならそれぐらい常識でしょう！」

「チッ」

レイルが舌打ちで返した。眉間にシワを寄せ気に入らないという感情がありありと表れている。

「だとしてもそいつは危険だ。俺に向けて妙な攻撃を仕掛けてきたからな。危なく火傷するところだったぞ」

「スピィ～！　スピィ～！」

レイルの発言に抗議するようにスイムが声を上げた。それを認めたエクレアがレイルに厳しい視線を向ける。

「そんなの貴方が危害を加えようとしたからでしょう？　スイムは理由もなしにそんなマネはしない」

「そんなこと知ったことか。そうだ、そのスライムは危険なんだ」

ふとレイルがニヤリと口元を歪め持論を語りだした。

「だから今すぐ排除しないとな。冒険者として当然だ」

「そんなこと私がさせるわけないじゃない」

「なるほど。つまりお前はその危険なスライムを庇うわけだな。お前そのスライムを使って一体何をする気だ？　これはその体にしっかり聞いてやらないとな」

その瞬間レイルのターゲットがエクレアに変わった。そのことはエクレア自身が理解していた。

「――暴論もいいところね。そこまでしてスイムを傷つけたいの？」

「フンッ。スライムなんて雑魚ただの憂さ晴らしでしかなかった。だが、こうして小生意気な女をしつけるチャンスがやってきたのだからな」

嗜虐的な笑みをレイルが浮かべ、エクレアが顔を強張らせた。斧を握り、今にもレイルが襲い掛かろうとしている。

「スイム隠れていて。もうこいつは私しか見えてないみたいだからね」

「――ッ！　スピィ！　スピ～！」

エクレアが地面にスイムを下ろすと心配そうにスイムが鳴いた。

「大丈夫。私だってCランク試験に挑む冒険者よ。こんなところで負けていられない」

エクレアが目で大丈夫とアピールするとスイムもコクリと頷き茂みの中に身を隠した。

「いつまでそんなスライムにかまけてるつもりだ！」

距離を詰めレイルが攻撃を仕掛けてきたがその斧をエクレアが鉄槌で受け止めた。

「貴方、やっぱりあのロイドと血が繋がっているだけあるわね。性格の悪さがそっくりよ」

「黙れ。貴様ごとき下郎が俺を語るな。武芸・戦杭！」

エクレアを押しのけ、レイルが武芸を発動させた。地面に斧を叩きつけると同時に尖鋭した石のスパイクが周囲から飛び出した。

「武芸・雷装槌！」

しかしエクレアも負けじと武芸で鉄槌に電撃を纏わせ振り下ろした。石のスパイクが粉々に砕け散る。

「──貴様、俺と同じ複合属性《ハイブリッド》持ちか」

「やっぱり貴方もそうだったのね。こんな偶然があるとはね──」

エクレアは雷と槌の複合属性持ちであり、一方でレイルは斧と土の複合属性であった。

「だったらなおさら負けられないわね」

「ふん。貴様などこの俺様の足元にもおよばん。それを今から思い知ることになる」

こうして複合属性《ハイブリッド》同士の本格的な戦いが始まった。

「行くぞ！　武芸・土流撃！」

レイルが斧を振り下ろした。途端に土砂が波のようにエクレアに迫った。

「はぁあぁああ！」

それを認めエクレアが跳躍し攻撃を避けた。上空からレイルに迫る。

「武芸・雷撃槌《らいげきつい》！」

そして雷を落としながらレイルに鉄槌を食らわせた。

「これでどう！」

攻撃は直撃した。手応えもあった。これでダメージに繋がったはず、そう考えたエクレアだったが。

「ハハッ、なんだこれは。今何かしたのか？」

「え、うそ――」

レイルには全く効いている様子がなかった。エクレアに動揺が走る。

「どうやら俺の武芸の方が勝っていたようだな。この土の鎧にはあらゆる攻撃が通用しない」

「土の鎧――」

そこで改めてレイルを見た。確かにまとっている茶色い鎧はよく見ると土から形成された物に思える。

「もしかしてそれも武芸で？　貴方一体幾つ武芸を持ってるのよ」

エクレアの問いかけにレイルが自信に満ちた顔を見せる。

「聞いて驚け。俺が閃いた武芸は――七個だ」

「――七個」

エクレアが若干驚いたように呟いた。魔法にしても武芸にしても紋章に見合った物を閃く。しかし閃く数には個人差がある上、そうそう閃くものでもない。

一生かけて三個か四個を閃けたら上等だと言われるほどだ。それを考えたならレイルの閃き数、七個は驚愕に値する。

「……なんだ？　もっと驚くかと思ったが――」

しかしエクレアの表情を見たレイルは不満を漏らした。確かにエクレアも驚きはしたがその反応は静かなものだった。

「それは、まぁ。七個も閃くのは凄いけどすぐ近くにもっと閃いている仲間がいるもの」

「なんだと？　デタラメ抜かすな！　貴様の仲間などあの無能な水の紋章持ちしかおらんではないか！」

レイルが不愉快そうに眉を顰めた。冷遇されている水の紋章持ちの方が優れているというのが許せなかったのだろう。

「そう言われても事実だから仕方ないじゃない。ネロはもっと閃いている。でもそれは私とは関係ない。だから貴方の閃き数は純粋に凄いと思ってる」

現在エクレアが閃いた武芸は三個だ。レイルの半分以下であり数では完全に劣っている。

「でも勝負は武芸の数だけでは決まらない」

「フンッ。強がりだな。事実貴様の技は俺には通じないではないか」

「そんなことやってみないとわからない。はぁあぁぁああ！」

エクレアがレイルとの距離を詰め電撃を纏った鉄槌を振るった。レイルに直撃するがやはり効き目がない。

「無駄だと言っただろう！　武芸・岩石斧」

するとレイルが岩を纏った斧で攻撃してきた。それを受け止めるが――。

（重いッ！）

受け止めきれずエクレアが吹き飛んだ。

「ハハッ、見よ！　これで貴様はおしまいだ！」

「く、まだよ！　武芸・雷撃槌《らいげきつい》」

エクレアが起き上がり再びレイルに武芸を行使。しかしそれでもダメージが通らない。レイルが思い切りエクレアを弾き飛ばしエクレアが距離をとって着地した。

「やれやれ。馬鹿の一つ覚えみたいに同じ技ばかりか。やはり武芸は数だ。少ない武芸では私の武芸を上回れん」

レイルが呆れたように言い放つ。一方でエクレアが何かを思いついたように口を開く。

「そうか。その土の鎧で私の電撃が地面に逃げてるんだ――」

それがエクレアが導き出した答えだった。エクレアの攻撃は一見すると意味もなく無駄に連発しているだけに見えた。だが実際は観察していたのだ。自分の攻撃がなぜ通じないのかその理由を解明するために。

そうして行き着いた答えがそれだった。鉄槌そのものが鎧によって防がれるのはわかる。だが本来なら武装していようが電撃は鎧を抜けて本体にダメージが行くはず。それができない理由は電撃が土の鎧から肉体ではなく地面に流れていたからだった。

「……地面に逃げてるだと？　何をわけのわからないことを」

「――そう。どうやら武芸は覚えていても貴方は理解していなかったんだね」

エクレアがそう答えた。レイルの反応を見て判断したのだろう。しかし、だからといって問題が解消されたわけではない。エクレアが導き出した答えは、つまるところ電撃ではレイルにダメージを与えられないということを証明したに過ぎなかったからだ。

レイルに攻撃が通じない原因、それはわかった。だが問題はレイルの持つ紋章の特性をどう打破するかだった。

冷静に考えればエクレアにとってレイルとの相性は最悪だ。レイルは土の鎧さえ纏っていればエクレアの攻撃は通用しない。

逆に言えば、土の鎧さえなんとかできればレイルを倒すことは可能だということでもある。しかしエクレアは未だに、どうやって土の鎧を処理すべきか思いついていない。

「どうした！　わかった風なことを言っていた割に防戦一方ではないか！」

レイルの攻撃を捌きながらエクレアも所々で反撃するが、効果は薄い。電撃が効かないにしてもせめて鉄槌で鎧さえ破壊できれば、そんなことを考えていたそのときだった――ドゴッ！　といつもと違う重たい衝撃。

「何ッ!?」

思わずレイルが飛び退いた。その表情に曇り。見ると鉄槌が当たった箇所が砕け罅《ひび》が入っていた。

「馬鹿な。俺の土武装の強度は完璧なはずだ！」

動揺するレイル。一方でエクレアも今の手応えがなぜかを考えていた。そして――思い出した。

「そうかスキルジュエル――」

そう。エクレアは現在腕輪に会心のスキルジュエルを嵌めていた。これは攻撃した際に防御を無視し威力を跳ね上げることがある——今まさにその効果が発動したのだ。

「これはチャンスね！」

エクレアがレイルとの距離を詰めにかかる。

「武芸・爆砕戦斧！」

しかしレイルが斧を振り下ろすと地面が爆散し、砕けた土塊が周囲に拡散した。土煙によって視界が悪くなり衝撃でエクレアの動きも一瞬とまってしまう。

「まさか武装が砕けるとはな。だがこれもすぐ修復できる！」

視界が確保されると既に距離を取っていたレイルが叫んだ。見ると確かに徐々に砕けた箇所が修復されている。

「間に合わない——」

エクレアが呟いた。この距離では装甲の修復までにエクレアの攻撃は届かない。悔しそうに歯噛みするエクレアだったが、そのとき茂みから何かが飛び出しレイルの装甲に掛かった。

「なんだ？　水だと？」

「スピィ！」

茂みからスイムが顔を出していた。スイムが水を放出してレイルに掛けたのだ。

「この雑魚が！」

「スピィ！」

レイルが怒鳴るとスイムがすぐに茂みの中に隠れた。レイルが憤っていた。そしてそれを見たエクレアが、フフッ、と笑う。

「貴様何がおかしい！」

「スイムも頼りになる仲間だって改めて思ったのよ。ありがとうね。スイム」

隠れたスイムに向けてお礼を言いつつエクレアが鉄槌を握りしめる。

「いくわよ」

「ふん。もう装甲は直った。何をしたかしらんが二度と同じ真似はさせんぞ」

「大丈夫。もう会心が出なくても――ダメージは通る！」

エクレアが疾駆し、一気に距離を詰め雷を纏わせた鉄槌を振るった。しかしレイルも流石に直撃は避け掠った程度に終わった。

「甘い。こんなもの食らわなければ――グァアァアァアアア！」

得意がるレイルだったが直後、レイルの全身がバチバチと弾けその口から悲鳴が漏れた。

「ば、馬鹿な。一体何が――」

片膝をつきレイルが再度、正面のエクレアを睨む。その表情は困惑に満ちていた。

「どうやら何が起きたかわかってないようね。貴方の欠点は自分の能力をよく把握してないことよ」

「俺が能力を把握していないだと――ふざけるな！ 俺はカートス伯爵家のエリートだ！ それを貴様如きが偉そうに！」

エクレアに指摘されたことでレイルが激昂した。どうやら今の指摘がレイルのプライドを傷付けたようだ。

「そういうところよ。自身の欠点に目を向けない限り貴方に成長はないわ！」

エクレアが駆け出しレイルに向けて鉄槌を振るった。土の装甲が残っているが関係はなかった。当たった瞬間バチバチと弾け悲鳴を上げレイルが後ろに飛ばされていく。

「馬鹿な、な、なぜだ？　なぜ……」

レイルは不可解といった表情だった。彼にとっては思いもよらないことだろう。エクレアの攻撃が突然効くようになったのはスイムに掛けられた水が原因だ。

これによってたとえ土の装甲があろうと関係なく感電するようになったのである。レイルが小馬鹿にしていたスイムの援護が思いがけない効果を生んだのである。

「次で決める」

「ククッ、あ～はっはっはっはっは！」

レイルが頭に手を添え笑い出した。突然のことにエクレアも目を丸くさせている。

「なんなの急に笑いだして？」

「フンッ。これが笑わずにいられるか。よもや貴様ごときに奥の手を使うことになるとはな。全く腹だたしい実に腹だたしい！　だからこそ笑わずにいられなかったのだ！」

「奥の手――？」

レイルが不敵な笑みを浮かべるとエクレアの顔に緊張感が走った。しかしすぐに構えをとる。

「光栄に思うがいい。貴様如きがこの俺に少しでも本気を出させたことをな。武芸・土分身！」

レイルが新たな武芸を披露した。途端に地面からレイルそっくりの土の分身が姿を見せた。

「これが貴方の奥の手？」

「そうだ。この分身は俺そのもの。武芸も俺と同じものを扱える。この意味がわかるか？」

レイルが自信満々にそう告げた。エクレアの顔が強ばる。

「大丈夫――ダメージは通るんだから」

しかしエクレアは自分に言い聞かせるようにそう呟いた。たとえ分身を出そうと本体の状態は変わらないからだ。

「行け！」

しかしレイルは分身を前に出してエクレアに攻撃を仕掛けてきた。

「くっ！」

エクレアが電撃を纏った鉄槌で反撃するが完全に土でできた分身には効果が薄く、そもそも装甲が厚かった。

「武芸・土流撃！」

しかもレイル本体はエクレアの攻撃が届かない位置から武芸を放ってくる。エクレアは分身の近接攻撃とレイル本体の遠距離からの攻撃とに対処しなければならない。

「はぁあぁぁあ！」

しかしエクレアも負けてはいなかった。分身に対処しながら活路を切り開こうと果敢に攻撃を続けた。そのときへ狙い定める。

エクレアは動き回りながら自身の奥の手が決まる瞬間を待っていた。エクレアが使える武芸で一番威力の高い武芸・雷神槌《トールハンマー》――これであればレイルも倒せるはず。

消耗が激しいため、できれば試験後半まで温存しておきたかった技だが四の五の言っている場合ではない。そしてそのときが来た。

「来た、いま――」

エクレアが身構えたそのときだった――分身が振るった斧が地面に当たり、かと思えばエクレアの足元が沼と化しズブズブと足が埋もれていった。

「しまったこれじゃあ！」

「ハッ。貴様の顔でわかったぞ。何か企んでるなと。だから分身に武芸・震泥撃を使わせたのだ。これで思うように動けないだろう。貴様も終わりだ」

「クッ！」

エクレアが悔しそうに奥歯を噛み締めた。奥の手を決めようにもこれでは思うようなダメージは期待できない。

（駄目だ足が取られて――私にもっとパワーがあれば、もしくは圧倒的なスピードが。それこそ雷のような……）

そう考えたその瞬間だった。エクレアの脳裏に久々の感覚。そしてエクレアは脳裏に浮かび上がったそれを口にした。

「閃いた！　武芸・電光石火！」

エクレアの体が突如、バチバチと放電したかと思えば、一気に加速。泥からも抜け出しレイルと分身を中心に縦横無尽に駆け出した――。

「くっ、くそ！　速すぎて目で追えん！」

レイルが驚愕した顔で声を上げる。エクレアの動きは以前とは比べ物にならないぐらいに加速していた。

レイルもその分身も今のエクレアの動きにはついていけていない。急加速したおかげで泥の影響もなくなった。

「ハァアァアアァァアア！」

「くっ、なめるなぁあ！」

エクレアの攻撃に真っ向から挑もうとするレイル。しかしエクレアは更に加速しレイルの攻撃を躱した。すれ違いざまに雷を纏ったエクレアの鉄槌がレイルと分身に多段ヒットする。

「俺の装甲が――」

雷の如き速さを体現したエクレアの波状攻撃によって、ついにレイルの土の装甲も剥がされ始めた。

「これでどう！」

更にエクレアの強烈な一撃によってレイルが生み出した分身が粉々に砕け散った。そのままレイルにも打撃を繰り返し本体の装甲も破壊されむき出しになった箇所に次々と攻撃が降り注いでいく。

「グッ、グハッ！」

苦しそうな声を上げるレイル。装甲が無くなったことでレイルにも攻撃が届くようになり、それに気づいたエクレアは更に勢いを増した。

「これで終わり！」

強烈な一撃がレイルの胴体を捉えた。バチバチと電撃が迸りあまりの衝撃に吹っ飛ばされたレイルは倒れ、その場にうずくまった。

「ハァ、ハァ、ど、どう？　これで決まりよね？」

片目を閉じエクレアがそう呟く。レイルを圧倒していたエクレアだが彼女自身もかなり消耗していた。閃いたばかりの武芸や魔法は体力や魔力の消耗が激しい。ましてやエクレアは雷と槌の紋章を授かったハイブリッドだ。

故に体力と魔力の両方を消耗してしまう。既に電光石火の効果も解けていた。これ以上続けては体が持たないと判断してのことだろう。

「ありえん、この俺が、ま、負けるなんて」

レイルが地面に手をつき、信じられないといった表情でそう呟いた。土の装甲は完全に破壊され半裸状態だ。

「まだやる気？」

エクレアが聞くがレイルは黙ったままだった。しかし体が思うように動かないようでもあり、傍目には既に勝負は決まっていた。

「スピィ〜！」

勝負が決したと感じ取ったのか茂みからスイムが飛び出し姿を現した。

「スイム。ありがとう助かったよ」

エクレアはピョンピョンっと近づいてくるスイムを抱き寄せその頭を撫でた。

エクレアは感謝の気持ちで一杯だった。途中でスイムが水をかけたことで戦闘の流れが変わったからだ。

エクレアが有利に立てたのもスイムの援護があってこそなのである。

「まだだ。俺は、まだ！」

「うそ――またやるつもりなの……？」

レイルがゆっくりと立ち上がりエクレアを睨んできた。どうやらまだ負けを認められないらしい。しかし蓄積されたダメージで足元も安定しておらず、とても戦える状態でないのは確かだ。

「もうやめようよ。そんな状態で続けても仕方ないし。スイムにやったことは許せないけどこれ以上戦っても無意味よ。試験だって続けないとだし」

「――そんなことお前が勝手に決めるな」

レイルが憎々しげに言葉を返してきた。そのときである、空に多くの鳥が姿を見せた。カラスや鷹などその種類も多い。

すると鳥の群れから一羽がエクレアたちに近づいてきた。そして――。

『――Cランク試験受験者に告ぐ。この知らせを以て一旦作業を中断し直ちに集合場所まで戻ってくるように。これは命令である。この知らせを聞いた受験者は直ちに戻ること。繰り返す、このときを以て――』

そんな声が鳥から発せられた。鳥が喋ったのかと最初エクレアは驚いたが、よく聞くと女性試験官の声であることがわかった。そういえば試験会場に向かう際にも鳥が喋って案内してくれたっけとエクレアが思い出す。

おそらく武芸や魔法によって鳥を通してメッセージを届けているのだろうと判断。しかしどことなく声から緊迫した様子も感じられ、それが気になるエクレアなのだった——。


「——どうやら本当に死んでいるようだな」

今、僕の目の前では試験官のシルバとビスクがロイドの遺体をチェックしていた。

ロイドの死を認めた後、僕は一旦集合場所まで戻り二人に報告したんだ。そしたらすぐに二人は動いてくれて遺体の場所まで案内するとすぐに調査が始まった。

シルバは傷口を確認しビスクは使役した動物を活用していろいろ調べているようだよ。

「背中から胸部にかけて貫かれているな。傷口は小さいが的確に急所を狙っている」

それがシルバの見立てであった。予想はしていたけどやっぱり後ろから狙われたのか。

「私も確認するわね」

シルバの後ビスクもロイドの遺体をチェックしていた。その間シルバからの僕への質問、というよりは尋問が始まる。

「それで。お前がここでロイドと争っていた理由は？　素材を取るのが目的なら素直に言った方がいいぜ。冒険者同士の戦いも想定した試験だ。命のやり取りに発展することも少なくないが試験の中でのことなら罪にはならないんだからな」

シルバが諭すように言ってきた。確かに僕とロイドがここで戦っていたのは事実だ。だけど決着はついていたし僕は命まで奪うつもりはなかった。

「違います。僕はロイドの死を望んでいたわけじゃないし、皆にちょっかい掛けるのをやめてもらえればそれで良かったんです」

「ちょっかい？」

シルバが怪訝そうに眉を顰めた。なので今回の件について説明する。

「なるほどな。つまりお前らにはこの試験前から因縁があったってわけか。しかしお前はバカ正直な奴だな」

「え？」

僕が説明するとシルバが呆れたようにそう口にした。少しでも調査の役に立てばと思って答えただけだったんだけど……。

「あのなぁ。お互い面識がないという話ならそこまで疑われない話だろうが、今の話を聞いてしまえばお前にも動機があったという話になるだろう？　確かにこういうときには正確な情報も必要だが冒険者ならもう少ししたたかに立ち回ってもいいと思うぜ」

う、確かに言われてみれば。だけど、ここで下手に誤魔化して後でそのことで追及されても困るし。

「全く何馬鹿なことを言ってるんですか。素直に話してくれるならそれに越したことはないでしょうに」

ため息混じりにビスクが言った。犬が数匹ついてきている。どうやら彼女も一通りの調査を終えたようだね。

「それでどうなんだ？　やったのはこいつか？」

「えぇ!?」

シルバが僕を指さしながらそんなことを言い出し驚いた。僕がやったみたいに言われて焦ってしまう。

「何だ不服か？　だがな、こういうときに疑うのも俺等の仕事なんだよ」

シルバが僕の反応を認めつつ答えた。確かにそう言われてみればそうかもしれない。犯人じゃないなんて言葉をそのまま信じていたら事件も解決しないだろうし。

「ま、そこに関しては同意ね。ただロイドを殺害したのはその子じゃないと思うわ」

ビスクはシルバの意見に同調しつつも、僕が犯人である可能性は否定してくれた。

「ふ〜ん、なんでだ？」

「そうね。まず貴方、確か水の紋章持ちよね？」

「は、はいそうです」

ビスクの問いかけに答えて僕は左手の紋章を見せた。そこにはしっかり水の紋章が刻まれている。

実は右手の甲にも賢者の紋章があるのだけど、これは僕とエクレアとスイム以外には視えないようなので黙っている。ギルドマスターのサンダースからも気をつけるよう言われているのもあるけどね。

「確かに水の紋章ね」

「おいビスク。まさかと思うがこいつが水の紋章持ちだから殺害は不可能と言うつもりじゃないだろうな？　確かに水の紋章持ちは不遇扱いだが試験に挑んでいる以上、ある程度の強さはあるはずだ。紋章のイメージだけで決め付けるのは感心しないぜ」

「そんなことは当然わかっているわよ」

ビスクが肩をすくめシルバの考えを否定した。

「私が言いたいのはまずこの傷口についてよ。この傷には水の痕跡が全く感じられない。もし水魔法で殺害したなら水の痕は残るはずよ」

「水の痕か――しかし血と混ざっただけかもしれないぜ」

「それなら私の使役している動物たちが気づくわよ。それに魔力についてもそうね。この傷から感じられる魔力とその子から感じられる魔力の性質は異なっている。もし同じならこの子たちが反応するもの」

そう言ってビスクが犬たちの頭を撫でた。魔力の性質――魔力には個人差がある。なので事件が起きたときには残留魔力を調べることが事件解決の鍵となる、といった話は聞いたことあるね。

「動物は人よりも優れた感覚を持っているわ。魔力の性質を嗅ぎ分ける力もある。だからこの傷から感じられる魔力とその子の魔力が違うのは間違いないわよ」

「そうか。ま、お前がそう言うんならそうだろうな。良かったな、とりあえず俺等からの疑いは晴れたぞ」

「あはは……」

確かにそれは嬉しいけどね。ただあくまで二人からというのは気になるところではあるんだけどね

——。

　とりあえず一旦は僕の疑いは晴れたよ。その後はビスクが操った鳥を通して試験中の冒険者にメッセージを送った。

　獣の紋章は動物を操れる紋章みたいだけど、こんな風に離れた相手にメッセージを送ることもできるのか。

「この後、試験はどうなるんですか？」

「そうね——とりあえず通信用魔導具を使って管理局の判断を待つことになると思うわね」

　管理局——今回のCランク昇格試験を実施し冒険者ギルドを統括している組織だ。とはいえ僕は管理局に関してはそこまで詳しくなかったりする。

　基本的なことは冒険者ギルドで済んでしまうからお世話になることもないんだよね。

「はぁ、面倒だな。このまま試験を続ければいいじゃねぇか。事後報告にして」

「いいわけないでしょう」

　呆れ顔でビスクが言った。僕もどんな顔をすればいいのか……それからロイドの遺体については袋に詰められ安全な場所に移された。

　一応いざというときのために死体の腐敗や損傷を防ぐ用意はされているらしい。

「ネロ！　良かった無事だったんだね！」

「スピィ～♪」

「エクレア！　スイム！　良かった無事で」

しばらくしてまずエクレアとスイムが戻ってきてくれた。離れ離れになって心配だったけどどうやら怪我はないようだ。そしてすぐ後ろには——レイルの姿もあった。

「突然集合だなんてな。一体どういうことだ？　まさかもう試験終了ということはないだろう？」

不機嫌そうにレイルが聞いてきた。正直僕とロイドが戦っていた時間を考慮してもそこまで時間が経っているわけじゃない。

そう考えたらレイルの疑問ももっともだよね。そして僕はなんとなく彼と目を合わせづらかった。

「——試験は一旦中断になると思うわ。理由は全員集まってから話します」

「は？　おい！　中断とはどういうことだ？　それにロイドが見当たらない。どこにいる？」

「……………」

レイルの疑問に答えるべきか迷った。チラッとビスクに目をやると首を左右に振っている。レイルにも後で事情を話すと答えている以上、僕から話すわけにもいかないのだろう。

「全く一体なんだってんだ？」

「せっかくいい獲物を見つけたというのに」

そうこうしているうちに冒険者たちが戻ってきた。全員どことなく不満そうでもある。

「たくっ、詳しい事情を知りたいもんだな」

「早く言え。凍すぞ！」

えっと、アイスも連れの冒険者と一緒に戻ってきたね。何か凍すと言いながらも凍ったリンゴをシャリシャリかじっているよ。

「やぁ君たち無事で良かったよ」

そして【仮面人格】のライトにも声を掛けられた。聞くとあの仮面を被った人物でライトも飛ばされたらしいけど丁度良く仲間と合流できる場所だったようだね。

とにかく怪我はないことを伝えたわけでライトは安堵している様子だったよ。

「さて全員集まったか？」

シルバが冒険者たちの姿を見ながら呟いた。だけど肝心の知り合いがまだ来ていないんだ。

「えっと、ガイたちがまだ……」

「ガイ？　あぁ俺に挑んできたあいつか。たく何やってんだ？」

「待って。そういえば【猛獣狩人】の三人も来てないわ」

【猛獣狩人】――先に森に来ていたというCランク冒険者パーティーのことだね。

「ヒック、うぃ～呼んだか？　ギャハハ」

「くそ、酒くせぇな。てか肩抱くな！」

「はぁ。全く見事にやられたわね本当に」

「――勝負に勝って試合に負けたとはまさにこのことだ」

「おいおい。誰が負けたってヒック。馬鹿なことを言ってんじゃねぇぞゲリクサイ」

「ケッタソイだ臭くない！」

「泣かない泣かない」

ビスクが話に出した直後、【猛獣狩人】と思われる三人とそれにガイたちが一緒になって戻ってきた。でもこれってどういう状況なんだろう？

「戻ったわね。それにしてもノーダン一体何があったのよ？」

　僕の疑問を引き継ぐように、ビスクが戻ってきた皆に聞いてくれたよ。

「こいつらが俺らの素材を奪おうとやってきたからな、返り討ちにしてやったんだよ」

「――チッ、て、やめろって！」

　ノーダンと呼ばれた筋骨隆々の男性がガイの髪をつかんでわしゃわしゃと撫で回した。ガイは腕を振り回しているけど、構わずノーダンは笑っていた。

　返り討ちにしたという話だけど、ちょっと打ち解けているように見えるね。ガイもそこまで嫌がってなさそうだし。

「ほう？　格上の素材を奪おうとしたのか。そういうのキライじゃないぜ。ま、その様子だと結果は聞くまでもないか」

「確かに勝負はノーダンが勝ったんだけどね――結局素材はとられちゃったのよね」

「うふふ――」

　ため息混じりに【猛獣狩人】の女性が言うとガイの隣のセレナが笑顔を見せた。

「全くセレナも大したものよね」

　そう言ってフィアも苦笑している。どうやらセレナの力で【猛獣狩人】の素材を奪ったみたいだね。

　一体どうやったんだろう――。

「素材を奪われたね……どうやら頭の切れる子がいたようね」

ノーダンから話を聞いたビスクが感心していた。この口ぶり、もしかしてまともに勝負しても勝てないのはわかっていた？

つまり【猛獣狩人】から素材を得るためには戦闘以外のアプローチが必要だったということかもしれない。きっとそれにセレナが気がついたんだ。

「――素材を奪われたのは事実だが、それよりも何かただごとじゃない雰囲気を感じる。試験を中断したのもトラブルが発生したからなのか？」

すると【猛獣狩人】の一人が目を光らせた。

「……流石ねケッタソイ」

「――あ、あぁそうだ。俺はケッタソイなんだ！」

何故かはわからないけどビスクが名前を呼んだことが嬉しかったのがケッタソイが泣いてるね。

「ヒック、おいババァロあいつ何で泣いてるんだ？」

「私はババロアよ！　全く大体名前を覚えないあんたのせいでしょうが」

ノーダンが指をさしながらババロアに聞いていたよ。最初名前間違えていたけどね……おかげでババロアも不機嫌顔だよ。

「ヒック。そうか？　ま、いいじゃねぇかこまけぇこと気にすんなってガハハ」

ノーダンが豪快に笑った。よく見ると顔もほんのり赤いし酔っ払っている？　森の中でお酒を呑んでいたってことなのかな。

「いい加減本題に入れよ。で、何で俺等はいきなり呼ばれたんだ？」

途中、ガイが不機嫌そうに口を挟んだ。これまでの話からするとガイたちは【猛獣狩人】の素材を手に入れたってことだよね。

つまりSランクの素材なわけで、この課題ではかなり有利に働いているといえるよね。なのに試験が中断となればガイの機嫌が悪いのも頷けるかもしれない。そう考えたらなんだか申し訳ないよ。

「ごめんねガイ」

「はぁ？　なんでお前が謝ってんだよ！」

なんとなくガイに向けて謝罪したら怒鳴られたよ。まぁガイからしたらいきなり謝られても意味がわからないよね……。

「ま、そうだな。わざわざ集めておいてグダグダ言っててもしかたねぇし。うんじゃ本題。今回の試験参加者のロイドが殺された。それで試験は一旦中断。今後どうなるかは管理局次第――以上だ」

「「「「「「……は？」」」」」」

シルバの一方的な説明を聞き、集まってきていた冒険者たちが一様に眼を丸くさせていた。いきなりのことに頭が追いついていない人も多いと思う。

「シルバ！　いくらなんでも説明を端折りすぎですよ」

「はいはい。じゃあ細かいことはお前が説明してやれよ」

「はぁ、全くもう――仕方ないわね。では改めて私から説明致します」

そしてビスクが現状を噛み砕いて説明してくれた。もちろんシルバの説明よりはわかりやすかった。

そして当然話の中で僕と戦っていた最中だったことも伝えられることになる。

「そんなことになっていたなんて……ネロ大丈夫？」

「う、うん。ショックはあるけどね」

「スピィ……」

エクレアとスイムが心配そうに僕を見ていた。同時にエクレアは不安そうでもある。

ロイドについてはエクレアにもちょっかいを掛けていたから決して良い感情は抱いていなかっただろうけど、それでも殺されたとなると思うところはあるんだろうね……。

「ふざけるな！　弟が殺されただと？　あいつがそう簡単に死んでたまるか！　さては貴様が卑怯な真似で弟を殺害したんだろう！」

「え？」

叫び声がして見るとすぐ近くまでレイルが迫ってきていた。その手には斧。完全に虚を突かれた僕に向けてその凶刃が振り下ろされた。

「ぼさっとしてんじゃねぇぞ馬鹿が！」

途端に脇腹に衝撃が走り僕は地面を転がっていた。見るとガイが立っていて剣を振り上げていた。僕を突き飛ばして位置を入れ替えたんだ。そしてガイの真上にはレイルの戦斧。だけど、その動きは止まっていた。銀色の鎖が絡まっていたからだ。

「おい。これ以上面倒事ふやすんじゃねぇぞ」

「ぐっ！」

シルバの冷たい声が響き渡る。レイルはうめき声を上げてわなわなと震えていた――。

「貴方、いきなり攻撃を仕掛けるなんて何を考えているのよ！」

シルバがレイルの動きを止め、ビスクはその行為に非難の声を上げた。しかしレイルの怒りは収まらない様子だった。

「黙れ！　ロイドを殺したのはこいつに決まっている！　こいつらは元々ロイドと揉めていた。だから試験の合否で決着をつけることになっていたが、こいつは無能な水の紋章持ちだ。まともにやっても勝てないと思い不意打ちでもして殺したのだろう！　ゴミが！」

レイルが犯人は僕だと決めつけてかかっていた。もちろんそれは違うし試験官の二人の調べでそれはわかってもらえているんだけど、弟の死を受け入れられないようだよ――。

「スピィ！　スピィ！」

「いい加減にして！　ネロがそんなマネするわけないじゃない！」

「そうねエクレア。本当にその通りよ。それなのにネロに向けて危険な真似――あんた、そんなに燃やされたいの？」

レイルの言動にスイムもエクレアも憤慨している様子だった。その上、フィアまで話に加わってきて怒りを顕にしてくれている。

というか魔法の発動準備に入っているよ！　いやいや流石にそれは洒落にならないからね！

「落ち着いて、フィア。こんなところで貴方の魔法をぶっ放したら関係ない人にまで迷惑掛けちゃうし、狙うなら闇討ちとかの方が」

「どさくさにまぎれてセレナまで何言ってんだ――」

セレナがフィアの肩に手を添えて宥めてくれた、のかと思ったけど物騒なことを口にしていたよ！　ガイも引きつった顔を見せてるし！

「そこまでよ。とにかくレイル。試験と関係ない暴力は許されることじゃないわ。このままその武器を収めないと言うなら私たちの権限で失格にするわよ」

「くっ――だったら今すぐこいつを捕まえろ！　ロイドはこいつの私怨で殺されたんだからな！」

「おい。お前ネロのことも知らないくせに勝手なことばかりほざいてんじゃねぇぞ。いい加減俺も切れるぞコラッ！」

ガイがぐるると唸り声を上げながらレイルに言い返してくれた。まさかガイからこんな言葉が聞けるなんて……ちょっと感動したよ。

「どうみても私情を挟んで決めつけてるのは貴方よ、レイル。それにさっきも説明した通り残留魔力の性質はネロと異なっていた。私の見立てではその時点で彼はシロよ」

「そんなもの魔導具でなんとでもなるだろうが！」

「それもしっかり調べたんだよ。ネロの持ち物からは怪しいものはみつからなかった。まぁ念のため後で一緒に来ていた女とスイムもチェックするがな」

シルバが頭を掻きながら答えていた。面倒くさそうな感じだけどね。ただ僕のことでエクレアとスイムにまで疑いが掛かるのは申し訳なく思う。

「私は今すぐでもいいわ。それでネロの身の潔白が証明されるならね」

「スピィ～！」

だけどエクレアもスイムもチェックには応じると言ってくれていた。皆が僕の潔白を信じてくれていて胸が熱くなるよ。

「とにかく、今後の試験については管理局の判断待ちとなります。とりあえず今日のところはこの場で留まってもらう形になるけど、決定に時間が掛るようなら一旦解散とし連絡を待ってもらうことになるからそのつもりでお願いね」

「おいおい勘弁してくれよ。だったら何のために素材を集めたんだよ」

「そんなことを言っても仕方ないでしょう。ここはギルドの判断に従わないと」

「いやいや、そもそも戦いもありの試験なんだからよ。生き死には十分ありえることだろう」

「試験とは関係ない殺人だったから問題なんでしょう」

周囲が喧々諤々していた。レイルの暴走、それを制止しようとするビスクたち。そしてギルドの判断に従うべきとの意見が出されたりなどで聞いていた冒険者たちも様々な反応を見せていたよ。

とはいえ、この場で文句を言っていても仕方ないのは全員わかっていたようで、結局は一旦の中断を受け入れ野宿の準備に入っていったよ。

「――覚えておけ。俺はお前がやったと考えているからな」

レイルも一旦は武器を収めたけど、僕への疑いは晴れていないようだね。

「本当に大変なことになったよね。君も災難だったね」

僕に声を掛けてきてくれたのは【仮面人格】のリーダーであるライトだった。他の三人も彼に付き添っているけど、話しているのは主にライトだね。

「あぁ、そういえばお前たちにも話を聞きたかったんだ。ネロに聞いたが、奇妙な仮面を被ったのが現れたという話だがそれは本当なのか？」

ライトと話しているとシルバが話に割り込んできて彼に聞いていた。そう、今回の件は皆と逸れたことも含めて伝えていたんだ。

ただその人物についてはビスクの話には出てきてなかった。下手にその話をして、不信感が増しても良くないと思ったのかも。

「あぁ、本当さ。シルバ試験官」

「その仮面の人物に心当たりは？」

ビスクからもライトは詰問されていた。仮面繋がりで何か知らないかと疑われているのかもしれないけど、そう考えたらちょっと気の毒かも。

「僕たちが皆仮面をしているからって疑われるのは心外だな。プライドが傷つくよ」

「それは悪かったわ。でもこういう状況だからそこは仕方ないと諦めて欲しいわね」

そう答えつつ、ビスクは動物たちの反応を見ているようだった。

「反応がないわね。少なくともロイドが殺されたときにいた人物とあなた方とは関係ないと言えるのかもね」

「わかってくれて何よりだ」

ライトが右手を回すようにしながらビスクに頭を下げた。そんな彼の後ろから今度はノーダンの声が響く。

「たく、面倒なことになっちまったもんだな。それで俺らはどうしたらいい？」

「そうだな。で、お前らがやったわけじゃないだろうな？」

「やるわけないでしょう！　そもそも私たちはそこの勇者パーティーに挑まれてつきあっていたわけだし」

「そうだ。俺たちには不可能」

「ヒック、まぁそういうわけだ。そもそも俺らにロイドとやらを殺す理由がないからな」

赤らめた顔のノーダンが答えた。【猛獣狩人】はそもそもロイドとも面識がないはずだし、確かにこんなことをする理由がないよね。

「お前――凍したのか？」

「へ？」

するると今度は僕の横から声が掛かった。見るとアイスが僕を睨みながらそんなことを聞いてきたよ。

「お前が凍したなら、アイが凍す！」

「えぇ！」

アイスがロイドについて聞いてきたかと思えば何故か僕に矛先が向けられたよ！　一体どういうことなのか。唐突すぎて意味がわからないよ！

「待って待って。えっと君ってロイドと仲が良かったっけ？」

前に一度ロイドが話しかけてきたときには彼女もいてそんな雰囲気は感じなかったんだけど……でもロイドのことで怒ってるということは、もしかしたら何かしら繋がりがあったのかも？　そんな僕の懸念もよそにアイスは答えてくれる。

「あんな奴のことは知らない。だがお前が凍したならお前は罪人として追われ命を狙われる。それならアイが先に凍す！」

とんでもない理由だったよ！　それ僕が犯人だって疑ってるよね！　あ、だから聞いてきたのか。

「いや、えっと、僕はやってないよ」

「本当か？　嘘ついたら凍す！」

「結局凍すの!?」

いや、もちろん嘘はついてないけど本当僕のこと凍す気満々だよね。

「コラ！　またそんなこと言って！」

「う……」

アイスに妙な絡まれ方をしていた僕だけど、そこにフィアがやってきてアイスに注意を始めた。

「アイスもCランク冒険者を目指しているなら、そんな物騒な言い方は駄目よ」

「でも、こいつが犯人なら……」

「それはないわよ。ネロがそんなことするわけがないもの」

「スピィ〜」

エクレアも来てくれてアイスに誤解だと話してくれた。スイムも僕の肩で跳ねながらアイスに訴えかけてくれているね。

「なんでも決めつけは良くないですよ」

「うぅ……」

セレナもアイスを諭していた。口調は丁寧だし笑顔なんだけど妙な圧があるんだよね。

「全くあいつはあいつでわけがわかんねぇな。お前、おかしなのに好かれすぎだろう」

「あはは……」

ガイが僕の横に立ってそんなことを言ってきたよ。

「そうだ！　せっかくだからアイスも一緒に夕食食べようよ」

「いや、なんでそうなるんだよ」

エクレアが手をパンっと叩いて口にするとガイが突っ込んだ。だけどそんなガイをフィアがじろりと睨む。

「何よ、ガイ。エクレアの提案に文句があるの？」

「お前な……今さっきまでネロのことを殺すとか言ってた女だぞ？」

「ガイ。彼女は殺すなんて物騒なことは言ってませんよ。あくまで凍すです」

「いや！　ニュアンスでなんとなくわかるだろう！　そこは」

「ガイ。凍すですよ」

「いや、だから」

「凍す、ですよね？」

「……そ、そうだな――」

結局セレナに押し切られたガイだよ。何かガイはセレナには弱かったりするよね。そんな話をしていると試験官からの声も届く。

「とにかく管理局からの決定が下るまではお前ら大人しくしてろよ。試験が終わってからなら好きにしていいからよ」

「いいわけないでしょう！　あなたたちもCランク冒険者を目指しているなら節度をしっかり保ってよね」

シルバの言いぶりにビスクが頭を抱えていた。確かに試験が終わったからといって好き勝手していいわけじゃないよね。

というわけで今晩は野宿となり、僕たちも森で食材を集めたりして夕食を摂ることになったんだけど――。

「ガッハッハ。だからよ俺たちもしてやられたってわけよ」

「いてぇよおっさん」

「誰がおっさんだ！　俺はまだ二八歳だぞ！」

「それでも俺から見たらおっさんだっての」

ノーダンに背中を叩かれてガイが苦笑気味に言い返していたよ。何か【猛獣狩人】の三人も僕たちに合流していろいろな話をしてくれているのだけど、その中でガイたちと戦ったことについて教えてくれたんだよね。

「でもガイたちは上手いこと彼らの素材を取ったんだね」

「……それはセレナの功績だ。戦いではほとんど何もできずやられたんだよ。畜生が」

悔しそうにガイが答えた。話によるとガイもフィアも彼らに挑んだらしいけど全く歯が立たなかったそうなんだよね。

ガイの実力は僕もよく知っているから驚きだよ。だけどそこからセレナが機転を利かしてお酒を準備して【猛獣狩人】に話を聞きたいと持ちかけたらしい。

ちなみにお酒は近くの果物を利用して即席で作ったんだとか。セレナの生魔法には発酵を促すのもあるようでそれでできたようだね。

そしてお酒で気分が良くなって油断したところで素材を、まぁ奪ったということなんだよね。

でも【猛獣狩人】は別にそのことに怒ってなくて、むしろそれだけ貪欲に素材を奪いに来たことを褒めてさえいたよ。

そういった、したたかさも冒険者には必要なんだとか。なるほどね……僕には足りない点だと思う。もっともそうやって素材を奪った直後にビスクからのメッセージが届いたらしいんだけどね。

「ところでその、セレナはお酒を呑んで平気だったの？」

そこでエクレアが疑問を口にした。以前セレナの酒癖の悪さを見たから気になったんだろうね。

「こいつ、自分の魔法で作った酒だと全く酔わないんだよ」

ガイが呆れたように答えた。それは僕も知らなかったね。そんなセレナはガイの横でニコニコしている。

「全く。まさかお前がこんな輪にくわわるなんてな」

アイスの横で男性が話しかけていた。アイスと合流していた男性だね。仲間のようなんだけど――。

「……うるさい黙れ。凍すぞ」

「チッ、相変わらず可愛げがねぇな」

だけどあまり仲がよさそうには見えないんだよね。

「二人は一緒に活動して長いんですか？」

エクレアがアイスともう一人の男性に聞いた。二人の様子を見てエクレアも何か思うところがあるのかもしれない。

「……そんなことないさ。試験になって急に組まされただけだ。正直言えば俺だってこんなのと組むなんて勘弁して欲しかったんだけどな」

「――それはアイも一緒。お前アイにあっさり負けたくせに生意気」

アイスが答えた。負けたということは過去には何かの理由で戦ったことがあるんだろうね。

「ぐっ！　くそ！　確かにそうだが俺の方が冒険者としては先輩なんだからな。お前呼ばわりとかしやがってこっちにはザックスって名前があんだよ。少しは先輩を敬えや！」

「――自分より弱い奴を敬う理由なんてない。その口閉じないと凍すぞ！」

ザックスが彼の名前なようだね。そんな彼を睨めつけるアイス。なんとも言えない険悪な空気が感じられるよ。

「アイス。いい加減にしなさい」

「痛ッ!?」

そのときフィアがアイスの頭を杖で小突いた。頭を擦りながらアイスがフィアに目を向ける。

「確かに冒険者は実力主義なところがあるけど、それとこれとは話は別よ。親しき仲にも礼儀あり。ちゃんと相手のことを考えて発言しなさい」

「――む～」

アイスが不満そうに唸り声を上げた。その様子をポカンっとした顔で見ていたのはザックスだった。

「そうだよアイス。貴方も本当は素直でいい子なんだと思うし、そうやって相手を見下すような真似は感心しないな」

「スピィ～スピッ！」

エクレアもフィアに続いてアイスを諭し、スイムもそうだよと言わんばかりにピョンピョン跳ねているよ。

「そうですよ。素直に相手を認めることだって大事なんですから。そうじゃないと無駄に意地ばかり張って誰彼構わず噛み付いて敵を作る誰かさんみたいになっちゃうんですからね」

「おい。それ誰のこと言ってんだよ？」

「さぁ誰でしょうか？」

ガイが眉間にしわを寄せながらフィアに聞くけどフィアはそれをさらっと笑顔で返す。

「と・に・か・く、一緒に試験に挑んでいる仲間なんだから仲良くやらないとね」

「……善処する」

「おいおいマジかよ。アイスのこんな姿が見れるなんてな。明日は雪が降るぜ」

ザックスが感心したような驚いたようなそんな顔で言い肩を竦めてみせた。その発言が気にくわないのか、アイスは彼に睨みをきかせたが、エクレアとフィアに窘められ睨むのを止めていた。

うーん。でもこれで二人の仲が改善されればいいんだけどね。

「お前のことだから、もっと二人とも仲良くなればいいのにとか思ってんだろうな」

「え？　凄いどうしてわかったの？」

思っていたことがガイに見透かされ驚いてしまった。ただガイはどこか呆れ顔を見せる。

「たくテメェは。試験がこのまま続くならあいつらだってライバルだ。ましてアイスって女はお前に敵対心を燃やしている。そんな奴らの仲を取り持つ必要なんて本来ないだろうが。揃いも揃ってお人好しだぜ」

そう言ってガイが顔を顰めた。う～ん、確かにライバルと言えばライバルかもだけど――でも同じ冒険者なのは確かだし仲がいいのに越したことはないと思うんだよね。

それにガイだってなんだかんだ僕たちと食事を共にしているし、以前とは雰囲気も変わってきている気がするんだよね。

一度はガイのパーティーから追放されたけど、この試験を通してもっとわかりあえたらいいと思う――そんなことを考えながらその日の夜は更けていった……。

とある闇夜の会話――。

「――まさか殺すなんて思いませんでしたよ。予定にはなかったですよね？」

「……あの杖は想定外だったからな。だが問題ない。お前たちは引き続き任務を続けておけばいい。それと――あのネロという冒険者には特に注意を払っておけ」

「あの水の紋章持ちですか――そこまでする理由が？」

「あの杖持ちとの戦い、あいつの紋章は明らかにこれまでのとは違った。杖の記憶とやらが反応していたほどにな。今はまだ取るに足らない相手ではあるが、そのうちに厄介な存在になるかもしれない」

「――わかりましたよ兄様。とはいえ今回はあくまで」

「あぁそうだ。あくまで試験がメインなのだからな。とはいえ、私も多少は手を回すかもしれないがな――」


「シルバ――管理局からの回答が来たわよ」

「おお。意外と早かったな」

明朝――ビスクが一枚の紙を手にしシルバに伝えた。シルバは興味深そうにしていた。

「通信用魔導具のおかげね。文字のやり取りなら離れていても可能だもの」

通信用魔導具――見た目はただの水晶だが、文字を水晶に記憶させ遠方にある対になった水晶で投影させることでメッセージを確認できる魔導具である。一度に送れる文字数は限られているが簡単なやり取りならこれでも十分事足りるのである。

「で？　管理局はなんて送ってきたんだ？」

「それが『――ショウカクシケンケイゾク。タダシバショヘンコウ。モリニチョウサダンハケン』

――とのことよ」

そう説明しつつビスクがため息をついた。一方シルバは笑みを浮かべてビスクの肩を叩いた。

「良かったな。これで中断となったらまた日程調整とか面倒だったからな」

「はぁ～。貴方は単純ね。正直私は絶対に中止だと思っていたわよ。試験中に伯爵家の子息が殺されたわけだしね」

「そんなの冒険者ギルドには関係ないだろう？　権力に屈しないのが冒険者ギルドだろう？」

「それはそうだけど、今回は事情が違うじゃない。試験中に殺されたなんてギルドの管理体制が疑われるわよ」

ビスクは呆れ顔だった。実際シルバが言った通り、冒険者に権力は通用しない。だが、責任が全く生じないというわけではない。

「それに一つ気になることもあるのよね」

「気になること？」

ビスクの疑問にシルバが問い返した。

「通信は二回に分けられて来たのだけど、二回目の文章には調査団のメンバーが記されていたの。その中に――あのアクシス家の長男の名前があるのよ……」

朝になりシルバとビスクから試験がどうなったかについて説明があった。皆も興味津々に聞いているよ。

「結論で言えば試験は継続だ」

「ふざけるな！」

シルバからの話では試験はこのまま続くらしい、のだけどそれにレイルが噛み付いたんだ。

「俺の弟が殺されたんだぞ！　しかも犯人はその無能の可能性が高いんだ！　だったらまずは調査だろう！」

レイルが憤っているのはやはりロイドのことがあったからだ。僕としても犯人が誰かは気になるところだけど、やっぱり彼は犯人が僕だと考えているようだね……。

「あいつ、まだあんなこと言って！」

「ネロ平気？」

「う、うん。僕はもう大丈夫だよ」

「スピィ……」

フィアがレイルを睨みつけ、エクレアが僕に気遣いを見せる。スイムも心配そうに細い声を発していたよ。

一方でガイは無言で聞いていたけど表情は険しかった。

「レイル。説明はまだ終わってないわよ。確かに試験は継続だけど、この森には管理局から調査団が派遣されます。ロイドについてもしっかりとした調査が入るわ」

「フンッ。それならとっとと寄越せ。それとも冒険者ギルドはカートス伯爵家を敵に回したいのか？」

レイルの声には不満が滲んでいた。だけど、だからといって家名を出して脅すような真似は感心できないよ。

「アッハッハ！　全くカートス伯爵家には随分と間抜けな息子がいるもんだな」

「ちょ、ノーダン！」

レイルの発言を聞き【猛獣狩人】のノーダンが口を挟んだ。その発言に慌てたババロアが口を塞ごうとしたけどもう遅いよね……。

「貴様！　この俺を愚弄するつもりか！」

「ムゴムゴムゴ」

「ノーダンもう黙りなさい」

ノーダンは何か言い返したいようだけどババロアが口を塞いでそれを許さない。余計な揉め事に発展するのが嫌なんだと思うよ。

「ノーダンの言い方は良くなかったと思うが、そもそも冒険者ギルドに権力は通用しない。そんなことは常識のはずだが？」

ここで口を開いたのはケッタソイだった。ノーダンと違って淡々とした口調だけど棘は感じられるね。

「そういうことだ。お前も下手に家名なんて出せば逆にその名を汚すことになるぜ」

シルバが諭すように言った。レイルが顔を顰め口を開く。

「グッ！　百歩譲って調査団が来るとしてそいつらが無能だったらどうしようもないだろうが！　何せこの場でむざむざと弟が殺されたぐらいなのだからな！」

「……それについては言葉もないわ。ただ、そうね。本当はギルドとしてはあまり名前に頼りたくないけど、貴方なら納得してくれるかしら？　今こちらに向かってる管理局の調査団――そのリーダーを務めるのはあのアクシス家の長男。フレア・アクシスよ」

その名前を聞いた瞬間、自分の顔が強ばるのを感じた。そんな、まさかここでその名を聞くなんて――。

「な、フレア・アクシスだと？　まさか管理局とはいえ冒険者にあの一族が――」

レイルが驚いていた。アクシス家は一貴族として見てもその影響力は計り知れない。伯爵家の子息であるレイルなら知っていて当然だと思う。

それにしてもまさか管理局に勤めていたなんて――僕だって驚きだよ。家での僕は落ちこぼれ扱いだったし、あの人が何をしているかなんて教えてもらったことはないから知らなくても当然なんだけどね。

でもアクシス家は代々魔法の名家として知られていた。故に代々魔法関係の職に就くことが多かったわけで――だから長男が管理局だなんてビックリだよ。

あ、でも姉さんは冒険者やっていたんだった。もっとも姉さんは他の皆とはちょっと違っていたんだけどね。

「ネロ、どうかした？」

「え？　どうして？」

「う～ん。何か難しい顔していたから」

「スピィ～」

エクレアがスイムを抱き寄せて撫でながら聞いてきた。スイムもどうしたの～？　といった様子を見せている。

「えっと。管理局から来るというのがちょっと気になったんだ。僕も無関係じゃないから……」

「あ、そうか――でも大丈夫だよ。ネロは何もしてないんだし」

「スピッ！」

エクレアが優しく微笑みかけてくれた。スイムもエクレアの意見に同調している。もっとも本当は別の意味で気になっているんだけどね。ちょっと誤魔化しちゃったな。

「ネロお前――いや、なんでもねぇ」

「え？」

ガイが何か言いかけたけど、止めたみたいだ。ただ表情は険しく感じるよ。

「とにかくこれで納得できたかしら？」

「……フン。まぁいい。あのアクシス侯爵家が関わるなら証明してくれるだろうからな。そこの無能が犯人だと」

レイルが鼻で笑いながら僕を指さしてきた。全く是が非でも僕を犯人にしたいようだね。ただ、あの家が関わるというのは僕にとっても気がかりだ。

「理解してくれて良かったわ。それなら場所を移動するわよ」

「待て！　弟の遺体をこのままにしておくのか！」

「基本的な処置はしてあるわ。調査に来る以上ここに残しておく必要があるから理解してちょうだい」

「ま、もうこっちに向かってるようだしな。直に調査団も来るはずさ」

「はは、それなら心配ご無用。もう着きましたよ」

「「「「「「え？」」」」」」

冒険者たちの声が揃った。何者かの声、いやフレア・アクシスの声が上から聞こえてきたから驚いたのだろう。

「――空飛んできたのかよ」

ガイが上空の相手を睨みつけるようにしながら言った。僕も見上げたけど、ガイの言うように空から来たようだ。フレアは足から炎を噴射させて空中で待機していた。その周囲にも二人――管理局の人間なのだろう。男性が一人女性が一人だ。その二人も空にいて男の方はどういう理屈かはわからないけど空中で立っていた。一方女性の方は箒に跨がり空中で静止している。

「今降りるけどちょっと場所をあけてもらえるかな？　あと、私が降りるとわりと衝撃が凄いから離れておいてね」

そうフレアが言った。全員顔を見合わせた後、一斉に距離を取る。

「ネロお前は特に距離をあけておけ」

「え？」

ガイがそんなことを言いながらフィアやセレナと一緒に他の冒険者に続いた。僕としてもそこは気にしていたけどガイがどうして？

「えっと、言われた通りにしようか」

「う、うん」

「スピィ――」

僕たちも皆に倣って離れようとしたそのとき、噴射の音が近づいてきた。

「エクレア早く！」

「え？　ちょッ」

「スピィ！」

慌てるエクレアの腕を取って足早に移動した。スイムはエクレアの肩に乗っている。直後後ろから轟音が響き渡り爆風が駆け抜けた。

「キャッ！」

「スピィ⁉」

エクレアとスイムの悲鳴が聞こえた。あいつ、絶対僕たちが動き出すのを確認してやってきたよね――。

「大丈夫⁉　ネロ！　エクレア！　スイム！」

「う、うんちょっとビックリしたけどね」

「スピィ……」

フィアが心配そうに駆け寄ってきた。確かに衝撃はあったけどそれで怪我したり火傷をしたりはない。ただちょっとでも反応が遅れていたらどうなったか。

「おやおや、離れてくれと言ったのに随分と手際の悪い冒険者もいたものだ。そんなことで大丈夫なのかい？」

背中に突き刺さる声。振り返る。そこには確かにいた。忘れもしない炎のような赤い髪が特徴の男でアクシス家の長男――フレア・アクシスが……。

「ま、私も急すぎたかもしれないね。お嬢さん怪我はありませんか？」

僕を見たフレアの視線は家で嫌というほど味わったものだった。扱う魔法とは対象的に酷く冷たい。ただエクレアに目を向けた途端悪意のない笑顔に変わる。でもエクレアはフレアの視線を受け、怪訝そうな顔を見せていた。

「スピィ……」

スイムも僕の胸の中に飛び込んできて細い声を上げた。少し、震えているようにも見えた。本能的にフレアのことを怖いと思ったのかもしれない。

「あの、僕たちのことはどうぞお気になさらず。調査に来られたんですよね？」

「………」

あまり長々と話していたい相手でもないので、そう話を振った。その答えにフレアは眉を顰めたけど答えることなく他の二人と一緒に僕の横を素通りした、ように思えたのだけど。

『お前のようなゴミがまだ生きていたとはな――』

すれ違いざまにそう囁いていった。僕だけに聞こえるように言ったんだろう。エクレアやスイムは気がついていない。

やっぱり変わってないな。家にいた頃からフレアはそうだった。いやフレアだけじゃないのだけどね。

「既に連絡は来ていたと思うけど、この森の調査は私たちが担当することになった。手間を掛けてしまうけど試験の続きは次の場所でしてもらえると嬉しいかな。それで問題ないよね？」

フレアがその場の全員に聞こえるように話した。わりと砕けた話し方だったので中には親しみやすいかもと口にしている冒険者もいる。

あの人はそういう人だ。一見すると人当たりはとてもいい。

「私、ちょっと苦手かな……」

ふとエクレアが僕の横でそんなことを呟いた。フレアのことなんだと思う。

「ほら今聞いた通りだ。ここは調査団に任せてとっとと次の場所に向かうぞ」

「それでは皆さん私たちの後についてきてください」

パンパンっと手を叩きシルバが先に進むよう促した。次の試験場所に向かうことにする。

直後背中に視線を感じた。振り返ると見えたのはフレアの背中だったよ――。

「よし。ここだ」

「や、やっとついた……」

「一体どれだけ歩かせるのよ……」

あの森を離れた後、シルバとビスクの後についていったのだけどとにかく歩いた。しかも二人のペースはかなり早かったのでついていくのにも苦労した。

朝から出発したわけだけど目的地についた頃にはとっくにお昼は過ぎていたと思うよ。

「こんなことでへばっていたら先が思いやられるぞ」

疲れたと地面に腰をおろして愚痴を口にしている冒険者を見て、シルバがやれやれといった様子を見せていたよ。

「ガイたちは大丈夫？」

僕はなんとなくガイたちを見て聞いてみた。といってもガイは全然大丈夫そうだけどね。魔法系のフィアとセレナはどうかな？

「ハッ。問題ねぇよ。この程度で文句を言ってる奴が情けないんだ」

「またガイ。そんなこと言って」

周りを挑発するようなことを言ったガイにセレナが注意していた。

「本当敵を作るタイプよねガイは」

「あはは。ところでフィアは平気？」

呆れたようにため息を吐くフィアにエクレアが聞いていた。

「私は大丈夫。実はセレナに魔法を掛けてもらって疲れにくくしてもらったのよ」

フィアがウィンクしながら答えていた。そういえばセレナの魔法にはそういう補助系の魔法もあったんだった。

「エクレアとネロは平気?」

「私は体力にはは自信があるし大丈夫だよ」

「僕もちょっと疲れたけど、うん。大丈夫」

「スピィ~♪」

「あはは。スイムも元気そうだね」

そう言ってフィアがスイムの頭を撫でた。

「お前ら次の試験の内容を説明するぞ。聞いてなかったとしても同じことは二度言わないからな」

シルバが全員に聞こえるように声を上げた。うん、ここはしっかり聞いておかないとね。

「というわけだ。後は頼むぞ、ビスク」

「そこまで言っておいて説明で投げないでよもう」

シルバに説明を任されビスクが額を押さえていた。どうやら僕たちに説明するのはシルバじゃないみたい。

「えっと、それじゃ簡単に説明するわね。ここから少し進んだ先にダンジョンがあるわ。今回の試験はこのダンジョンの探索よ。なお今回は情報は一切なし。手探り状態でどのぐらいできるかやってみて」

それがビスクからの説明だった。ダンジョン攻略――冒険者の醍醐味とも言える題材だね。

「それでダンジョンで何をすれば試験には合格なんだ？」

レイルが二人に聞いていた。流石に多少は落ち着いたのかレイルも試験に意識を向け直したようだよ。

「基本的にはダンジョン内で手に入れた戦利品で評価するわ。今回はリストもないからダンジョンで倒した魔物の素材も含めて全て評価の対象になると思っていて」

なるほどね。やることはいつものダンジョン攻略と変わらなそうだよ。唯一の違いはその成果で試験の合否が決まるということだね。

「ちょっとまってくれ。ずっと疑問だったんだが前回の結果はマジで無効になるのかよ？」

受験者の一人が疑問を呈した。おそらく採取した素材などが全て無駄なのかと聞きたかったのだと思う。

「それは今回の探索と合わせて評価するわ。全員回収した素材は取ってあるでしょう？」

ビスクが答えた。確かに僕たちも集めた素材は持ってきている。

「それとあと二点。まずは今回のダンジョン攻略用に魔法の袋を貸し出すことになっているから取りに来てね。これ以上の収納道具の使用は認められないから気をつけること」

魔法の袋か――ダンジョン攻略は長丁場になるから、前回と違って多くの戦利品を収納できる道具を用意してくれたんだろうね。

「あとは緊急用の笛ね。これも魔導具で鳴らせば【猛獣狩人】のメンバーが助けに向かうわ。ただしあくまで緊急用よ、忘れないでね」

「ま、そういうわけだ。本当にヤバいときは頼ってくれや。ガッハッハ」

そう言ってノーダンが笑った。ただあくまで緊急用と強調しているあたり、笛を使ってしまうと評価に影響すると思う。

ダンジョン内で危険を回避する能力も検証されているとしたら安易に笛に頼るわけにはいかないかもね。

「――ダンジョン内で死亡した場合はどうなる?」

アイスからの質問が飛んだ。前回のこともあったからギョッとしてしまったよ。

「ダンジョンには危険がつきものだ。死んでも自己責任だぞ。もちろん前回のような殺しなら話は別だがな。ま、不安があるなら素直に辞退してDランクとしてやっていくこった」

アイスの質問にシルバが答えた。だけどそれを聞いても止めると言い出す人はいなかった。

「どうやら全員試験を続行するということで問題ないようだな。それならビスクから今言っていた魔法の袋と笛を受け取って速やかにダンジョン攻略に向かうんだな」

そうシルバに促され僕たちは二つの道具を受け取ってダンジョン攻略に向かうことになった――。

「やっぱりダンジョン探索はわくわくするね」

僕の横でエクレアが楽しそうに言ったよ。そういえばエクレアと最初に出会ったときに誘われたのもダンジョン探索だったね。

最初はデートしようと言われてドキッとしたけど、結局一緒にダンジョンに行きたいって話だったんだよねぇ。

あのときは追放された直後だったから一緒に組もうと言われて嬉しかったよ。

「ネロどうしたのニコニコして？」

「あ、うん。ちょっとエクレアと出会った頃を思い出してね。あのときにダンジョン探索に誘われたからこそ、僕も今こうして昇格試験に挑めてるんだなと思うと本当にエクレアと出会えたのは運命的だったなと思えてね」

「…………」

あれ？　何かエクレアが急に無口になって顔が赤いような？

「ネロってわりとサラッとそういうドキッとすること言うんだね」

「え？」

えっと小声でよく聞こえなかったんだけど……。

「ごめんエクレア。よく聞き取れなくて」

「な、何でもないよ！　それより早く先に進もう！」

「スピィ～♪」

エクレアがスイムを抱きしめながら足を早めたよ。何か気に障ること言っちゃったかな？　て！

「待ってよエクレア～」

スタスタとエクレアが先に行っちゃうから追いかけるのも大変だよ！

さて、改めてこのダンジョン探索だけど、最初にくじを引いてその順番で入る時間をずらして探索

に乗り込んだ形だ。

というわけで探索はバラバラになるね。しかもこのダンジョンは一層が結構広いし。

「あ、ネロ見て」

「うん。スライムだね」

「スピッ!?」

エクレアが指さしてスライムと呼んだからスイムが驚いているよ。それもそのはず。エクレアが指さした方向にいたスライムはスイムとは違うタイプだ。ヘドロ状のスライムで攻撃性が高くスイムのようなタイプと違ってとても危険とされる。

毒を持ってることもあるし金属を腐食させることもあるからね。特に接近して戦う戦士にとっては厄介だ。

「あれもスライムだけどスイムとはタイプが違うんだよ。だからそんなに焦らなくても大丈夫」

「うんうん。スイムはずっと可愛いままだからね」

「スピィ～♪」

エクレアに頭を撫でられてスイムは安堵したように鳴いたよ。とはいえ邪魔になる場所で群れてるから倒す必要はあるね。

「よし！　私が一気に！」

「待って。せっかく新調した鉄槌に影響が出たら不味いしここは僕が――よし！　水魔法・鉄砲水波！」

魔法を行使すると勢いよく噴出された水がスライムの群れを呑み込んだ。水が流れた後にはもうスライムの姿はなかったよ。

「う～ん、やっぱりネロの水魔法は凄いよね」

「スピィ♪」

エクレアとスイムに褒められてちょっと照れくさいね。

それからも僕たちの探索は続いたよ。

「やった宝箱だね」

「うん！　やったね！」

「スピィ♪」

途中で宝箱も見つけたよ。エクレアとハイタッチして喜び合う。

中には宝石が入っていたね。これは探索結果としてはどの程度かな？　とにかく魔法の袋にしまっておこう。

「このままいくと地下二層かな」

「うん。下がっていってるもんね」

「スピィ～」

途中から下り坂が続いていた。こういうときはだいたい下の階層に繋がっている。坂の先は絶壁になっていたよ。やっぱりこのダンジョンは広いね。

崖にはハシゴが掛かっていた。人の手によって掛けられたものではないと思う。とはいえダンジョンではこういうものを目にすることも多いからね。そして僕たちはハシゴを下っていったのだけど――。

「あれ？　ガイ？」

「シッ！　静かにしろ！」

ハシゴを下りるとそこにはガイたちがいた。だけどフィアもセレナも不安そうにしている。壁の向こう側に通路があるのだけど、僕たちに忠告した後ガイが壁から顔だけ覗かせ様子を見ていた。

「何かあったの？」

「ネロ。それがね。この先にゴブリンがいるのよ」

「え？　ゴブリンが？」

フィアに聞くとそんな答えが返ってきた。まさかここでゴブリンなんて……しかも僕たちが下りてきた通路でだよ。これは厄介かもしれないよ――。

話を聞いて僕もそっと壁の向こうを覗き込んだ。身長は一二〇から一三〇センチ程度で肌が緑色、頭からは小さな角が生えている。これらは全てゴブリンの特徴に一致してるよ。

ゴブリンは厄介な魔物の一つだ。単体の普通のゴブリンはそこまで強くない。

ただしゴブリンは基本群れて行動する上、繁殖力が高い。見つけたときにはかなりの数のゴブリンがいるとみていい。

実際今覗き見ると六体のゴブリンが屯《たむろ》していた。それぞれ剣や斧で武装していたよ。ゴブリンは拾った武器を使ったりする結構器用な魔物だ。中には鍛冶に長けたゴブリンもいるので鉱山の近くに出現するとそこを拠点に武装化したりする。ただ――違和感があった。

「あのゴブリンの装備。随分と新しいような……」

「そんなのここで拾ったんだろう。ダンジョンなら宝箱からあんなのが手に入ることもあるだろう」

僕の疑問にガイが答えた。でも、やっぱり妙だ。幾らダンジョンだからといってそうゴブリンに都合のいい装備が手に入るだろうか？

「とにかくだ。ネロたちも含めれば数では負けねぇ。ゴブリンも単体なら弱いからな。サクッとやっつけるぞ」

「待ってくださいガイ。これはおかしい。一度戻って報告した方がいいのでは？」

ガイはゴブリンと戦う気満々なようだ。一方でセレナはガイの考えには否定的だった。

「確かに、本来ゴブリン退治はそれこそCランク冒険者がこなすような仕事ね。Cランク昇格試験でやるようなことじゃないわ」

「ということは、これはギルド側も想定外の出来事ということ？」

フィアもセレナと似たような考えなのかもしれない。それにゴブリン討伐の依頼は確かにDランク冒険者にやらせることではない。エクレアの言うようにイレギュラーな事態が起きているのかもしれない。

「だとしてもこのままおめおめと引き下がるなんて俺は嫌だぜ。大体笛だってある。いざとなったら……ま、ありえないと思うがそれを吹けばいい」

「でも、やっぱりギルドの対応を待った方がいい気もするけど」

「……たく。ちょっとはやるようになったかと思えばまだそんな弱気な考えなのかよ」

僕もセレナたちに同意だったのだけどガイが呆れたように言った。弱気、か。もしかしたらそう見えるかもしれないけど最悪はここで無茶して被害が拡大することだと思うんだ。

「お前たちが行かないならそれでもかまわねぇよ。だが俺は一人でも行くぞ」

「待ちなさいガイ。私たちはパーティーを組んでこの試験に挑んでるんですよ？」

「は。確かにパーティーで挑むのは認められてるが結局昇格できるかは個々のことだ。だったら俺一人で行っても問題ないだろうが。臆病風に吹かれたならネロと一緒にお前らもとっとと引き返せ。役立たずのネロだっていざとなったらお前らを守るぐらいできんだろう」

「ガイ！　そんな言い方ないじゃない！」

フィアが叫んだ。ガイの発言はとても身勝手なものだ。だけど僕には違和感があった。確かにガイは強気な発言も多いけど、ここまで無責任な発言をする男ではなかったはずだ。

「ガイ。もしかしてこの先に何かあると考えているの？　だから自分一人だけでも残ろうと考えているとか？」

「……」

僕がそう聞くとガイは黙り込んでしまった。どうやら図星みたいだね。

「……やっぱり僕も行くよ」

「は？　ふざけんな！　何突然やる気出してんだ！」

「う～ん。何かガイだけにいい格好させるのも癪だからかな？　それに確かに何もなく戻るよりも何が起きているか確認した方が試験に有利かもだしね」

「……チッ。そうかよ。なら好きにしろ！」

ガイが吐き捨てるように言った。悪態をつきながらもきっとガイは誰よりも仲間のことを思ってるんだろうな。

「仕方ないわね。私も付き合うわよ」

するとフィアが後頭部をさすりながらやれやれといった様子で答えた。

「……ふぅ。こうなったら言っても聞きそうにありませんね」

セレナもため息混じりに仕方ないといった空気。

「あはは。でも私、このメンバーなら何が起きても大丈夫な気がしてるんだ」

「スピィ～」

エクレアも鉄槌を片手に笑ってみせた。スイムも任せて～と鳴いていた。

「じゃあ皆で――」

「――お前ら今すぐ離れ、くそ！」

そのときガイがギョッとした顔で上を見た。反射的に僕も顎を上げると頭上から岩石が降ってきているのが見えた。

「どうして上からッ!?」

「スピィ!?」

フィアとスイムの緊迫した声を耳に残しつつ、僕は新調した杖を掲げた。

「水魔法・水守ノ盾！」

「勇魔法・天雷！」

「ハァアァアァア！」

ガイの魔法で雷が落ち落石が砕けた。そして僕の魔法で生まれた水の盾が落ちてきた岩石を防ぎ、さらに跳躍したエクレアが残りの落石を鉄槌で弾いた。

「ふぅギリギリ」

「でもどうして落石が」

「くそが！　どうやら嫌な予感があたったようだぜ。見ろ！」

ガイが指さした方、そこにはゴブリンの姿。しかもただのゴブリンだけじゃない。ゴブリンよりも大きく屈強なホブゴブリンも一緒だった。

きっと岩を落としてきたのはあのホブゴブリンだろう。それにしても上にまでいたなんてまさかもうここにはかなりの数のゴブリンが？　しかも連中は上を占領したまま再び岩を落とそうとしているようだ。

「まずいわよ！　こっちからも来てる！」

フィアが叫んだ。元々下にいたゴブリンも今の岩の音でこっちに気がついてしまったからだ。このままだと上下からの挟み撃ちにあってしまうよ！

「速攻でケリつけるぞ！」

「う、うん！　水魔法・噴水！」

ガイの声に反応して魔法を行使。こちらに向かってきていたゴブリンの足元から水が噴き上がりゴブリンが打ち上げられた。

「はぁあああぁああ！」

エクレアが飛び出し電撃の迸った鉄槌で打ち上がったゴブリンを地面に叩きつける。僕の噴水で濡れたゴブリンはエクレアの追撃で感電した。これでもう立ち上がれない。

「向こうに行くぞ！」

ガイが指さした方向に横穴が見えた。そこに入れば上からの攻撃は怖くないね。急いで僕たちは穴に飛び込んだ。

「はぁ、はぁ、びっくりしたぁ」

「でも、これでもう戻れないですね……」

フィアが胸に手を添え息を整え、セレナは僕たちがおりてきたハシゴを確認して呟いた。確かに上をゴブリンにおさえられている以上、戻るのも簡単ではないよ。

「嫌な予感はしてたが、これだけ多いと俺が思っている以上にやばいかもな」

ガイが真顔で言った。ガイの思ってることは僕と同じなのかもしれない。

「もしかしてガイが懸念しているのって――統率者《ロード》のこと？」

僕が問いかけるとガイは一瞬沈黙。

「あぁ。そうだよ」

だけどその後ぶっきらぼうに答えた。やっぱりそうだったんだ。ゴブリンのように群れをなす魔物の中には時折ロードが生まれることがある。ゴブリンの場合はゴブリンロードと呼ぶし他の魔物でも似た性質を持つのはいる。

「ガイ。その可能性があるとわかってて一人ででも行こうとしてたのですか？　それならそうと言ってくれれば良かったのに」

「確信もないことをベラベラ得意げに語れるかよ」

セレナが眉尻を落としながら言った。それに対しガイは眉を吊り上げ返答したよ。

「別に得意げである必要ないでしょう全く」

フィアが腰に手を当てつつため息をついた。はは、ガイのこういうところ不器用だなって思えたりするよ。

とはいえ、これだけの状況になるとガイの予想は当たっている可能性が高いと思う。ロードが生まれると自然にゴブリンの士気も上がりロードの指揮下で組織的に動けるようになる。

こうなってくると通常のゴブリン討伐とはわけが違う。恐らく求められるランクもより上がることだろうね。実際のところ僕たちはゴブリンもロードも相手したことがないからどの程度の力か判断がつかない。

一応今、ゴブリンを相手した感じだと戦えない相手ではないと思うのだけど――ただそれも相手が通常のゴブリン、しかも数体だからだ。

「それにしてもロードがいるとなると厄介ね」

フィアが腕を組みながら呟いた。確かにそれは間違いないことだと思う。

「笛を吹いた方がいいかな……」

「スピィ……」

エクレアがポケットから件の笛を取り出して呟いた。この笛を吹いたら【猛獣狩人】のパーティーが助けに来てくれるはずだけど。

「その必要は多分ねぇよ。これだけゴブリンがいるんだ。他の連中も見つけてるだろう。誰かが吹いてる可能性が高い」

「でも一応はこっちでも吹いた方が」

「場所が悪いんだよ。こいつらは悪賢《わるがしこ》い。俺らが助けられたところで、また次の獲物相手に挟撃を狙ってくる可能性が高い。ホブゴブリンだっている。はっきり言えば状況が落ち着くまでこっちのルートには誰も来ない方が助かる」

ガイが腕を組みながら答える。確かにそう言われてみればそうかもしれない。恐らく他にもルートがあるだろうからね。でないとダンジョンに入った受験者が全員こっちに来てないとおかしいわけだし。

「とにかく俺たちは戻ることができない。この先に向かうしかないんだよ」

ガイがはっきりと言い放った。まさか試験のために来たダンジョンでこんなことになるなんて思わなかったけど、このまま留まるわけにもいかない。

もしロードが現れてダンジョンに無数のゴブリンがいたならこうしている間にも向かってくる可能性がある。

「わかりました。なら——行きましょう」

「戦闘が起きたときのために作戦を考えておかないとね」

ガイの話を聞きセレナが力強く言った。フィアも覚悟を決めたようだ。僕、エクレア、スイムも同じ気持ちだ。

「いくぞ。とにかくここを離れる」

ガイが奥に進んでいく。僕たちはその後を追っていくことになった。

「奴らが何を仕掛けてくるかわからねぇからな。お前ら足を引っ張るなよ」

「あんたこそそんな考えなしに突き進んで大丈夫なの？」

悪態をつくガイ。実際のところは気をつけろと忠告してくれてるんだと思うけどね。フィアはそんなガイに油断しないよう指摘する。そして——僕も気をつけて進んだのだけど。

「ガイ待って！」

「あん？」

僕が呼びかけるとガイが怪訝そうに振り向いた。なので僕はガイの足元を指さし伝える。

「そこ何か張られてる」

「なんだと？」

僕の指摘した場所に視線を落とすガイ。そこには細いワイヤーが見えた。

「チッ！」

ガイが剣でそれを切るとヒュンッと矢が飛んできた。これは罠だ。

「これってダンジョンの罠？」

「スピッ⁉」

エクレアが誰にともなく問いかけた。スイムも驚いていた。

「違う。ゴブリンの罠だ。ダンジョンの罠ならこんなワイヤーが張られたりしねぇからな」

ガイが答えた。確かに――ダンジョンの罠は床を踏むなどで反応し発動することが多い。あとは宝箱かな。どちらにしても通路にワイヤーで罠を仕掛けるというのはダンジョンでは見られない。

つまりそういう罠が仕掛けられているということは何者かが仕掛けたということになるけど、この状況だとゴブリンとしか考えられないよね。

「ガイ。近くにゴブリンがいるかも」

「わかってるよ。こんな罠まで仕掛けてくるなんてな糞が」

ガイが気色ばんだ。ゴブリンが罠を仕掛けるのは有名な話だ。だからそれ自体は別におかしなことでもない。

問題はこうやって罠を仕掛けられるぐらいにゴブリンには余裕があったということだ。少なくともこの層はゴブリンに侵食されてしまっている可能性が高い。

「一体どれだけゴブリンがいるのかしら？」

「それなりに多いかもしれねぇ。とにかく油断はするなよ――」

『くそ！　なんだコイツらは！　たかがゴブリンのくせに！』

そのとき、奥から叫び声が聞こえてきた。この声、聞き覚えがある。叫んでる内容から察するにどうやらゴブリンに襲われているようだ。

「まずいよ。助けに行かないと！」

「待てネロ！　迂闊に動いても奴らの思うつぼだ！」

「でも放ってはおけないよ！」

僕を制止するガイの言ってることもわかるけど、それでも黙って見過ごすわけにはいかない。

「私も行くよ！」

「スピィ！」

エクレアとスイムも僕の後についてきてくれた。

「糞が！　だからお前は甘いってんだよ！」

「そう言いつつガイもしっかり追いかけるんですね」

「ガイが動かなくても私は動いたけどね」

後ろからガイたちの声も聞こえてきたよ。なんだかんだ言っても放ってはおけないようだね。とにかく手遅れにならないように急がないと！

「く、くそ！　俺があんな奴らに！」

悲鳴の聞こえた場所まで僕たちが向かうと、そこには足を怪我したレイルが倒れていた。

見通しのいい広い空間で、レイルはその中央で足を押さえてうめいている。

「足を怪我して動けないんだ。早く助けないと！」

「やめろ馬鹿！」

レイルを助けようとする僕の肩を掴みガイが止めてきた。

「よく見ろ。どう見てもおかしいだろう。あれも罠の可能性があるってんだよ」

「……罠――」

たしかにガイが言うように、怪我をしたレイルが広間の真ん中に放置されているのは違和感がある。

「さっきの悲鳴から察するに奴はゴブリンに襲われたはずだ。それなのに怪我したあいつだけあそこにいるってことはゴブリンに囮にされている可能性が高いってことだ」

囮――つまり餌ってことか。僕たちがレイルを助けに行った瞬間に潜んでいるゴブリンが襲ってくる可能性がある、とガイは言いたいんだと思う。

「確かに変よね。ガイの言うように迂闊に飛び出さない方がいいと思う」

フィアもガイの考えに同意なようだ。確かに罠ならそうかもしれないけど――。

「だからってこのままってわけにはいかないよ。なんとかして助けないと！」

「……本当に助ける必要あるのかよ？」

ガイの言葉に僕は耳を疑った。

「そんなの当たり前じゃないか。冒険者として困ってる人を放ってはおけないよ」

「……あのレイルはお前をロイド殺しの犯人だと決めつけていた男だろうが。それに兄弟揃ってお前らにちょっかい掛けていたような連中なんだろう？」

「それは――」

ガイの言葉に僕は口ごもってしまった。確かにそうだ。レイルは僕のことを弟のロイド殺しの犯人だと考えていた。

　随分と突っかかられもしたし今だって僕のことを疑っていることだろう。でも――。

「それとこれとは別だよガイ。何を思われていてもレイルだって同じ昇格試験に挑んでいる冒険者だ。目の前で危険な目にあってるなら助けるべきだと思う」

　僕はまっすぐガイを見つめながら伝えた。

「それは綺麗事だろう？　レイルは今ここでお前が助けたところで感謝なんてしねぇ。どうせ性懲りもなくお前を追い詰めようとするさ」

「……それでも構わないよ。それにこの状況で黙って見過ごすぐらいなら綺麗事と言われようと、僕は助けるべきだと思ってる」

　今の気持ちをはっきりと伝えるもガイは渋い顔をしていた。

「ガイ。私はネロの肩を持つ。私もいま怪我している相手を放っておくなんてできないもの」

「セレナ――チッ、全く揃いも揃ってお人好しばかりかよ」

　ガイがボリボリと頭を掻いた。

「見て、ネロ！」

「スピィ！」

　するとエクレアが声を上げ指でレイルを示した。見るとレイルの側に矢が刺さっていた。しかも間隔をおいて二本三本と突き刺さっていく。

「くそ！　こいつは恐らくゴブリン側に気づかれてる。これは完全に誘いだ」

「うん。でもそれなら——僕に手があるんだ」

「手？」

憤るガイに僕が答えた。するとフィアが反応し尋ねてきたんだ。

「見てて——水魔法・水濃霧！」

僕が魔法を行使するとレイルの周囲に濃い霧が発生した。これで近くにゴブリンがいたとしても僕たちを視認できない。

「今のうちに」

「仕方ねぇ急ぐぞ！」

僕たちは霧が発生している間に急いでレイルの下に移動した。ガイも納得してくれたようだよ。そしてガイと僕でレイルの肩を担ぐ。

「な、だれだ！」

「静かにして。声で気づかれちゃうよ」

「その声——まさかあのゴミか！」

僕の声でレイルが反応した。わかっていたけどいきなりゴミ扱いされるなんてね。でもそんなこと気にしていても仕方ない。

「ちょっとそんな言い方ないでしょう。ネロは罠だとわかっていてもあんたのこと助けたいって。だからこうやって危険なことは承知で助けようとしてるってのに」

「ぐっ、どうせそうやって恩に着せて弟のことを有耶無耶にするつもりだろうが！」

「馬鹿か！　そのつもりならここで見捨てた方が早いだろうが！　もういいからテメェは黙ってろ！」

ガイが圧を込めた口調で言い放った。キッとレイルが睨むけど怪我をしている状況だ。すぐに口を噤んでしまう。

「早く行こう」

僕たちはレイルを担いだまま先を急ぐ。そして霧から離れたところでエクレアが後ろを振り向いた。

「念の為、ハァアアァアア！」

電撃を纏った鉄槌を霧に向けて振り抜く。すると霧の中で電撃が迸りゴブリンの悲鳴が聞こえてきた。

「これでよし。急ごう、ネロ」

「うん。ありがとう、エクレア」

そして僕たちはレイルを助けその場を離れたんだ。

「……こんなことで俺が絆されると思ったら大間違いだからな」

「はは……」

レイルはやっぱり僕を疑ってるみたいだ。一度は口を噤んだけどやっぱり止まらなかった。

「お前いい加減にしておけよ」

「フンッ」

ガイに言われレイルが鼻を鳴らした。その後安全そうな場所まで移動したところで手持ちの生命の水を足に掛ける。これで怪我も治るはずだ。

「これでだいぶ良くなるはず」

「……なんでここまでする」

「え？」

レイルが聞いてきた。足を治療して楽になったのか口調にも余裕が出てきた。

「そこの男の言う通り放っておいた方がお前にとっては良かっただろう」

「……良くないよ。そんなことしたら僕は冒険者失格だ」

「は、こういう男なんだよ、ネロは。言っておくが俺なら確実に見捨てたからな。失格だろうと関係ねぇよ」

ガイはそう言ってくるけど僕は結局見捨てないんじゃないかと思ってる。ガイだってなんだかんだでそういう男だと思うよ。

「ネロは貴方のために貴重な回復薬まで使ったのですよ」

「そうよ。あんた少しは感謝しなさいよね」

「………………」

セレナとフィアに言われるもレイルは答えなかった。それからは暫くレイルも黙っていた。

僕たちは移動を再開させる。同じ場所に留まるのは危険だ。暫くは一本道が続いているよ。

「スピィ！　スピィ！」

「スイム急にどうしたの？」

突然スイムが騒ぎ始めた。エクレアが心配そうに尋ねると、スイムは突如前方の壁に向けて水を放出。

壁に命中するなり燃焼した。スイムの特技である燃える水だ。それをどうして？　と思ったけど――。

「「「ギャギェ！　ギェギェギェェエェエエ！」」」

突如壁から悲鳴が聞こえてきて燃えたゴブリンが転げ回った。これはゴブリンが壁に擬態して隠れていたってことだよね。

「スイムはこのゴブリンに気がついて教えてくれようとしていたんだね」

「スイム凄い！　私全然気づかなかったよ」

「スピィ～♪」

エクレアとフィアがスイムを褒めて撫でていた。スイムも褒められて嬉しそうだけど、ガイは険しい顔をしていた。

「ガイそんな顔してどうしたの？」

セレナもそんなガイの表情に気がついたのだろう。問いかけていた。

「……スイムが気づいて良かったが、ゴブリンがこんな真似までしてくるなんて普通じゃねぇ。俺たちが思っている以上にまずい状況かもな」

「……フン。今更だな。この俺でさえゴブリンに負傷させられた。言っておくがこいつらの中ではホブゴブリンを含め杖持ちのゴブリンシャーマンやゴブリンアーマーも生まれてる。放っておけばゴブリンの戦力はどんどん増していくだろう」

これまで黙っていたレイルが口を開いた。ゴブリンシャーマン――ゴブリンの中で魔法が使えるタイプはそう呼ばれる。ゴブリンアーマーはゴブリンの皮膚が鎧のように変化し硬質化したものらしい。どれも本来は珍しいものだ。通常は全て同時に生まれることなんてないと言われている。だけどレイルの言う通りならそれらのタイプが出揃っていることになる。

「とにかく先に進むぞ。レイルお前のことは気に入らねぇがこんな状況だ。怪我も治ったなら協力してもらうぞ」

「――チッ」

レイルがそっぽを向いて舌打ちする。ただ嫌だとは言っていない。致し方なしといったところなんだろうけどここは協力してくれるようだ。

そして暫く進むと――途端に騒がしくなってきた。しかもその中には悲鳴も紛れている。確実に戦闘が起きている。

「急ぐぞ！」

ガイが駆け出しすぐさまレイルも飛び出した。僕たちも後に続く。たどり着いたのはこれまで以上に広い空間だった。

しかもここは石筍《せきじゅん》も多く生えていて障害物となっている。岩も多くただ広い空間ということもない。

そしてゴブリンはそれらの障害物を逆に利用して戦っていた。小柄なのも相まってゴブリンにとってこの環境は優位に働くようだ。

「不味いな。ゴブリンは完全に地の利を活かしてやがる」

「くそ！　冒険者が揃いも揃ってなさけない！」

この状況を見てガイとレイルが苦い顔をしている。見ただけでゴブリン側が優勢なのはわかった。中には必死に抗っている冒険者もいるけど、負傷して倒れている冒険者も多い。

「矢に気をつけてください。恐らくですがゴブリンは矢に毒を塗布しています」

セレナがぐるりと広間を見渡し言った。矢を受け倒れている冒険者もいるけど顔色が悪い。そこから毒だと判断したんだと思う。

「セレナは怪我人の手当てだ。この状況で怪我して寝っ転がられるのは邪魔でしかねぇ。あとはセレナへのサポートが欲しいとこだが」

「それは僕が引き受けるよ。毒だけじゃなくてけが人の手当も必要なはず。僕の水があればセレナと協力して回復薬が作れる」

「私も一緒に行く！　セレナとネロは魔法系だしね」

「スピィ！」

「だったらフィアとあとはレイルか、お前やれんのか？」

「バカにするな！　貴様らこそ足手まといになるなよ！」

今の口調、ガイは敢えてレイルを挑発したように見えるよ。そういうところガイは上手いよね。

とにかく今は少しでも状況を良くするために立ち回らないと。ガイの言う通りならきっと【猛獣狩人】や試験官の二人も動き出しているはずだしね――。

「やれやれ。まさかこんなに早く救援要請が入るとはな。とんだ腑抜け揃いだったってわけか」

頭を擦りながらシルバが愚痴る。

「大体わざわざ俺たちまで出る必要ないだろう。【猛獣狩人】もいるんだしな」

「文句ばかり言わないの。それに幾らなんでもおかしいわよ。確かに毎年ダンジョン試験ではそれなりに笛を鳴らす受験者がいるみたいだけど、今回はいっぺんに多数の受験者が笛を鳴らしてるんだから」

そう言ってビスクが眉を顰めた。確かに本来であれば笛が鳴った後に対処するのは控えていた【猛獣狩人】の三人の役目だった。

だがそれも通常の数ならだ。それが今回は異常であるほどの数になっている。それも複数の受験者からほぼ同時にだ。

この事態はあまりに異質だとビスクは考えていた。なにかあるかもしれない――そう考えたビスクも用心のために鳥や狼を何匹も引き連れてやってきている。

「とにかく急ぎま――え？」

「どうやら気がついたようだな」

ビスクが言葉途中で口を噤みシルバが警戒するように通路の奥に目を向けた。先はT字状になっているがその暗がりから何かを感じ取ったようだ。

「武芸・銀操作――」

シルバの両腕に嵌められていた銀の腕輪が変化し鎖状となる。先端は鏃状になっておりそれを先の道に向け伸長させた。

「ギャギャッ！」

「ギギョッ!?」

耳障りな悲鳴が聞こえた。鎖によって何かを仕留めたようだ。シルバの目つきが変化しビスクも身構えた。

「この声――まさか」

「あぁ、恐らくお前の思ってる通りだ」

シルバが答えたそのとき、左右から飛び出してきた六体のゴブリンが二人に向けて襲いかかってきた。

「やっぱりゴブリンかよ」

「まさかこんなところでゴブリンが！」

シルバとビスクが同時に戦闘態勢に入った。ゴブリンはだいぶ頭に血が上っているようだ。シルバの先制攻撃で仲間が何匹かやられたのが原因だろう。

「悪いが雑兵《ぞうひょう》に遅れをとる俺じゃねぇよ」

シルバは戻した銀の鎖を変化させ槍にした。一方でビスクは鞭を取り出し地面を叩くことで従えている狼たちがゴブリンに向けて飛びかかっていく。

「ギャ！」

「ギゲェ⁉」

「グゲギャギャ！」

狼たちはゴブリンの喉笛に噛みついたり爪で切り裂いたりなどでその数を減らしていった。

一方でシルバは巧みな槍捌きでゴブリンの急所を貫き止めを刺していく。一部のゴブリンがビスクに向かっていったが彼女の鞭がそれを許さず、更に狼が止めに入るなどし難なくゴブリンの数を減らしていった。

そして数分後――そこにはもう、ゴブリンの姿はない。

「チッ、こっちで仕留めたのは四体か」

T字路の先で倒れているゴブリンを見てシルバが舌打ちした。向かってきたゴブリンを含めて一〇体いたことになる。今回は片付けたもののあまり機嫌が良さそうに見えない。

「面倒なことになってる気がするぜ。一応確認だがこのダンジョンでゴブリンが生息しているって話は？」

「あるわけないでしょう。ゴブリンはCランク以上の腕前が必要な魔物よ。Cランクへの昇格試験でそんな魔物が徘徊する危険な場所選ぶわけない」

怪訝顔でビスクが答える。実際それはシルバも理解していたことだった。ただでさえゴブリンは不測の事態に見舞われることの多い危険な魔物だと言われているのだから。

Cランク以上推奨とあるがBランク冒険者が同行させられることも多い。つまり本来ゴブリンがいる時点でこのダンジョンは昇格試験には向かないと言えた。

「もし笛が鳴った要因がこのゴブリンのせいだったら大変なことよ。とても試験どころじゃないわ」

「たく。何で今回の試験はこんな厄介事ばかり起こるんだ」

シルバが愚痴る。するとビスクの肩に乗っていたオウムが騒ぎ始めた。

『聞こえるかシルバ！　ビスク！　聞こえてるならこっちに向かってきてくれ。思った以上に厄介なことになってる！』

オウムから聞こえてきたのはノーダンの声だった。これはビスクの武芸の一つであり使役する動物によって様々な効果がある。オウムの場合は番としたオウム同士であればある程度離れた場所からでも声を届けることができる。

流石に通信の魔導具のように、遠方の相手には無理だがダンジョンなどでお互いの状況を確認するには便利な特技であった。

ビスクが連れているオウムから聞こえてきた声から緊迫した様子が感じられた。何よりノーダンが名前を間違えていない。それが状況の深刻さを如実に表していた。

「わかったわ！　今すぐ行くから待っってて！」

ビスクが答える。番のオウム同士は互いの位置がわかる。それを利用して二人は【猛獣狩人】の下へ急いだ。

しかしそこで見たのは予想以上に最悪の光景。【猛獣狩人】が相手していたのは見上げるほど巨大なゴブリンであった。

「これはまさかゴブリンジャイアント？　めったに出ない希少種よ。こんなのまで現れるなんて

「……」

「たく、こんなときに。こいつを相手するだけでもことだぞこりゃ――」

シルバが奥歯を噛み締め言う。これにより試験官二人を含めた五人の冒険者は暫く足止めを喰らうこととなったわけだが――。


「戦える奴はビビってんじゃねぇぞゴラッ！　それとも試験は諦めるってか？　だったら丁度いい！　テメェらが動かねぇならこの【栄光の軌跡】が手柄総取りしてやるよ。テメェら全員俺たちの踏み台になりやがれ！」

ガイが叫んだ。それを聞いていた冒険者のうち、まだ動ける人たちが怒りを顕にする。

「なめんじゃねぇぞ若造！　こっちは経験ならテメェなんかよりずっと上なんだよ！」

「あんなのに馬鹿にされて黙ってられないわ！　ほら！　とっとと起きなさい！」

「やってやる！　やってやるよ！」

そしてガイの言葉に焚き付けられて意気消沈となっていた冒険者たちが再びゴブリンへと向かっていった。口は悪いけどこれがガイなりの発破の掛け方なんだと思う。

「この俺がいるのを忘れるなよ。誰が貴様なんぞに負けるか」

「ハッ。だったら行動で示せよおっさん」

「誰がおっさんだ！　俺はまだ二〇歳だ！」

「え？　嘘、見えないんだけど……」

そんな会話が耳に届く。フィアもなかなか遠慮ないね。た、確かに僕もレイルはもっと上かなって思ってたけどね。

「――こっちの人は大丈夫。こっちは傷が深すぎて私の魔法じゃ対応できないかも。ネロお願いしていい？」

「うん。大丈夫。じゃあ薬を掛けますね」

「す、すまねぇ――」

怪我をした冒険者がうめくようにお礼を言ってきた。足の傷が相当酷くて顔も青ざめている。だから直接患部に生命の水を掛けた。傷がみるみる塞がっていく。

セレナの生魔法は人が本来持つ回復力を増加させることで治療する。だから内容としては自然治癒に近いんだ。

故に怪我の程度によってはすぐに効果は現れない。だけど僕の水にセレナの魔法を込めることで効果が飛躍的に向上し即効性も生まれる。

だから傷が深い相手には僕の生命の水の方が有効だ。ただ瓶の数には限りがあるからね。使い回すにしてもいっぺんには対応できない。

だから生命の水は必要な相手だけに使うようにしてそれ以外のけが人はセレナの魔法で対応していた。

「貴方は毒を受けたのね。大丈夫これなら――」

セレナは毒の治療も行っていた。これも毒への抵抗力を高めて治療するわけで毒によっては効果が薄くなる。ただ今回ゴブリンが使用した毒はそこまで強力でもないようでセレナの魔法で十分対応できるとのことだった。

「ハァアアァァアアァァアア！」

セレナと僕で治療に当たっている間、エクレアが近づいてくるゴブリンたちを寄せ付けないよう戦ってくれていた。

鉄槌を振り回しゴブリンを吹き飛ばす姿はとても勇ましく思うよ。ただ、やっぱり数が多い上、ゴブリンはずる賢い。

わざと怪我人を狙うようにしてエクレアを誘導しようともしていたのだけど――。

「スピィ！」

そこはスイムも頑張ってくれていた。燃える水をゴブリンに浴びせるとゴブリンの悲鳴が響き渡った。

「よし！　おかげで怪我も治った。加勢するぜ！」

「私も！」

セレナの魔法と僕の薬で元気を取り戻した冒険者が戦線に復帰した。これでだいぶ楽になるはずだけど――そのとき、ボコッと土が盛り上がり地面からゴブリンが姿を見せた。

「ネロ危ない！」

「スピィ!?」

「水魔法・水ノ鉄槌！」

エクレアとスイムが叫び、ほぼ同時に僕が魔法を行使。ゴブリンの頭上で水が槌と化しゴブリンを叩き潰した。

その後ボコボコと地面が盛り上がりゴブリンが姿を見せたけど、その都度僕のハンマーが振り下ろされていく。

「助かりましたネロ」

「うん。対応できて良かった。でも驚いたよゴブリンがモグラみたいに潜ってくるなんて」

「違うよネロ。きっとあいつ！」

エクレアが叫んだ。指で示した方を見ると杖持ちのゴブリンによって地面に穴ができていた。あれが恐らくゴブリンシャーマン。ゴブリンの中で魔法を使える個体だ。

「魔法が使えるゴブリンは厄介だ！　とっとと片付けるぞ！」

「待ってまだ何かいる！」

シャーマンを倒しに向かおうとする冒険者たちをエクレアが止めた。見るとシャーマンの脇を固めるように巨大なゴブリン、そうホブゴブリンが二体立っていた。

しかもあれはただのホブゴブリンじゃない。皮膚が鎧のように変化している。アレは特殊個体のゴブリンアーマーに見られる特徴だ。

だけどあれば見た目からしてホブゴブリン、つまりゴブリンアーマーの特徴を備えたホブゴブリンアーマーといったところかもしれない。

ただ、そんな種がいるなんて僕は知らない。もしかして新種かもしれないけどただ一つ言えるのはかなり厄介なゴブリンであるってことだね。

「おいどうすんだよあれ！」

「しらないわよ！　大体私たちゴブリンだってまともに相手したことないんだから！」

冒険者たちに明らかな動揺が広がった。そもそもここにいる冒険者は全員Dランク。知識としては知っていても実戦でゴブリンと戦ったことのある人はそこまで多くない。

あるにしても他の高ランク冒険者のサポートとして同行したなどだろう。僕も含めて経験値は圧倒的に足りてない。それが現実だ。だけど——。

「気持ちはわかるけど、ここで泣き言を言っても仕方ないよ。やらなきゃ僕たちは全滅なんだ！」

僕はそう叫びホブゴブリンアーマーに杖を向けた。

「水魔法・酸泡水浮《さんほうすいぅ》！」

魔法を行使。途端に大量の泡がゴブリンシャーマンやホブゴブリンアーマーを取り囲んだ。

「おいおいこんなときにシャボン玉とか遊びじゃねぇんだぞ！」

「偉そうなこと言っておいてなんなのよあんた！」

僕の魔法を見た冒険者たちから非難が飛んだ。やっぱり水魔法だからどうしても信頼度が低いのかもしれないよ。

「ネロのこと何も知らないくせに勝手なこと言わないでよ！」

「スピィ！　スピィ！」

するとエクレアとスイムが僕を庇うように声を上げていた。スイムは頭から湯気が吹き出ている。

「ググッォォォオォオォオオ！」

そのときホブゴブリンアーマーの叫び声が聞こえてきた。見ると全身から煙が上がっていて肌の一部が焼けただれている。

「なんだ？　何が起きた？」

「これは強酸の泡なんだ。触れたら泡が破裂して強酸にやられる。これであいつらもそう簡単に動けないはずだ！」

僕がそう説明する。もっともこれだけでは決定打にならないだろう。ただ足止めにはなる。今のうちに態勢を立て直して――。

「グギャ！　ギャギャッ！」

ふと、聞こえてきたのはゴブリンシャーマンが発した声。そしてゴブリンシャーマンが杖を掲げるとホブゴブリンアーマーの全身が淡く光った。

「グォオォォォォオオ！」

途端にホブゴブリンアーマーが咆哮し泡の中に突っ込んできた。そんな、あれに触れたら強酸を浴びることになるのに全く躊躇しないなんて――ゴブリンシャーマンが嫌らしい笑みを浮かべていた。

もしかして何らかの魔法で痛みに強くした？　もしくは精神に干渉する魔法だったのかもしれない。

だけどゴブリンシャーマンがそんな魔法を？　しかも地面に穴をあける魔法を事前に使っていた。

シャーマンといえどゴブリンが種類の違う魔法を操るなんてそんな話は聞いたことがない。

「おい！　出てきたぞ！　ロードだ！」

そのとき、レイルの声がダンジョン内に響き渡った。見るとガイたちが戦っている方向からとんでもない圧力を纏うロードが姿を見せていたのだった。通常のゴブリンとは比べ物にならない。体も大きく見ているだけで圧迫感がある。

それは同時にロードとしての風格にも感じられた。だけどあんなの相手してガイたちは大丈夫なのか……。

「おい！　ロードに気を取られてる場合じゃねぇぞ！　こっちだってやべぇんだ！」

冒険者の一人が叫んだ。確かに――こっちはこっちでホブゴブリンアーマーとゴブリンシャーマンを相手している。油断できる相手ではないよね。

「大体あんたのさっきの魔法で逆に怒らせたんじゃないの？」

「水魔法なんかで中途半端なことしやがって！」

冒険者の何人かが僕に向けて悪態をついた。みんなどことなく苛々している。

「いい加減にして！　文句を言う前に自分でもなにかしたらどうなの！」

「スピィ！」

エクレアと僕の肩に乗ってるスイムが声を荒らげた。僕のために怒ってくれているんだ。それなのに黙って見ているわけにはいかないね。

「水魔法・放水！」

魔法を行使しホブゴブリンアーマーとゴブリンシャーマンへ纏めて水を掛けてやった。

「何それ？　こんなときに水を掛けるだけって何のつもりよ！」

「エクレア！」

「もちろん！　ハァアアァァアアア！」

冒険者が怒りを顕にしているけど、構うことなくエクレアが大きく跳躍し武芸を行使する。

「武芸・雷撃槌《らいげきつい》！」

雷を纏った鉄槌の一撃。これにより電撃が水を伝いホブゴブリンアーマーとゴブリンシャーマンを捉え感電させ大きく吹き飛ばした。

「おお！　やったな嬢ちゃん！」

「雷が扱えるの？　凄いじゃない」

エクレアの攻撃を見ていた冒険者たちが歓声を上げた。しかしエクレアの表情はすぐれなかった。

「今のは私だけの力じゃない。ネロの水魔法があったからこそよ。雷は水と組み合わせるとより強力なんだから」

「スピィ！」

エクレアがそう説明しスイムも同意するように鳴いた。冒険者たちが顔を見合わせる。

「おい、そんな話聞いたことあるか？」

「私はないわよ。大体本来水なんて使い物にならない属性だし」

「水の紋章持ちとなんて敢えて組むことはないもんなぁ」

冒険者たちが口々に言う。エクレアの言葉を信じきれていない様子だ。だけどそんなことは関係ない。今はそれよりゴブリンだ。

「別に僕のことを信用してくれなくてもいいから、今はゴブリンを退治することに集中しましょう！」

「ギグゥゥウ――」

冒険者に聞こえるように声を大にした。そのとき、倒れていたゴブリンからうめき声。見るとゴブリンシャーマンが起き上がりこっちを睨んでいた。

こいつ、エクレアの強化された雷を受けてもまだ起き上がれるのか？　ただ、かなりボロボロだ。

「グギャッ――」

するとゴブリンシャーマンが杖を持ち上げ、思いっきり地面に打ち付けた。一体何を？　と思った瞬間、僕の足元が崩れ感じる浮遊感。

「ちょ！　ネロ！」

「スピィイィィイィィイイイ！」

そしてエクレアの悲鳴が聞こえる中、僕は肩に乗ってるスイムを庇うようにしながら穴の底へと落下した――。

――おい。

――おい。

誰かの呼ぶ声が聞こえてきて頭の中が次第にはっきりしていく。目を開けるとそこには仮面をした女性の姿があった。左半分に仮面をつけた女性――。

確かこの女性は【仮面人格】のメンバーの一人だったよね。確か名前は……。

「えっと、シャドウ・フェイスさん？」

「――気がついたか。よく覚えていたな」

淡々とした口調でシャドウが答えた。う～ん表情の変化が乏しいから感情がわかりにくいけど、状況的に僕を助けてくれたのは間違いなさそうだ。

「スピィ！」

「スイム！　良かった無事だったんだね」

僕が上半身を起こすとスイムが胸に飛び込んできた。凄くプルプルしているよ。心配掛けちゃったね。

「……そのスライム。お前のことをずっと気にしていたぞ」

「そうだったんだね。ごめんね、スイム。心配掛けて」

「スピィ～♪」

頭を撫でてあげると甘えるようにスイムが声を上げた。見たところスイムにも怪我はないようで一安心だね。

「シャドウさんが助けてくれたんですね。ありがとうございます」

「……私はただ通りかかっただけだ。倒れていたから声を掛けた」

シャドウが言う。やっぱりどことなく淡々としているけど、それでも気にかけてくれたんだよね。

でも、見たところ僕も特に怪我は、て！

「うわ！　ここ骨ばっかり⁉」

「……あぁ。その骨がクッションになって助かったのだろう」

この人、全然動じてないや。何か悲鳴を上げてしまってちょっと恥ずかしい。

「でもこれって人骨？」

「そうみたいだな」

抑揚のない声でシャドウが答えた。周囲は骨だらけだ。ダンジョン下層へ落ちて死んだ冒険者なんだろうか？

「あの、ところでここがどこかわかりますか？　ちょっと上は大変なことになっていて早く戻らないと」

「残念だがわからない。私も罠にかかりいつの間にかここにいた」

罠で？　ダンジョンに設置された罠ってことだよね。確かに罠の中には下層に転移させるようなものも存在するらしいけど――。

「そうなんですね。じゃあ他の皆さんは？」

「逸れたからわからない。無事だといいが」

「そ、そうですね。ただでさえ今はゴブリンロードが出て大変ですから」

「……そうなのか。確かにゴブリンをよく見るなとは思ったが」

シャドウが顎に手を添えて考え込むようにして呟いた。

「ゴブリンロードのことは認識してなかったんですね」

「少し妙だと思ったぐらいだ」

そう言われてみると確かにあの場には【仮面人格】のメンバーはいなかった。どこか違う場所で探索していたということかな。

「今はここも危険な状態です。すぐにでも皆と合流しないと」

「……そうだな。それなら戻れる道を探さないと」

「はい！」

「スピィ！」

そして僕はシャドウと一緒に帰り道を探すことになった。といってもここがどこなのかさっぱりわからないんだけど――。

そのときだ。奥の方から雄叫びが聞こえ地面が揺れた。

『グォオォォオォォォオォォオオ！』

「奥に何かいる⁉」

「……行ってみよう」

「あ、まってシャドウさん気をつけて！」

「スピィ！」

スタスタとシャドウが奥へ向かっていく。ご、豪胆な人だなぁ。僕はスイムを肩に乗せてその後を追いかけた。

奥へと進んでいくと信じられないものがそこにいた。それは――ゴブリンロードだった。上で見たはずのゴブリンロードがここにいたんだ。

ただこのゴブリンロードは恐らく上のとは別だ。このゴブリンロードは手に斧を持っていた。上のゴブリンロードは何も持ってなかったはず。

でも、そんなことがありえるのだろうか？　ゴブリンロードが同時に二体現れるなんて話、冒険者の間でも聞いたことがない。

だけどそれよりも驚いたのは、ゴブリンロードと一緒にいる少女の姿。彼女はアイスだった。しかもたった一人でアイスはゴブリンロードと対峙している。

「アイス⁉　どうして君まで？」

「ネロ――気安くアイを呼ぶな。凍すぞ！」

えぇ！　こんなときでも名前で呼ぶのに怒るの⁉　でも今それどころじゃない。相手はゴブリンロードだ。早く助けないとアイスが――。

「アイス！　加勢するよ」

「気安く呼ぶなと言っただろう！」

「えぇえぇえぇえ！」

僕に向けてアイスの手から氷弾が飛んできた。当たったのは僕の足元の地面だったけど、まさか攻撃されると思わないから驚いたよ。

「ちょ、仲間割れしている場合じゃないよ」

「お前と仲間になった覚えはない。それにこいつ程度アイだけで十分――」

「危ない！」

アイスがこっちに集中している隙をついてゴブリンロードがアイスに向かってきた。手にはどこで手に入れたかわからない巨大な斧が握られている。それをアイスの前で振り上げる。僕は魔法を行使していた。

「水魔法・水ノ鎖！」

「氷魔法・無慈悲の雹群――」

僕とアイスの魔法がほぼ同時に行使された。僕の放った鎖がゴブリンロードを縛り付けその動きを止め、アイスの魔法によって氷の粒が降り注ぐ。

氷の粒が当たるたびにゴブリンロードの体が凍てついていき最後には全身が氷漬けになりボロボロと崩れていった。

これがアイスの氷魔法――まさかここまでとは思わなかったよ。正直僕の助けなんていらなかったんじゃないかと思える。

「ゴブリンロードをこうもあっさりとは。凄まじいな」

背後からシャドウの声が聞こえた。本来ゴブリンロードは高ランク冒険者が相手するような強敵だ。それを瞬殺できるアイスは凄いと言えた。

「凄いよ、アイス」

「お前、アイは貴様の助けなど必要ないと言ったはずだ！」

アイスに声を掛けると鋭く睨まれ僕に詰め寄ってきた。

「ごめん。今のは危ないかもと思った」

「危ない？　アイの氷魔法は絶対に負けない。三流以下の水の紋章持ちと一緒にするな」

アイが苛立ちを見せる。本当に僕は彼女に嫌われているんだな。何故なのか理由がわからないけど。

「あ、あのさ。僕、君に何かしたかな？」

「……お前はアイが凍す。そう言ったはず。だけど、丁度いい。今なら邪魔は入らない！」

そう言ったアイの右手に氷がまとわりつき研ぎ澄まされた刃になった。そして僕に向けてその刃を振るう。

「ちょ！　待って！」

「スピィ！」

思わず飛び退く僕。まさかここで僕と戦うつもり!?　スイムも驚いているよ！

「待って待って！　今はそれどころじゃないよね？」

「むしろ今こそがそのとき。どちらにしてもアイはお前を凍す必要があった」

いや丁度いいって近くにシャドウもいるんですが!?

「しゃ、シャドウさんからも何か言ってくれませんか！」

アイスは気持ちが高ぶっていて僕の声は届きそうにない。第三者のシャドウなら上手く説得してくれるかもしれないよ。

「それは無理な相談だ。見るにその者にとって譲れないものがあるのだろう。ならば真剣勝負に口を挟むつもりはない」

いやいや！　その勝負、僕が望んでないんですけど！　完全にアイスの一方通行なんですけど！

「アイはお前を凍す。覚悟する。氷魔法・銀氷の燕」

アイから漏れる冷気が増した。すると、無数の氷の燕が僕に向けて飛んできた。アイスも本気だ。本気で僕と戦おうとしている。

「仕方ない。水魔法・水守ノ壁！」

魔法によって水でできた壁が目の前にできあがった。氷の翼は壁に阻まれ僕には届かない。

でも、アイスとこのまま僕は戦わないといけないの？　正直今はそれどころじゃないというのに――。

「やめてよアイス！　僕には君と戦う理由がない！」

アイスの魔法を壁で防いだ後、僕は彼女に訴えかけた。だけど彼女の目は至極冷たい。

「この期に及んでまだそんなことを。お前にそのつもりがなくてもアイにはある。氷魔法・氷輪演舞――」

そう言ってアイスは更に魔法を行使した。無数の氷の輪が形成され僕に襲い掛かってくる。その軌道は変則的でまるで踊っているようにも感じられた。

輪の部分は鋭利な刃物のようで当たればただでは済まない。

「水魔法・一衣耐水！」

この軌道は壁や盾だと避けられてしまい防御範囲外から攻撃を受けてしまう。だから全身に水の衣を纏う魔法で防御を固めた。

「くっ!?」

「スピィ!?」

氷の輪の一部が僕の肩を掠めた。水の衣を纏っていても完全にはダメージを防ぎきれず鮮血が舞った。

「無駄なことを――」

アイスが呟き軌道の変化した氷輪が再び迫る――そのときスイムが僕を庇うように飛び出した。

「スイム駄目！」

「スピィ！」

「――ッ！」

スイムに向けて手を伸ばす。だけど迫っていた氷輪が軌道を変えてアイスの下へ戻っていった。これは、アイスが？　スイムを傷つけまいと軌道を変えてくれたの？

「スイム、大丈夫？」

「……スピィ！」

スイムを掴み僕が尋ねるとスイムが元気良く返事した。良かった。でもこんな無茶はもう止めて欲しい。

「スイム。僕のために飛び出してくれたのだろうけど、もう無茶は止めてね」

「スピィ～――」

スイムをぎゅっと抱きしめるとスイムが細い声で鳴いた。僕にとってスイムは掛け替えのない友だちだ。絶対に失いたくない。

「――そのスライムを離れさせておけ。これはアイとお前の戦いだ」

アイスが僕を睨みながら言った。この子やっぱり根は悪い子じゃないと思う。僕に対してだけ冷たい態度を取っているんだ。

「アイス、聞いてくれ。僕は君と戦いたくない」

「……アイはお前を凍す。それがアイの使命！　どうしても言うことが聞けないなら今度はそのスライムごと凍すぞ！」

アイスが僕に杖を向けて叫んだ。だけどそれはきっと本心じゃないよね。でも、今確かに使命と言った。それって僕を凍すことがってこと？　これは何が秘密がありそうだけど――。

「アイス。君はスイムを攻撃できないよ。それは僕にもわかる。君はきっと本当は優しい子なんだよね。でも、わかったよ」

アイスに向けて気持ちを伝え、僕はシャドウに近づきお願いする。

「少しの間、スイムを預かって頂いてもいいですか？」

「……わかった」

シャドウの返事は短かったけどスイムを受け取り優しく抱き寄せてくれた。

「スピィ……」

「大丈夫だよスイム。僕が絶対に解決してみせる」

スイムの頭を撫でて後はシャドウに任せた。スイムが心配そうに僕を見ていたけど、僕は笑顔で返

した。

「……水の紋章では絶対にアイには勝てない。さっきの魔法でそれは証明された」

「――昔の僕ならそう思ったかもしれないけど、今の僕は違う。ただ僕は君に勝とうとは思わないよ」

「何？」

「僕は君の考えを変えたい。そのために戦う」

「――そんなの無理。水しか使えないお前如きにアイは負けない」

「それはやってみないとわからないよ。僕は絶対に諦めない！」

「――生意気。教えてやる。水では絶対に氷に勝てないということ！」

そしてアイスが再びあの氷輪を飛ばしてきた。まずはこれをなんとかしないといけない。

「水魔法・水ノ鎖！」

僕は輪を鎖で搦め捕れないか試した。だけど――。

「無駄。アイの氷輪はそんな鎖じゃ止まらない」

水ノ鎖があっさりと氷輪に切断されてしまったよ。

「無駄だと言った。所詮水は脆弱。氷の上にはなれない。自然の摂理がそれを証明している」

アイスが語った。その言葉、僕はそれに近いことを言われたことがある。そうあれは数年に一度訪れる大寒波があった年――滝や湖も完全に凍てついていた。

『見たかネロ。氷が水に取って代わったぞ。これこそが水の脆さと弱さを証明している。所詮水など脆弱だ。火によって消滅し氷が生まれればそこに存在することも叶わない。まさにこの世にとって不必要な物。水などなくても何も困ることはないのだ――』

それがあいつの考えだった。だけど本当にそうだろうか？　水はもちろん世界に必要だと思うし、それに僕は昔から朧げに考えていた。もしかして水と氷にそこまでの違いはないのではないかって。

そうあの滝にしても水が氷に変化したと考えれば――それなら一体何が要因か――そうだ。氷が水にとって変わるとき、それは寒い日だった。

つまり水は冷たくなると氷に？　だとしたら逆に氷は――。

「閃いた！　水魔法・熱噴水！」

僕は今閃いたイメージを魔法に変化させ行使した。地面から勢いよく水が噴き出てくる。

「無駄なこと！　そんなものでアイの氷は止められない！」

「それはどうかな？」

アイの操る氷輪が僕の噴水に飲み込まれた。そして氷輪は水の中で、そう熱湯と化した僕の水の力で溶けていき勢いを失い地面に落ちて割れた。

「よし！　やっぱり僕の考えは間違ってなかったんだ！」

「馬鹿な！　どうして、どうしてアイの氷が水なんかに！」

「アイス。それはね。氷と水は表裏一体。元々は一緒の物だったんだよ。だからアイス僕たちはいがみ合う必要なんてない――」

「ふざ、けるなぁあぁぁあああぁぁああ！」

僕はこれをチャンスと考えアイスを説得しようと思ったのだけど、アイスが激昂した。これまでと違って表情にもしっかり怒りの感情が現れている。そんなどうして――。

「水と氷が一緒だと？　そんな馬鹿な話ありえない！　水は役に立たない紋章！　存在してはいけない属性。だから凍す！」

アイスは頑なだ。水を認めず氷の方が上だと主張する。だけどそれだけが僕を狙う原因ではないはずだ。

「アイス。君はさっき僕を倒すことが使命と言っていた。それって一体どういう意味だったの？」

「……お前に答える義理はない。一つだけ言える。お前はアイが凍す！　氷魔法・氷双刃！」

アイスの両手に氷がまとわり付き刃に変わった。そしてその刃を手に僕に向けて斬りかかってくる。

だけど――大丈夫。これなら避けられる！

「……魔法師にしてはなかなかの動きだ」

シャドウの声が聞こえた。もしそう見えたならガイのおかげかもしれない。身近でガイの剣捌きを見ていたから魔法師のアイスの動きには目がついていけている。

「氷魔法・氷場演滑《ひょうじょうえんか》――」

するとアイスが更に魔法を重ねた。途端に周囲の地面が凍てついて、アイスの足にも変化。氷でできた刃が足に備わった。まるで靴を履いているかのようにも思える。

「これで決める――」

一つ呟きアイスが地を強く蹴り地面を滑り加速した。僕の周囲を高速で滑り様子を窺っていた。

そして加速の乗ったアイスが距離を詰め氷の刃で切りつけてくる。

「お前はアイの動きについてこれない」

「くっ！」

アイは両腕の刃だけじゃなくて、足につけた刃でも攻撃してきた。正直何もないときの氷の刃はそこまで怖さはなかったけど、今は別だ。地面が凍結したことで足元が滑りやすく僕の動きも制限されている。

逆にアイスは地面を凍らせて滑ることで動きが圧倒的によくなっているよ。

「――ッシ！」

それでも僕は紙一重のタイミングで何とか躱した。だけどアイスの攻撃は更に苛烈になる。

「アイの攻撃を避けるだけ。お前ではアイには勝てない！」

確かにその通りだね。アイスは徐々に速度を上げている。おまけに僕は氷上では上手く動けない。

このまま行けばジリ貧だ。それなら――。

「水魔法・水ノ鎖！」

僕も負けじと魔法を行使。だけどこれは攻撃のためではない。アイスの腰に巻き付いた鎖を僕は掴み地面を滑った。

「お前、何してる！」

「あはは、これなかなか楽しいね」

アイスが戸惑っていた。彼女の動きに翻弄されていた僕が、急に腰に鎖を巻き付けて滑り始めたものだからアイスも驚いている。

「こんなもの！」

「ならもう一本！」

アイスが僕の鎖を断ち切るけどその都度別の鎖を巻き付けた。

「いい加減にしろ！」

遂にアイスがキレ気味に足を止め僕の鎖を自らの手で引き始めた。無理やり僕を引き寄せて攻撃しようと思ったのだろうね。

そして僕がアイスの射程内に入りそうになったとき、僕はアイスに杖を向けた。

「水魔法・水泡牢《すいほうろう》！」

杖から飛び出た泡がアイスの全身を包み込んだ。以前ギルドマスターのサンダース相手にも使用した魔法だ。

この魔法は巨大な泡で相手を閉じ込めることができる。ただ、その後検証してみたけど、泡の届く射程は短いし包み込む泡の動きもそこまで速くはない。

あのときは正気を失っていたサンダースだから上手く閉じ込めることができたけどアイス相手では厳しかった。だからこうして自ら僕を引き寄せてくれたのはありがたかったよ。

「これで君は動けないね。良かった少しは落ち着いてお話できるかな？」

「アイと話す、だと？　お前、まだそんな寝ぼけたことを言っているのか」

アイスが僕をキッと睨んできた。だけど気にしない。この状態ならアイスはこれ以上何もできないはずだ。

「アイス。君は氷魔法を馬鹿にしていたけど水魔法だって頑張ればここまでできるんだよ」

そうアイスに語りかけた。アイスに少しでもわかって欲しい。そして彼女の心を少しでも溶かすことができれば――。

「調子に乗るな。この距離はアイにとっても好都合。氷魔法・氷結の棺――」

アイスが魔法を行使した⁉　この状況でそう思った瞬間全身にヒヤリとした感覚。僕の全身を包むように冷気が発生しそして足元から徐々に凍り付き始めた――。


「――水にしてはなかなかだった。だけどこれまで。宣言通りアイが凍した。アイの勝ちだ」

魔法によって氷の棺に閉じ込められたネロを認めアイスが呟いた。その瞳からは感情が消え去り氷のような冷たさが感じられる。

「ほう。これは驚いた」

「スピィ！　スピィ！」

アイスを見つめながらシャドウが言葉を発した。その手に抱かれたスイムが必死に声を上げネロに呼びかけている。

氷漬けになったネロを見てパニックを起こしているようでもあった。

「スピィ！　スピ～～～！」

「少し静かにしてもらえるかな？」

「～～～～!?」

スイムの声が止んだ。いつの間にかスイムを黒い影が包み込んでいた。この影の影響でスイムは声を発せないようである。

「さて、それでお前はこれからどうするつもりだ？」

そしてシャドウがアイスに問いかけた。

「……どう？　お前が何を言っているかアイには理解できない」

「見る限りはお前はネロを氷漬けにしただけだ。今後はどうするつもりだ？」

「…………」

話を聞きアイスが訝しげにシャドウの顔を見た。仮面に隠れていない方の顔には薄い笑みが浮かんでいた。

「──どうもしない。こいつはもうここから動けない。アイスの氷は溶けることなくこの男をここに閉じ込めておくだろう。それで終わり」

そうアイスが答えた。その表情にはどこか陰が感じられる。

「……そうか。どうやらネロによってお前の心にも変化が訪れていたと見える」

「何？」

シャドウに指摘されアイスが僅かに動揺を見せた。どうやら彼女にとってそれは触れられたくないことだったらしい。

「お前はこれまで彼の水の力を一切認めていなかった。だがさっきの発言では逆に認めていた。そして氷漬けにした後の対応――本来ならこの程度で終わらせるつもりはなかったのではないか？」

「――何だお前は。一体どういうつもりだ？　そもそも何の目的でここにいる？」

アイスが険しい顔付きで問い返す。シャドウはたまたまここに居合わせたに過ぎないはずだが、アイスは違和感を覚えたようだ。

「別に――私たち【仮面人格】は顔を仮面で隠している。仮面は顔を隠すと同時に心さえも隠すとされる。故に私たちも興味を持つのだ。アイス、お前がつけている視えない仮面、その下に一体何が隠されているのか――」

そこまで語った直後、シャドウがフッと笑いアイスに人差し指を向けた。

「どうやら誤算が生じたようだな」

「――何を言っている？」

「よく見てみるのだな。お前が凍らせた相手を」

「――ッ!?」

アイスが弾かれたように振り返る。そしてその目が見開かれた。ネロを封じ込めていた氷――そこからポタポタと水が滴り落ちていた。更に蒸気が氷の中から湧き出す。

「な、これは……」

「お前が思っていた以上に、その子の水の力は強かったようだな」

シャドウが答えた直後、氷の棺に罅が入り次第に亀裂が広がっていき砕け散り中から全身水浸しになったネロが出てきた。

「スピィィイィィイイ！」

スイムがシャドウの腕の中から飛び出しネロに駆け寄った。スイムを覆っていた影は既に消失している。

「スイム、ごめんね心配掛けて」

「スピィ〜！」

そして飛び込んできたスイムを優しく受け止めるネロなのであった——。


アイスの手で僕は氷の中に閉じ込められた。でも不思議なことに恐怖感とかはなかった。氷の中でもわりと意識はハッキリしていてこれからどうするか考えることができた。

水と氷は表裏一体。元を正せば一緒の物。水は冷えることで氷になり逆に温まれば水に戻る。それを理解していれば自然と解が見えた気がした。

氷も水と一緒ならきっと僕の魔法で掌握できる。それなら——そのとき頭にピカンっとした閃き——閃いた！　水魔法・水温上昇！

自然と僕はその魔法を行使していた。水の温度を上昇させる魔法。だけど氷も元が水なら僕の魔法の適用内なはずだ。

僕の考えは正しかった。僕を閉じ込めた氷の温度がぐんぐん上昇し次第に溶けていく。そして温度が上昇したからか蒸気が発生し氷に罅が発生し亀裂が生じそして——割れた。

「スピィ〜！」

僕が解放されたことを確認したスイムがダッシュで飛び込んできた。鳴き声を上げるスイムを僕は抱きとめる。

「心配掛けたね、スイム」

「スピィ～――」

涙ぐむスイムを僕はギュッと抱きしめた。そして視線をアイスへと向ける。

「まさか、そんな筈がない。アイスの氷が水に負けるなんて……あり得ない――」

ワナワナと肩を震わせアイスがブツブツと呟いていた。氷を溶かされたのがそれだけショックだったということなんだろうね。

「違うよ、アイス。負けたんじゃない。勝ち負けなんて無いんだ。だから僕も君の生み出した氷に干渉できた」

「黙れ！　氷魔法・逆上氷柱！」

アイスが魔法を行使した。地面から次々と氷柱が生えてくる。

「水魔法・鉄砲熱水波！」

僕は僕で新たに魔法を行使。水温上昇の応用だからか閃きは必要なくなった。元の魔法を熱する、それだけでも効果は変わるんだ。

熱い水が氷柱を飲み込み溶かしていった。見るとアイスの表情が強張っていた。

「こんなことありえない。アイの氷が水なんかに……」

「アイス。よく見て欲しいんだ。君の氷は僕の熱湯と化した水で溶けて水になった」

「黙れ黙れ黙れ！　だったらお前は逆に水を凍らせることができるとでも言うのか！」

「……多分」

「嘘をつくな！　だったらやってみろ！　やれるものなら！」

「それができたら水と氷は一緒だと認めてくれる？」

僕はアイスを見つめたまま問い掛ける。アイスは僕の目を見て一瞬戸惑ったけど――。

「もしできるならアイは認めてやる、やれるものならやってみろ！」

アイスの答えは肯定だった。ふと僕の頭の中でイメージが湧いた。これなら――。

「閃いた――」

僕がそう呟くとアイスの肩が震えた。アイスはもう心の何処かではわかっているのかもしれない。だけどそれを認めたくないだけなんだ。だから僕がその気持ちごと溶かしてみせる。

「水魔法・瞬凍水！」

僕の杖から水が噴き出した。それを見たアイスがフッとほくそ笑む。

「あはは、やっぱり駄目だった。そんなのただの水！　アイの勝ち！」

「いや、よく見てよ」

勝ち誇るアイス。だけど僕の放出した水は地面を濡らすと同時に凍てついていく。アイスに掛かった水も凍りつき、あたり一面に氷が広がっていった。

「これが僕の水の力。そして水と氷が一緒だという証明だ」

「そ、そんな――」

アイスが項垂れその場に跪いた。恐らく戦意は喪失してると思う。もっともこの氷はアイスほど強力じゃない。だからこそ凍てついたアイスにもそこまでのダメージはないんだ。

とはいえこのままじゃ冷えるからね。僕は水温上昇の魔法で氷を溶かしてからアイスと向き合った。

「アイス。その、大丈夫？」

「……は？　なにそれ。同情のつもり？　凍すぞッ！」

凄い睨まれた！　うぅやっぱり嫌われているのには変わらないよね。でも――

「これで少しは水の力を認めてくれるかな？」

「……約束は、約束。でもそれだけ。アイの目的は変わらない。今回は負けを認める。だけどいずれお前を凍す！」

「そのことなんだけど――僕を凍すという使命。それはアクシス家からの依頼？」

「――ッ!?」

アイスの表情が変わった。やっぱりだ。なんとなくそんな気はしたんだ。

「やっぱりそうだったんだ。ということは君は僕が誰かは知ってるんだね」

冒険者の僕はネロとだけ名乗っている。アクシス家の生まれなのは言ってない。追放されたときに家名は剥奪されたようなものだし、敢えて言う必要もないからだ。

正体を知っているのはギルドの一部の人間だけだよ。

「――裏切り者。水の紋章に生まれたことで逆恨みしてアクシズ家に仇なす愚か者」

アイスが淡々と僕の質問に答えた。まさかそんな風に話が伝わってるなんてね。

「僕は恨んでなんていないよ。確かに家から追放されこそしたけどね。それにもう僕はあの家に関わりたくないんだ」

それが僕の本音だ。以前は冒険者として大成して見返したいという気持ちも多少はあったけど、大切な仲間と巡り会えてそんなことはどうでも良くなった。

もっともハイルトンのときといい、たとえ僕が避けていても向こうから来ることがある。今回のアイスにしてもそういうことなんだろう。

「アイス。君にもできればあの家と関わって欲しくない。自分が育ってきた家だけど、いや、だからこそ言える。彼らの考え方は君とは合わないし深入りしても君が傷つくだけだ」

「分かった風な口を叩くな！」

アイスが叫んだ。怒りが再燃したようでもある。

「お前に何がわかる。アイはお前を凍さなければいけない。家のためにも絶対に！」

怨嗟の篭った瞳をアイスが向けてきた。家のために――彼女の魔法を見ればわかる。きっとアイスの家は魔法の力が強い家系なのだろう。

だからこそアクシス家に利用されているのかもしれない。だけどまさか僕を相手にそこまでのことをしてくるなんて――。

「スピィ！　スピィスピィ！　スピィ！」

すると肩の上のスイムがアイスに向けて叫び出した。必死に何かを訴えかけているようでもある。

「スイムはきっと本能的に君が本当は素直でいい子なんだってわかっているんだと思う」

「何、を――」

スイムの気持ちを知りアイスが戸惑っていた。それが何よりの証拠だと思う。実際僕以外の相手の言うことはよく聞いていたしスイムに食べ物もわけてくれた。根は良い娘なんだ。

「アイは……アイは――」

アイが目を伏せ拳をぎゅっと握りしめた。もしかしたら彼女にも本当はわかっていたのかもしれない。このままではよくないということが。

「話の腰を折るようで悪いが、流石にそろそろまずいのではないか？」

シャドウから声が掛かった。それを聞いて思い出した。僕たちはまだゴブリンの脅威に晒されている途中なんだって。

「そうだったアイス。これ以上時間を無駄にしているわけにはいかないんだ。ゴブリンのせいで君の仲間だって危険な目にあってるかも――」

「ガハッ！」

そのときだった。シャドウの足元から紫色の結晶が飛び出て彼女が天井に叩きつけられた。

「ふむ。人間とは随分と脆弱な生き物であるな」

突然の出来事に驚いていると何者かの声が届いた。見ると長身痩躯の何者かが本を片手にこちらを見ていた。ゆったりとしたローブ姿で見た目は人に近いが肌は緑色。

そして両耳が尖っていた。この特徴――ゴブリンのようだ。ただこいつには髪の毛が生えている。しかし僕の知る限りゴブリンには髪の毛が生えないはずだ。

「ゴブリン……なのか？」

「ふむ。そちらの人間の認識としてはゴブリンと呼ばれる種族であるようだ。だが今の我はゴブリンにあってゴブリンにあらず。我が主の力によって我はより高みの存在へと生まれ変わったのだ」

恍惚とした表情で答えるゴブリン。

こいつは「我が主」と口にした。ということはこのゴブリン以外に誰かが？　とはいえ今はシャドウのことも気がかりだった。

ゴブリンに注意を向けつつ天井のシャドウも確認した。紫色の結晶——紫水晶といったところだね。彼女が天井から落ちてこないのは紫水晶によって上で磔にされているからだった。かなり高い天井なのにあそこまで吹っ飛ばすなんて。

ただ胸のあたりが上下しているのが確認できた。意識を失ってはいるけど息はしているから無事なようだ。

ただ紫水晶の拘束は相当頑丈みたいで力技で救出するのは容易でないのがわかる。何よりこの高さだ。無防備で地面に叩きつけられでもしたらただでは済まない。

「一つ聞きたい。お前は——」

「クラウザーだ」

「え？」

「我はゴブリンクラウザー。お前などと呼ばれるのは心外である」

このゴブリン——プライドが相当高そうだよ。ここはあまり刺激しないように。シャドウのこともある。今は彼女から興味が失せているようだし慎重に――。

「黙れ。何がクラウザーだ。ゴブリン如きが生意気に、凍すぞ！」

そんな僕の考えを吹っ飛ばすようにアイスが声を上げた。自分の顔が強ばるのを感じたよ。

「ちょ！　アイス、駄目だってば！」

「スピィ〜！」

あまりにアイスが好戦的すぎる！　相手が何者かもわかってないのにそんなに喧嘩腰で行くなんて
――。

「アイスここはもっと慎重に」

「……悠長すぎる。こっちは先制攻撃を受けている」

アイスが眉を尖らせ言った。確かにシャドウのこともあるんだけど、こいつがゴブリンの一種だと言うならどうしても確認したいことがあるんだ。

「良いぞ。我は機嫌が良い。多少の無礼は許そうではないか」

クラウザーがそう言って笑った。いきなり攻撃しておいて許すというのもどうかと思わなくもないけど、とにかくまだ話を聞いてくれそうだ。

「貴方はゴブリンクラウザーとのことですが、それでは今このダンジョンにあふれているゴブリンについて知っていますか？」

とにかくあまり刺激しないようまずは下手に出てみる。まだ機嫌が良いようだしね。

「アッハッハ。知っているも何もここに生まれたゴブリンは全て我の配下であるぞ」

一笑いしクラウザーが答えた。まさかと思ったけどやっぱりそういうことだったのか。

「ということはゴブリンロードも貴方が？」

「であるな。我はゴブリンを超える高みの存在となった。だからこそゴブリンは全て我の配下になることを望んでおる。この世の全てのゴブリンは我が手中にあり、我が駒なのだ」

クラウザーが自慢げに答えた。確かにクラウザーはゴブリンにしては頭も良いようだ。そもそも本来のゴブリンは人語を解したりしない。

その手で開いている本にしてもゴブリンとしてはありえない。ゴブリンはそもそも本など読めないのだから。

「あの――その本には何が？」

とはいえ、クラウザーが一体何を読んでいるのか気になった。そんなもの気にしている余裕なんてない気もするけど、こいつがここのゴブリンを支配している存在なら少しでも情報が欲しい。

「これは我が主が与えてくれたもの。我の宝物だ」

そう言ってクラウザーが開いていた本を閉じ胸の前に持っていった。そのときに見えてしまった。

クラウザーの右手の甲に刻まれた黒い紋章が――。

「その紋章……まさか」

「紋章？　何を言っている？　ゴブリンに紋章などあるわけがない」

アイスが怪訝な表情を浮かべる。やはりそうだ。ただの飾りなんかじゃない。何故なら黒い紋章は本来は視えない不可視の紋章。特別な道具や能力がないと確認できない。

だからアイスにも視えていないのだろう。だけどそれが何故か僕には普通に視えるんだ。それにしても相変わらず禍々しい紋章だ。

「ほう？　これが視えるのか。それは実に興味深い」

クラウザーの目つきが変わった。それは怒っていると言うよりも僕に対する興味——。

「悦ぶが良い。貴様は我が捕まえ主の下へ連れていくとしよう——」

クラウザーが突如そんなことを言い出した。僕を連れていくだって？　でも謎の主の下に連れていってくれるというなら却って好都合かもしれないよ。

「——ムッ。この声、我が主！」

すると突然クラウザーが耳を欹《そばだ》て何かに反応を示した。だけど僕には全くその声が聞こえない。一体誰の声を聞いているんだろう？

「——承知しました。考えが変わったぞ。主は我が貴様と戦うのを所望しておる。光栄に思うが良い。我が力をその身で味わえるのだからな」

クラウザーがそう言って本を懐にしまった。この様子、どうやらこれ以上話を聞き出すことは無理っぽいね。戦うしかないか。

「お前は黙ってろ。こんなゴブリン如きアイが凍す！」

「駄目だよ、アイ！　相手の力は未知数だ。ここは協力しよう」

「スピィ！」

スイムもその方がいいと言ってくれている。だけどアイスは僕をキッと睨んできた。

「調子に乗るな。アイはお前と馴れ合うつもりはない。氷魔法・逆上氷柱！」

アイスが見せたのは僕に使った魔法だ。地面から生える氷柱がクラウザーに迫っていく。

「ふむ。なかなか面白いではないか。だが――」

クラウザーがパチンッと指を鳴らすと地面から紫水晶が飛び出し壁となって氷柱を防いだ。

「こんなものであるな。雌よ我が用があるのはそっちだ。貴様に構ってる暇はない。故に――」

クラウザーが手で握れるサイズの紫水晶を二本取り出した。それをアイスに向けて投げつけると水晶が割れ中から巨大なゴブリンが二体姿を見せた。この大きさロード以上だ！

「ゴブリンジャイアントであるぞ。さぁお前たち、そこの雌を相手するがよい」

「「グオォォォォォォオオォォォオオオオ！」」

二体のゴブリンジャイアントが雄叫びを上げた。この大きさのを同時に二体なんていくらアイスでも――。

「アイス！　まずはこいつを！」

「おっと貴様の相手は我であるぞ」

クラウザーがパチンッと指を鳴らすと僕とアイスの間に巨大な紫水晶の壁が生まれた。僕たちは完全に遮断されてしまう。

「これで邪魔者はいなくなったであるな。我が用があるのは貴様だ」

クラウザーがそう言って僕の方に歩み寄ってきた。スイムが僕の頭の上に飛び乗り、アイスのことを気にしている。だけどこのままじゃどっちにしろアイスを助けることは叶わない。まずはこのクラウザーを何とかしなきゃだ。

「さて、我が主は貴様に興味があるようだが、その力、どんなものか見せてみるがいい」

そう言ってクラウザーがパチンッと指を鳴らした。鋭利な紫水晶が天井から生え僕に向けて雨のように降り注いできた。

「水魔法・水守ノ盾！」

僕は水の盾を生み出し降り注ぐ紫水晶から身を守った。大丈夫これならまだ対処できる。

「なかなかやるではないか。ならばこいつらでも相手してもらおう」

クラウザーが更に指を鳴らすと今度は地面から生えた紫水晶が騎士の姿に形を変え僕に襲いかかってきた。これはゴーレムみたいなものか。

それを紫水晶で生み出したんだ。このゴブリンは紫水晶を自在に扱う能力を持っているようだ。恐らく黒い紋章の力だと思う。

「これはどうであるか？」

クラウザーは更に指を鳴らし僕の足元から尖った紫水晶が突き出す。紫水晶の騎士も迫り手に持ったランスで攻撃してきた。

「水魔法・一衣耐水」

水の衣を纏いダメージの軽減を狙う。もちろん僕自身もまともに攻撃を受けないよう立ち回りたいけど、結局僕は魔法師だ。フィジカル面ではガイやエクレアに劣る。

「スピィ！」

スイムが鳴いた。地面から生えた紫水晶と騎士のランスを同時に受けたからだろう。攻撃を受けた僕は後方に飛ばされ地面に叩きつけられた。

くっ、水の衣のお陰で抑えられているとはいえノーダメージというわけにはいかないか。それでも致命傷に至ってないのは新調したローブのおかげでもあると思う。

「ふむ。こんなものか。少しは期待できるかと思ったのだがな」

「何勝った気でいるのさ。むしろ距離が離れたのは好都合だよ！」

僕はすぐさま立ち上がりクラウザーに杖を向けた。こいつの力は厄介だけど、本体さえ叩いてしまえばいいだけだ。

「水魔法・重水弾！」

圧縮された水の塊がクラウザーに向けて突き進む。あいつも身体能力が高そうには見えない。これはきっと躱せない、と思っていたけど甘かった。

クラウザーが指を鳴らすと紫水晶の壁が僕の魔法を受け止めた。

「小賢しい」

クラウザーがやれやれと手を広げ呆れたように言った。紫水晶の壁か――なかなか厄介な上、再び紫水晶の騎士が僕に迫ってくる。

「スピィ！」

スイムが叫び水弾を飛ばした。騎士に当たり発火する。スイムの得意技だ。だけど騎士は燃えたまま構わず突っ込んでくる。

「水魔法・水柱！」

とっさに魔法で水の柱を生み出す。その上に乗ってなんとか騎士の攻撃を免れた。騎士はそのまま水柱に突っ込み直進した。

「スライム風情がやってくれる。だが無駄であったな。所詮雑魚のスライムの考えることだ」

「スピィ……」

「取り消せ！」

クラウザーのセリフにスイムが細い声を上げた。落ち込んでいるスイムを見て僕の感情が爆発した。

「スイムは僕のために一緒に戦ってくれているんだ！　スイムは僕の大切な友だち。雑魚なんかじゃないし無駄なことなんて無い！」

「スピィ〜――」

「大丈夫だよスイム。ありがとうね」

頭を撫でてスイムに感謝の言葉を伝える。ただスイムの元気がない。クラウザーに言われたことを気にしているのか。

スイムの力が役に立たない。あいつはそんなことを言っていた。だけど本当にそうなのか？

僕はスイムの攻撃を受けた紫水晶の騎士を見た。そこで気がついた。よく見ると鎧状の紫水晶が歪んでいた。これは――。

「スイムの攻撃に十分意味があったんだ。スイム僕に協力してくれる？　一緒にあの騎士から攻略しよう！」

「スピィ？　スピッ！　スピィ！」

スイムが嬉しそうに返事してくれた。そして紫水晶の騎士に向けて再び水弾を飛ばす。命中した直後から水が燃焼し炎が騎士を包み込んだ。

「馬鹿め。無駄だと言ったはずであるぞ」

呆れたようなクラウザーの声。これはクラウザーも気がついていないのか。

僕は改めて騎士に目を向ける。だけどスイムの水で燃えた箇所には――変化がなかった。

「そんな、どうして？」

「スピィ……」

「当然だ。我が生み出した騎士二体は無敵！」

クラウザーが自信満々に言い放つ。スイムも再びしょげてしまっている。だけど――二体、そうだ。騎士は二体いる。よく見ると変化があるのは一体だけだ。

もう一体もスイムの燃える水弾は受けたはず。だけど変化があったのは一体。その違いは――変化のあった一体はスイムの火だけじゃなくて僕の水柱に突っ込んでいた。まさか！

「スイムまだだ！　もっとあいつらに燃える水を撃ち込んで」

「スピ……」

「大丈夫！　スイムの力は凄いんだ。僕が言うんだから間違いないよ。だからお願い！」

「ス、スピッ！」

僕の言葉で元気を取り戻したスイムが燃える水弾を再び飛ばし騎士を燃やした。ここまではさっきと変わらない。重要なのはこの後だ！

「水魔法・瞬凍水！」

アイスとの戦いの中で閃いた魔法。これを行使した。紫水晶の騎士に水が掛かると同時に凍てついていった。

「む？　水だけでなく氷魔法まで扱うのであるか」

「いや、僕が扱うのはあくまで水だよ。この氷は水の応用に過ぎない」

僕が答えると「ふむ」とクラウザーが顎を擦り唸った。

「だが、そんなものは無意味だ。我の生み出した騎士には通じぬ」

「それはどうかな？」

クラウザーは自分の力が完璧だと思っているようだけど、紫水晶の騎士に変化が訪れた。

明らかに動きが鈍っている。凍ったからじゃない。そもそも今の僕の氷はそこまで強力じゃない。

だから原因は別にあった。

「どういうことであるか！　何故動かない、いや、形が変化している？」

「そう。お前の操る紫水晶は確かに凄いと思う。だけど気がついた。その水晶は温度変化に弱いってね」

「なんだと？」

クラウザーの顔つきが変わった。どうやらクラウザー自身理解していなかったようだね。もちろん僕もすぐには気がつけなかった。

スイムの手助けがなければそのまま気づかずに終わっていたことだろう。この変化はスイムの燃える水だけでも僕の凍てつく水だけでも成立しなかった。

両方の攻撃を連続で当てることで初めて効果が実感できたんだ。最初の変化はスイムの力で熱せられた後、騎士が僕の水柱に突っ込んだことで生じた。

それだけでは小さな歪みでしかなかった。だけど僕にとっては大きな変化だった。そこから熱した後更に冷やすことでより大きな歪みに変わると判断したんだ。

結果として僕の予想は的中したことになるね。紫水晶の騎士はギシギシという異音を奏で思うように動けなくなっている。

「これで騎士はもう動けないよ」

「なるほど。であれば」

クラウザーが指を鳴らすと地面から紫水晶の棘が広範囲に広がった。だけど僕はとっさに水柱で上に回避。

「なかなか面白い手であったが我が直接攻撃すれば問題ないであろう」

クラウザーの言う通り、今のはあくまで騎士を止める手段に使っただけだ。今のような直接攻撃相手に温度差による変化を与えようとしても無意味だろう。

でもね、それ以外でなら意味は十分あるんだ。

「スイム！　あの壁に向かって燃える水弾をぶつけて！」

「スピィ！」

僕の願い通りスイムが紫水晶の壁に向けて水弾を当てていく。すぐさま水が燃焼し壁が火に包まれた。

「一体どういうつもりであるか？」

疑問を口にしながらもクラウザーが指を鳴らし紫水晶の槍を飛ばしてきた。水の盾でそれを防ぎつつ柱から飛び降り壁の向こう側に向けて叫ぶ。

「アイス！　そっちから壁に向けて氷魔法を！」

「アイに命令するな！」

「お願いだよ、アイス。あ、それともこの壁を壊すほどの氷魔法アイスには無理なのかな？」

「――ッ!?」

僕は敢えてアイスを挑発するように言った。これでアイスのやる気が倍増するのを期待して――。

「アイを舐めるなぁあああぁあ！　氷魔法・絶氷の墓標！」

壁の向こうでアイスが魔法を行使した。その瞬間、青白い光が紫水晶の壁を突き抜けて広がり壁の向こうで突風の吹き荒れる音が聞こえた。

紫水晶の壁越しでもわかるほどの真っ白い霧が生じ、かと思えば紫水晶の壁に霜が生じて直後紫水晶の壁に亀裂が広がっていく。

そして僕とアイスの間にあった壁がボロボロと崩れていった。壁の向こうに生じていた冷気が一気に吹き抜け思わず肩を抱く。スイムもブルブルと震えていたので抱きしめてあげた。

「大丈夫？　寒くない？」

「スピィ〜♪」

スイムが嬉しそうに鳴いた。良かった大丈夫そうだ。それにしても――凄い。あっという間に地面も凍てつき銀世界に変わり果ててしまった。

そしてアイスが僕に得意気な顔を向けてくる。

「アイに掛かればこんなもの」

静かにアイスが語った。見るとアイスが相手していたゴブリンジャイアントが二体とも氷の彫刻と化していた。やっぱり彼女の氷魔法は凄いや。

「これで壁も壊れたしアイスと一緒にあいつを倒せるね」

「勝手に決めるな。アイはお前に協力するなんて一言も言ってない」

ツンっとそっぽを向きながら冷たく返されてしまったよ。だけどあのクラウザーは僕だけでもアイスの力だけでも足りない気がするんだ。

「でもほら。あいつを倒さないと先に進めないし」

「だったらアイが一人でやる。あんなゴブリン如きアイ一人で十分」

なんとかアイスに協力してもらえないかと考えたけど、やっぱり僕に対しての敵対心は完全には拭えていないようだ。

「随分と舐められたものであるな」

そんなアイスと話していると、どこか圧の篭った声が耳に届く。見るとクラウザーの様子が明らかに変化していた。

僕たちに睨みを利かせるその姿からはフツフツとした怒りを感じる。

「どうやら我も多少は本気を出す必要がありそうであるな」

そう口にした直後クラウザーの両腕が紫水晶に変化し巨大な剛腕と化した。これは確かに今までとは何かが違う。

「こんなのただのハッタリ」

「違う、アイス。なんだかとても嫌な予感がする。絶対に油断しちゃ駄目だ！」

「スピィ……」

アイスに注意を呼びかける。スイムも小刻みに震えていた。本能で危険なことを感じ取ったのかもしれない。

「そこまでだ、クラウザー」

「——ッ!?」

そのとき、何者かの声がそこに割り込んだ。クラウザーの背後にはいつの間にか仮面姿の男。あいつは確か前に僕たちを何処かへ飛ばした——

そうだ。森で現れた謎の仮面の男だ。まさかあのゴブリンクラウザーの主だったなんて。ただ仮面が前と違う気がする。

あんな角みたいな物はついてなかったと思うし仮面に刻まれた模様も荒々しく感じるよ。

「おお！　我が至高の主よ。わざわざお越しいただけるとは光栄至極」

「——クラウザー。先に言っておいたはずだ。お前が力を得たのはあの御方のお力があったからこそ」

「もちろんわかっております。主の主であれば我が主も同じ。それでも主がいたからこそ今の我があります」

そう言ってクラウザーが片膝をついた。やはりあの仮面の男がクラウザーの主。ただ、あの御方というのは一体――

「まぁいい。とにかく事情が変わった。戦いはもうここまでで良い。お前の本気を引き出しかける程の力が、あの男にあるとは驚きだがな」

本気――ということはあの腕を出すまではまだ様子見程度でしかなかったということか。確かにあの紫水晶の腕に変わってから空気が変わった気がした。

「戻るぞ、クラウザー」

だけど仮面の男はどうやら僕たちを相手するつもりはないようだよ。

「本当によろしいので？　あやつらを放っておいて？」

「少なくともあのネロという男には利用価値があるとあの御方は考えているようだからな――」

そう言って踵を返すクラウザーと仮面の男。僕に利用価値とか随分と勝手なことばかり言っている。

でもこの状況で相手するよりは――いや！

「ま、待て！　何を勝手に話を進めているのさ！」

一瞬あの二人が引き下がることに安堵した自分がいた。だけどそれじゃあ駄目なんだ。何も解決していない。

「ここにゴブリンを生み出したのもお前たちなんだろう。だったらこのまま逃がすわけにはいかないよ。目的だって知れてない！」

「勘違いするなよ」

僕が叫ぶと仮面の男が振り向き低く冷たい声で言葉を返してきた。仮面から覗き見える冷たい視線に思わず身が竦みそうだった。

「お前が今無事でいられるのはあの御方によって生かされているからだ。そうでなければとっくにこの私が始末している」

好き勝手に言ってくれて――と思ったけどこの仮面の男はハッタリで言っているわけじゃない。確かな実力を秘めていると肌で感じるよ。

「拾った命だ。精々大事にすることだな」

「氷魔法・氷輪演舞！」

仮面の男が会話を打ち切ろうとしたそのとき、アイスが魔法を行使した。彼女の周りに幾つもの氷の輪が生まれ回転を始める。

「お前らアイを無視して勝手に話を進めるな！　ゴブリンの仲間ならお前も敵！　アイが凍す！」

アイスの氷輪が動き出し仮面の男に迫る。だけど、紫色の剛腕がそれを全て受け止め握り潰した。

「我が主を狙うとは貴様――そんなに死に急ぎたいであるか？」

ゴブリンクラウザーの目が紫色に輝く。何か仕掛けてくると警戒した僕だけどそれを手で制したのは仮面の男だった。

「どうやら貴様は勘違いしているようだな。私が見逃しているのはそこの男だけだ。虫螻《むしけら》など相手にしても仕方ないと思っていたが、鬱陶しい小虫なら潰すまで――仮面解放」

ぞわりと背中に寒気が走った。男は仮面に手をやり何かを呟く。

「――召喚・鬼の爪」

「アイス！」

思わず僕は飛び出しアイスを突き飛ばしていた。次の瞬間には空間が裂け異形の爪が僕目掛けて振り下ろされる。

「うぁあぁあああぁああ！」

「スピィィイィイイ！」

僕の声に反応したのかスイムの叫び声が聞こえた。間違いなく僕の身は爪で切り裂かれた。咄嗟にアイスを庇ったことに後悔はないけど全身に走る激痛が僕を襲う。

「ネロ！」

アイスの声が聞こえる。彼女は必死に駆け寄ってきて僕を支えようとしてくれた。あぁやっぱり根はいい子なんだね。そうでなかったら嫌ってる相手にこんな真似しないよ。でも、駄目だ。体が熱いもう意識がたも、て、な――。

仮面の男からアイスを庇おうとしたことでネロは傷つき倒れた。アイスがネロの傷を見て顔を青くさせる。

「ネロ、どうして、アイはお前を凍そうとした！　なのに！」

「スピィ！　スピィィィィイイイ！」

アイスが涙ぐみスイムはネロに必死に呼びかけていた。そのときだった。ネロの体が淡く輝き出血量が抑えられていく。

「慈愛の仮面——これで死ぬことはないだろう」

「お前ッ！」

声に反応しアイスが立ち上がった。仮面の男がネロを見ていた。装着している仮面がいつの間にか女性の顔を模した物に変わっていた。

「しかし、貴様のせいで私は危うくあの御方の意思に背くところだった。度し難い——貴様のような小虫には、その償いを受けてもらうぞ」

仮面の男は鋭い声で告げた後、再び仮面に手を掛けるが、ほぼ同時に何かが空気を切り裂き迫る。

仮面の男が飛び退くと幾つもの銀の鎖が地面に突き刺さった。

「チッ、外したか」

「シルバ——」

アイスがその名を呟いた。銀色の鎖を腕に巻き付けジャラジャラさせながらシルバが姿を見せたのだ。

鎖の先端は短剣のような形になっていて仮面の男とゴブリンクラウザーに狙いを定めているのがわかる。

「たくトラップ踏んで妙なところに飛ばされたかと思えば、何だこの状況？　説明しろアイス」

「……あいつらに狙われてネロが——ゴブリンがダンジョンに現れたのもあいつらの仕業」

「なるほどな。トラップ踏んだのは不運だったが不幸中の幸いってやつだ。さっさとあいつらをぶっ飛ばせばいいってわけだな」

アイスの説明を聞きシルバは納得したようだ。仮面の男とゴブリンクラウザーを明確に敵と認識したようである。

「やれやれまた小虫が増えたか」

「主よ。ここは我が」

「……問題ない。ブンブンと小うるさい羽虫にうんざりしていたところだ」

そう言って仮面の男が顔に手を掛けるが——飛んできた矢が仮面に命中する。

「何？」

「氷魔法・冷徹の凍矢——」

それはアイスが放った氷の矢であった。当たった箇所が凍てつく効果があるようで男の仮面は剥がせなくなってしまっている。

「主——貴様！　よくも！」

「ふ、ふはッ、ふはははははははは！」

憤るクラウザー。一方で仮面の男は高笑いで応じた。

「何がおかしい！」

アイスが叫んだ。自分の魔法が小馬鹿にされたように感じたのだろう。

「――自分の愚かさに笑ったのだ。高が小虫と侮りすぎたようだな――行くぞクラウザー」

「――主の命令とあらば」

クラウザーが頭を下げ仮面の男の後ろにつく。そのまま徐ろに通路の奥に向かった。

「逃がすかよ！」

シルバが声を上げた。銀の鎖が仮面の男とクラウザーを捕らえようと伸びていく。

「クラウザー逃げ道を確保しろ」

「お任せを。ヌンッ！」

ダンジョンの壁をクラウザーが紫水晶の腕で殴りつけた。ドンッ！　という衝撃と共に天井が崩落し通路を塞いでしまった。シルバが伸ばした鎖が壁に阻まれてしまう。

「チッ！　あいつら！」

舌打ちするシルバは壁となった岩をひと睨みした後、嘆息しアイスとネロに顔を向けた。

「ダンジョンの天井を崩すなんて無茶苦茶な奴らだぜ。しかしその傷――」

シルバがネロの傷口を確認し呟いた。アイスも悲しそうな顔でネロを見ていた。

「こいつ、アイは凍そうとしたのにアイを庇って――どうしてこんな」

「ふ～ん。ま、こいつは見るからにそういうタイプだろうよ。自分の身より相手の身を案じるタイプって奴だ。冒険者としてみれば危ういな――とはいえだ」

シルバが倒れているネロを雑に担ぎ上げた。アイスが目を丸くさせスイムも慌てている。

「スピィ！　スピピィ！」

「あぁ心配するな。確かに傷は深いが今すぐ戻れば助かるはずだ。そろそろ上の連中がゴブリンロードも含めて倒しているはずだしな」

シルバの行動に抗議するように体当りたするスイムだったが、問題ないと彼は言い返した。

「ネロは助かる？」

縋るような目でアイスが問いかけた。へぇ、とシルバが短く発し。

「変われば変わるものだな。前に見たときはお前はネロを嫌ってたように見えたがな」

「そ、それとこれは話が別だ！　アイを庇ってこいつは負傷した。それで死なれたら困る。こ、こいつはアイが凍す！　だから」

「あぁ、わかったわかった」

手をヒラヒラさせて面倒くさそうにシルバが応じた。

「とにかく行くぞ。そのスライムはお前が持っておけ」

「……わかった。大丈夫きっと助かる」

「スピィ……」

そしてアイスはスイムを抱き上げふと思い出したように上を見た。

「シャドウがいない……」

「なんだ他に誰かいたのか？」

アイスの呟きにシルバが反応した。改めて見るが上で縛り付けられていたシャドウの姿は既にない。

「……なんでもない」

「？　まぁいっか――」

そしてアイスはネロを担いだシルバと一緒にダンジョンの出口を目指す――。

第三章　非情な現実

暗い闇の中で男の子が一人泣いていた。

「どうしたの何で泣いているの？」

僕は思わず声を掛ける。男の子は僕を振り返りビクッと肩を震わせてごめんなさいと謝った。

「どうして謝るの？」

「だって僕は皆より下の人間だから。この家の皆の言う通りしないといけないって父さんが――」

彼は涙ながらにそんなことを語った。僕は彼が言っている意味が理解できなかった。

「嫌なことは嫌と言えばいいよ」

「そんなこと言えないよ。この家で逆らったらどうなっちゃうか……」

ビクビクしながらそんなことを語る彼に僕は手を差し伸べた。

「大丈夫。僕が一緒にいてあげるから。そうだ僕と友だちになろうよ」

「え？　友だち――僕と？」

「うん。そうだ僕はネロ。君の名は？」

「僕は――」

そこでふと記憶が飛んだ。そうだこれは僕の過去の記憶。確かに昔住んでいた屋敷にはいつも彼が来ていた。常にビクビクしていた彼と僕は友だちになって彼も明るさを取り戻したんだ。だけど、そうだ名前は、名前は何だっただろう、あれ何だろう段々と光が――。

「ハッ！　あれ？　スイム、それにエクレアとフィア？」

目を開けると見知った皆の顔がそこにあった。目を凝らすと少し離れた場所にガイとセレナの姿もある。

「ネロ！」

「ネロ気がついたのね！」

「スピィ～～～～～！」

スイムが僕の胸に飛び込んできてエクレアとフィアも笑顔で、いや少し涙ぐんでる？　そうか心配掛けちゃったんだね。

どうやら僕はあの仮面の男にやられた後、ダンジョンから外に運び出されてそのまま近くの街の治療院に連れてこられたようだね。

「全くテメェは毎度毎度怪我して運び込まれやがって。少しは体鍛えろ体をよ！」

ガイが唾を飛ばしながら怒鳴った。うぅ、確かに心配掛けすぎだよね。

「うん。ガイの言う通りだね。僕も体を鍛えるよ！」

「あ、それなら私が協力するよ」

「ありがとうエクレア。もっと筋肉つけたいもんね」

そう言いつつ力こぶを作ってみるけど全く盛り上がらず泣けてくるよ。

「でもネロが筋肉ムキムキになるのはちょっとね。似合わないと思うし」

「えぇ！」

フィアが目を細めて意見してくれた。セレナもクスクスと笑っている。

「この馬鹿！　テメェは魔法師なんだから極端に鍛えなくてもいいんだよ。そんなことに時間使うならもっと魔法を鍛えろ魔法を！」

「えぇ！」

うぅ、結局どっちなのか。

「たく外にまで声が漏れてるぞ。うるさい連中だな」

ガチャっと扉が開きシルバが耳をほじりながら入ってきた。そういえば——結局ダンジョンのゴブリンはどうなったんだろう？　それに試験も——。

「あの、僕意識失っていたみたいで結局何があったのか……」

「あぁその前に、おい早く入ってこいよ」

シルバが後ろを振り返って扉に声を掛ける。直後ガラッと扉が開いた。そこから入ってきたのはアイスだった。その隣にはアイスと一緒だった冒険者ザックスの姿もある。

アイスはチラッと僕を見るとすぐに目を背けてしまったよ。でも僕は彼女の元気そうな姿が見れて一安心したよ。

「おい。あいつに言いたいことがあるんだろう？　一人じゃ恥ずかしいっていうからわざわざ一緒に来てやったんだからさっさとしろよ」

「は、恥ずかしいなんて言ってない！」

ザックスに促されアイスが耳まで真っ赤にして叫んだ。なんとなくだけど表情が豊かになっている気がするよ。

「ザックスの言う通りだ。この後のこともあるし早くしてくれよ」

「わ、わかった――」

シルバにも促されアイスがベッドに近づいてきた。自然にエクレアとフィアが場所を譲る。

「――ぶ、無事だったか」

「あ、うん。おかげさまで」

「そ、そう――」

アイスが目を逸らした。しばしの沈黙。

「アイスしっかり」

「そうだよ。アイスなら大丈夫だから」

「うぅ、わかってる……」

「ケッ」

かと思えばエクレアとフィアに励まされていた。遠目にガイが顔を顰めていたよ。

「――ね、ネロに助けられた。そのことには感謝している。あ、ありがとう、ね」

そこまで言ってアイスは再び顔を背けた。なんだか更に顔が紅い。だけど、そうかアイスは僕が庇って負傷したことを気にしてくれていたんだ。

「よく言ったねアイス」

「うんうん。頑張ったよ」

「うぅ。なんだか調子狂う……」

エクレアとフィアに頭を撫でられるアイス。とても照れくさそうにしているよ。

「アイスが無事で良かったよ。僕も怪我した甲斐があった」

「スピィ～♪」

僕の腕の中でスイムも嬉しそうに声を上げているよ。

「たく。自己犠牲も結構だが危うい考え方だってのも覚えておけよ」

シルバがそう僕に指摘してきた。アイスを庇ったことだろうね。でも体が勝手に動いちゃったんだよね。

「その通りだ。テメェはひ弱なんだからな！　庇おうとして死んだらただの無駄死にだ！　少しは考えろよ！」

うぅ、ガイにも何か怒られたよ。

「さてここからが本題だ。一応アイスにも聞いたけどな、あの仮面の男とゴブリンクラウザーってのか？　それについて一応お前からも話を聞いておく必要があるから知ってること教えろ。簡潔にな！」

シルバにあの二人について聞かれたよ。ただ何か面倒くさそうにも見えるんだけどね。とはいえ僕は知ってることを全て話した。

「要約するとアイスと一緒でほとんど何もわかってないってことだな」

「ご、ごめんなさい」

僕の話を聞いて嘆息まじりにシルバが言い、思わず謝罪した。

「でもネロに利用価値って何なんだろうね？」

エクレアが小首を傾げる。そう、確かにあの仮面の男がそんなことを言っていた。だけど僕はあいつらのことを知らないし利用されるようなこともない気がするんだけど……。

「ちょっといいかしら」

すると今度はビスクがやってきた。僕の無事を確認した後笑みを浮かべて近づいてくる。

「良かった意識が戻ったのね。体調はどう？」

「はい。おかげさまで」

体を動かして平気なのをアピールした。ビスクも安堵している様子だった。

「良かったシルバに担がれてやってきたときは驚いたのよ」

そうビスクが教えてくれた。そうか意識を失った僕を運んでくれたのはシルバだったんだ。

「そうだったんですね。シルバさんありがとうございます」

「別に礼を言われるほどのことじゃねぇよ」

シルバがぶっきらぼうに答えた。だけど本当感謝しているよ。

「それでね今回のCランク試験のことなんだけど」

「あ、そうだ！　結局どうなったんですか？」

思い出したよ。僕たちはCランク昇格試験の途中だったんだ。ゴブリンが現れたりで有耶無耶になってしまったけどね。

「結論から言うと一時中止という扱いね。それは他の受験者も一緒よ」

「一時ってことは完全に中止ってわけじゃないんだな？」

ガイが確認していた。確かに完全な中止でないならまだチャンスはあるってことだもんね。

「それはまだわからないというのが正直なところね。昇格試験でこんなことになるなんて前例がないのよ。だから管理局も対応に頭を悩ませてるみたいね」

「たく、管理局の連中はどうせまた責任の押し付け合いでもしてんだろう」

シルバが呆れたように言った。あまり管理局にいい感情は抱いていないようだね。

「とはいえ中止となったら昇格のチャンスが潰れるわけだしね。正直Cランク以上の冒険者の手が足りてないというのもあるしなんとかしてもらいたいところなのよね」

ビスクが難しい顔を見せた。冒険者にとってCランクは一つの壁と聞いたこともある。人手が足りないからといって誰でもいいというわけではないだろうし気苦労も絶えなそうだね。

「さて、まだまだ病み上がりだろうから今日のところはこれで失礼するわね。試験について詳細が判明したら何かしら連絡がいくと思うから」

「ふぅ。とにかくこれで一旦は肩の荷が下りたってところか」

「シルバ。仕事はまだまだあるわよ。報告書だって纏めないといけないわけだし」

「そういうのはお前に任せた！」

「自分でやりなさい」

シルバとビスクはそんなやり取りをしながら踵を返した。僕たちも挨拶をして二人を見送るけどそこで再び扉が開いた。

「あんた――管理局の」

「あぁ。試験官のシルバとビスクだね。これから帰りかい？」

「は、はい。今から戻るところです」

二人が扉に手をかけようとしたタイミングで僕にとってはあまり歓迎できない相手が入ってきた。

一応は僕の兄にあたる人物――フレア・アクシスだ。

「管理局のお偉いさんがわざわざこんなところまで何の御用で？」

「ちょシルバ！　ごめんなさいその――」

フレアに対してシルバの物言いはどことなく挑戦的に思えるね。やっぱりあまりよく思ってないのかもしれない。僕としてはその気持ちは理解できるけど。

ただ当然これに慌てたのはビスクだ。けれどフレアは笑顔で手を振ってみせた。

「気にしてないさ。冒険者の中には私たちのような管理局の人間を好ましく思ってない者もいることを理解しているからね。とにかくご苦労さま。今後については決まり次第説明するから」

「は、はい！　それではこれで。ほらシルバ！」

ビスクが急かすようにシルバの背中を押し無理やり部屋から追い出し扉を閉めた。すると今度はフレアの目がアイスに向けられる。

「アイス。君も出てもらえるかな。ここからは少々込み入った話になるのでね」

「う、で、でも」

「アイス――いいかな？」

フレアの言葉には圧が込められていた。アイスの細い肩がビクッと震える。やっぱりアイスはこの家と関係があったんだね。

「アイスは今回の件に深く関わってるし僕たちの大事な友だちだよ。わざわざ僕のお見舞いにも来てくれたんだ。それなのにそっちの都合で出ていけなんてあんまりじゃないか」

フレアに向けて言い返した。僕がまさかこの男に歯向かうような真似をするとは思わなかったのかアイスは驚いていた。でもこの場面で何も言わないという選択肢は僕にはない。

「ネロの言う通りです。アイスは大事な友だちだもん」

「そうね。それともアイスに聞かれたらまずいことでもあるの？」

「スピィ～！」

エクレアとフィアはもちろんスイムもフレアに言い返した。皆納得がいってないんだと思うよ。

「……まぁそうだね。決めるのはアイス自身だ。それで――」

ふとフレアがアイスに何か耳打ちした。アイスの表情に動揺が走る。

「それでどうするのかな？」

「……ご、ごめん皆。アイも用事があったんだった。それじゃあ――」

「まってアイス！」

「ネロ。アイス本人が決めたことだ。それこそお前にどうこう言われる筋合いじゃないだろう？」

結局アイスが出ていきザックスも無言でその後に続いた。僕は思わずフレアを睨みつけてしまった。こいつ一体アイスに何を。

「何かアイスに言ったよね？」

「彼女の意思を確認しただけさ。さてできればネロ以外の皆も出ていってくれると嬉しいところなんだがね」

「嫌です。それに私はネロとパーティーを組んでる仲間なんだから」

「それなら私たちはネロとパーティーを組んでいたことのある元仲間なんだしいていいわね」

「……ハハッ、なるほど」

エクレアとフィアの反応にフレアが乾いた笑みを浮かべた。

「それで勇者ガイ。君はどうするんだ？」

「俺はこいつを追放した男だからな。当然ここに残るぜ」

「それなら私はガイが失礼な真似をしないよう見張り番として残ります」

「……んだよそれ」

セレナのセリフにガイが頭を掻いた。うーんやっぱりセレナは強いね。ただフレアは僕に一体何の用があるというんだ。

僕が身構えているとフレアがふぅ、と一つ息を吐き出したよ。

「まぁ残るというならこれ以上何も言わないけど君たちには辛い結果になるかもしれないよ。覚悟しておくことだね」

辛い結果？　覚悟？　フレアは一体何のことを言っているんだ？　そう思っているとフレアが筒になった紙を取り出し広げてみせた。

「では本題だ。ネロ――お前は現在ハイルトン殺し及びロイド殺害とCランク昇格試験の妨害行為を行った罪に問われている。よってこのままその身柄を拘束し連行する」

「は？」

「スピィィィィイ⁉」

フレアが読み上げた書面、そこに書かれていたのは僕にとって信じがたいものだった。

ハイルトンに関しては確かに以前襲われ撃退した。だけど結局あの後ハイルトンは逃げてしまった。

それからどうなったかなんて僕は知らない。

「待ってよ！　ネロの罪って、ネロがそんなことするわけない！」

エクレアがフレアに食ってかかった。僕自身、身に覚えのないことだけどエクレアにしても信じられないといった様子だ。

「だが事実だ」

「おい待てよ。なんだそりゃ。一体何の証拠があってネロが犯人だと決めつけてんだ」

ガイも口を挟んでくれた。そんなガイに向けられたフレアの目が鋭く光る。

「まさか君がそんなことを言うとはね」

「――納得がいかねぇからそう言っただけだ」

なんだろう――フレアの口調。まるでガイのことを前から知ってるような？　いやそれよりも。

「僕はそんなことしていない」

驚いたけどハッキリと言っておく必要がある。当然どれも僕には身に覚えのないことだ。

「ネロ。お前は以前ダンジョンでハイルトンと会っているね？」

フレアが僕に問いかけてきた。厳しい口調だ。表情といい今のフレアは僕がよく知るあのフレアだ。

「向こうから一方的に襲ってきたんだ。だから抵抗した。戦ったのは事実だけどハイルトンは逃げていった」

「それは私も証明できる！　ダンジョンでネロと一緒だったし私も襲われたから！」

「そう。残念だよ。ギルドマスターの娘がネロに何を吹き込まれたか知らないが犯罪に加担するとはね」

「なんでそうなるのさ！　エクレアは僕を助けるために一緒に戦ってくれただけだ！」

「そもそもその件はギルドにも報告してるし話はいってるはずです！」

エクレアも必死に反論してくれている。そしてそれは僕もわかっている。ギルドマスターのサンダースがそう言っていた。

「確かに報告は来ていたようだけど全てネロに都合のいいことばかりだった。だからこそ今回の犯人に違いないと考え調査していた」

「そっちこそ自分に都合のいい解釈をしているだけじゃないか」

「ハハッ、全くお前は変わらないね。あまり身内の恥を晒したくはなかったけどこのネロは元々は私たちアクシス家の人間。もっとも素行の悪さから我が家からは追放された身」

素行の悪さって水の紋章使いなんて必要ないと一方的に追放しただけじゃないか。

「どうせ不遇の水の紋章持ちだから追放したんだろう？」

ガイの言葉にフレアは明らかに不機嫌な顔になった。

「——ガイ。いい加減その口を閉じたまえ」

「で、でも事実ですよね！」

「スピィ！」

命令口調でガイに返すフレア。そこにエクレアも追随してくれた。

「やれやれ。ネロも人を誑かすのが随分と上手くなったものだよ。だが事実は異なる。ネロは水の紋章を授かったことで劣等感を抱き、結果的に私たちに見当違いの恨みを持ち拗らせたのさ。それで家族の皆に迷惑をかけ、結果的に追放に至った」

「——そうか。やっぱりアイスにデタラメを吹き込んだのはお前だったんだな」

「お前？　ハハッ、随分と偉そうな口を叩くようになったものだね」

蔑むような目でフレアが僕を見下ろしてきた。これだこの目がフレアの本質——。

「追放後もアクシス家の名前を語り好き勝手していた。ハイルトンはそれを咎めるためにお前の下に向かったのさ。にもかかわらずネロ、お前は私怨でハイルトンを殺した」

「違う！　僕はそんなことをしていない！」

「無駄だ。証拠は上がっているからね。そしてハイルトン殺害にもロイド殺害にもお前がやったと思われる痕跡が残されていた。これは私の私見だがきっとロイドはお前が過去に行った罪について知っていたのだろう。それを指摘されお前は再び犯罪を重ねた。だが私たちが調査に来たことで焦ったお前は試験そのものを滅茶苦茶にすることで全てを有耶無耶にしようと図った。その結果がダンジョンでのゴブリン騒動というわけさ」

フレアがまるでそれが正しいかのように語っていた。だけどその全ては無茶苦茶だった。全くと言っていいほど辻褄が合っていない。

「その話は無理がありすぎるわ。大体ゴブリンについては仮面を被った人物とゴブリンクラウザーという特殊なゴブリンが起こしたことだって話はついているはずだよ！」

「スピィ！」

エクレアとスイムが反論してくれた。ゴブリンについてはまさにそうだ。僕がやったことにするなんて無理がありすぎるし仮面の人物とゴブリンクラウザーについてはシルバも確認していると言っていた。

「協力者がいたと考えるべきだね。そもそもネロ一人でこれだけの行動を起こせるとは思えない。だけど最終的に揉めて自分が狙われたわけだ。大方報酬で揉めたといったところか」

あまりに突拍子のない話で僕は言葉を失った。だけどフレアは、いやアクシス家はこれで押し通すつもりなんだ。そうだこいつらはそういうことを平気でするようなやつらじゃないか。

「プッ、ハハハハハハ！　なんだそりゃ。全くさっきから聞いてれば見当違いなことをペラペラと。フレアさんよ、あんたそれで本当にネロを捕まえられると思っているのか？」

フレアの推測を笑い飛ばしガイが一歩前に出た。

「ガイ。さっきから君は一体どういうつもりだい？」

「どういうつもり？　ただ思ったことを言っているだけだ。大体お前の話は前提条件からして間違っている。ハイルトンをネロが殺した？　馬鹿いえそんなはずあるもんか」

「随分な自信だねガイ。だったら他に犯人がいるとでも？」

「――あぁその通りだ。いるさ目の前にな」

え？　ガイが今何かとんでもないことを言ったような――。

「ハイルトンをダンジョンで襲ったのは俺だ。あのクソ野郎がダンジョンで死んだのも俺があいつをボコボコにしたからだろう。だからネロは犯人じゃない。残念だったな」

ガイがフレアに向けてそんなことを言い出した。そんなガイが、嘘――。

「……君は自分が何を言っているのかわかっているのかい？」

「よくわかってるさ」

「はぁ。もう仕方ないわね。だったらそれに協力したのは私よ。ガイに協力してあいつを魔法でぶっとばしてやったんだから」

「ちょ！　フィア！」

「……ごめんねエクレア。ネロ。余計なことしちゃったかもだけど、でも後悔はしてないわ」

キッとフレアを睨むようにしてフィアが言った。なにそれ、そんなの知らない。ガイだけじゃなくてフィアまで……。

「それなら私も！」

「セレナは関係ねぇ！　こいつはただそこにいただけだ。怪我の治療もしようとしたが俺等がそれをさせなかった」

「ガイ！　なんでそんな！」

「その通りよ。あんなクソ野郎治してやる必要ないって無理やり連れ帰ったの」

「フィアまで！」

「いいからお前は黙ってろ！」

ガイが叫んだ。セレナの肩がビクッと震える。

「さぁこれでもうわかっただろう？　前提条件のハイルトン殺しとネロが関係ない以上、ロイドの殺害もダンジョンにゴブリンを出現させたこともネロとは無関係だってことだからな。もっともそっちは俺だって知りゃしないがな」

ガイの言葉が僕には信じられなかった。あまりに急で頭が追いつかない。どうしてどうして――。

「で、どうするんだ？」

「――まさか君がここまで愚かだったなんてね。いいだろう。お前たち入ってきたまえ！」

フレアがそう言い放つと部屋に鎧姿の男女が入り込んできた。部屋の外で待機させていた？

「容疑者のネロを確保すれば宜しいですか？」

「……いや。事情が変わった。ハイルトン殺しに関与したことをそこのガイとフィアが自白した。よってこれよりガイとフィアの身柄を拘束！　連行する！」

「待って！　それなら私も！」

「セレナ――君には別件で話があったんだ。君のお母様から教会に連れ戻すよう頼まれていてね。よってお前たちセレナ嬢も丁重にお連れしてくれ」

「ハッ！」

「ま、待って！　どういうこと？　そんなの知らない！　ガイ、フィア！」

叫ぶセレナは鎧姿の男女に連れられていった。直後ガイとフィアに手枷が嵌められる。

「ま、待って！　こんなのおかしい！　そうだ、ガイもフィアもきっと僕を守ろうとして嘘をついたんだ。そんなことしなくても大丈夫だよ。大体こんな話そもそもデタラメすぎるんだ！　そんなことしなくたって！」

「悪いなネロ――あの場はあぁするしかなかったのさ。だから――もうお前を追放した俺たちのことなんて忘れてくれ。じゃあな」

「ネロ。こんな私にも優しくしてくれてありがとうね。エクレアも友だちになってくれて本当に嬉しかった――じゃあね」

そしてガイもフィアもセレナも捕まり僕たちの前から去っていった。僕はただ黙ってその姿を見送ることしかできなかった――。

あとがき

先ずはここまで読まれた方、もしくはこれから読まれるという方、この本を手にとっていただきありがとうございます。

皆様の応援の甲斐もあって無事2巻の発売を迎えることができました。

さて、本作には様々なキャラクターが登場しますが、ネロにとって最初の仲間でありマスコット的キャラクターでもあるスイムには愛着があり、私としてもお気に入りのキャラクターとなっております。

スイムに関しては当初からネロの仲間に人間系以外の生き物を加えたいと考えておりました。

勿論色々と候補はあったのですが、本作のテーマが水であることを踏まえて考えていくと自然とネロの周囲をピョンピョンと飛び跳ねるスライムが思い浮かんだものです。

そこからは早く、スイムという名前も水に似合いそうという理由から付けました。

スイムに関しては文字だけのときから好きなキャラクターではありましたが、書籍化にあたりイラストになったことでよりイメージが深まり更に愛着が湧くようになりましたね。

これも偏にスイムのイラストを手掛けてくれた神吉李花様のお力が大きいと言えます。最初にイラストを見たときはイメージにピッタリ、いやそれ以上の仕上がりであり、見た瞬間に惚れ込んだものです。

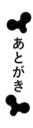

そんなスイムは2巻でも大活躍！　表紙でも登場しヒロイン二人に挟まれて実にうらやまけしからんことになってますが、これもヒロインさえも魅了するスイムの愛くるしさあってのことでしょう。

ここまで素敵なキャラクターにしてくれた神吉様には感謝してもしきれません！　そして2巻の刊行においても様々な方に協力いただきました。勿論この2巻を手に取っていただいた読者様にも大感謝！　この場を借りて改めて御礼申し上げます。

本当にありがとうございました。

空地大乃

唯一無二の最強テイマー
～国の全てのギルドで門前払いされたから、
他国に行ってスローライフします～
原作：赤金武蔵　漫画：田村紘一
キャラクター原案：LLLthika
異世界還りのおっさんは
終末世界で無双する
原作：羽々音色　漫画：ダンタガワ
ジャガイモ農家の村娘、
剣神と謳われるまで。
原作：有郷　葉　漫画：たぢまよしかづ
キャラクター原案：黒兎ゆう

水魔法なんて使えないと追放されたけど、水が万能だと気がつき水の賢者と呼ばれるまでに成長しました 2

～今更水不足と泣きついても簡単には譲れません～

発行
2024年3月15日　初版発行

著者
空地大乃

発行人
山崎　篤

発行・発売
株式会社一二三書房
〒101-0003　東京都千代田区一ツ橋2-4-3 光文恒産ビル
03-3265-1881

編集協力
株式会社パルプライド

印刷
中央精版印刷株式会社

作品の感想、ファンレターをお待ちしております。
〒101-0003　東京都千代田区一ツ橋2-4-3 光文恒産ビル
株式会社一二三書房
空地大乃先生／神吉李花先生

Printed in Japan, ISBN978-4-8242-0132-4 C0093
※本書は小説投稿サイト「小説家になろう」（https://syosetu.com/）に
掲載された作品を加筆修正し書籍化したものです。